INSTINCT MORTEL

Paru dans Le Livre de Poche :

P. Bellemare
C'EST ARRIVÉ UN JOUR (2 vol.)
SUSPENS (4 vol.)
L'ANNÉE CRIMINELLE (4 vol.)

P. Bellemare et J. Antoine
LES DOSSIERS D'INTERPOL (2 vol.)
LES AVENTURIERS
HISTOIRES VRAIES (5 vol.)
DOSSIERS SECRETS (2 vol.)
LES ASSASSINS SONT PARMI NOUS (2 vol.)
LES DOSSIERS INCROYABLES
LES NOUVEAUX DOSSIERS INCROYABLES
QUAND LES FEMMES TUENT

P. Bellemare et M. T. Cuny
MARQUÉS PAR LA GLOIRE

P. Bellemare et J.-M. Epinoux
ILS ONT VU L'AU-DELÀ

P. Bellemare et J.-F. Nahmias
L'ENFANT CRIMINEL
LES GRANDS CRIMES DE L'HISTOIRE (2 vol.)
LES TUEURS DIABOLIQUES (2 vol.)

P. Bellemare, J.-M. Epinoux et J.-F. Nahmias
LES GÉNIES DE L'ARNAQUE
INSTINCT MORTEL (2 vol.)

P. Bellemare, M.-T. Cuny, J.-M. Epinoux
J.-F. Nahmias
INSTANT CRUCIAL
INSTINCT MORTEL (2 vol.)
ISSUE FATALE

P. Bellemare, J.-M. Epinoux, R. Morand
POSSESSION

P. Bellemare, J.-F. Nahmias,
F. Ferrand, T. de Villers
JOURNÉES D'ENFER

P. Bellemare, J.-M. Epinoux, F. Ferrand,
J.-F. Nahmias, T. de Villers
LE CARREFOUR DES ANGOISSES

PIERRE BELLEMARE
MARIE-THÉRÈSE CUNY
JEAN-MARC EPINOUX - JEAN-FRANÇOIS NAHMIAS

Instinct mortel

34 histoires vraies

Documentation : Gaëtane Barben

ALBIN MICHEL
TF1 ÉDITIONS

Les faits et les situations dont il est question dans ce livre sont vrais. Cependant, pour des questions de protection et de respect de la vie privée, certains noms de lieux et de personnes ont été changés.

AVANT-PROPOS

A travers le temps, l'homme construit des échelles de valeurs auxquelles il s'accroche le plus durablement possible afin de pouvoir vivre en société.

Plus l'échelle est haute, plus il devient facile de la briser.

Pour construire une bonne échelle, il est nécessaire de bien fixer le premier barreau.

Depuis la fin du XVIIIe siècle, le ciment le plus efficace est l'article 1 de la Déclaration des droits de l'homme : « les hommes naissent et demeurent égaux en droit ». Mais selon la forme des barreaux suivants, vous pourrez arriver très facilement au communisme, au fascisme, ou à la social-démocratie.

Depuis le milieu des années quatre-vingt, nous sommes entrés dans une période de forte démolition. Nous avons assisté avec soulagement à l'effondrement de l'échelle communiste... mais sans construction de remplacement et nous commençons à la regretter. Nous avons vu disparaître des royaumes, des empires et leurs échelles de droit divin, pour des constructions intégristes dont les barreaux ressemblent fort à des prisons.

Dans notre propre démocratie l'exclusion, le racisme, le chômage, les paradis artificiels et les illusions audiovisuelles brisent l'échelle des valeurs morales et familiales que l'école de Monsieur Jules Ferry nous avait enseignées.

Nous sommes entrés, comme à la fin d'Athènes,

d'Alexandrie, de Rome ou de Byzance, dans une période ténébreuse où notre instinct nous sert de guide.

La réflexion, la patience, l'abnégation sont oubliées au profit de la jouissance, de l'apparence et de la productivité.

Chacun dans son cercle concourt à la destruction, et si la force de caractère permet encore à certains de s'en sortir, un nombre d'individus, toujours croissant, revient aux premiers âges.

Dans ce livre, nous avons rassemblé trente-quatre événements de notre quotidien, trente-quatre comportements instinctifs et mortels, trente-quatre reflets de notre époque, trente-quatre bêtes humaines.

Pierre BELLEMARE

Le squat de l'horreur

Le 20 juillet 1990, en plein cœur de la canicule qui règne cet été-là, un homme arrive, bouleversé, dans un commissariat de la ville de M., dans le sud-ouest de la France. « Venez vite au 59 ! Il s'est passé des choses terribles. »

Le « 59 » est bien connu dans le quartier. Au 59 de l'avenue Gambetta, une des principales artères de la ville, se dresse un pâté de maisons abandonnées. Sa longue façade de près de cinquante mètres comprend plusieurs magasins vides. Au premier étage, les fenêtres des appartements ont été murées et, derrière, dans les cours, se trouvent des entrepôts désaffectés. Depuis longtemps déjà, les lieux servent de refuge aux vagabonds ou, comme on dit plus volontiers aujourd'hui, de squat aux SDF...

L'homme, visiblement un chiffonnier qui était en quête de quelque trouvaille, conduit les policiers à travers un long couloir et arrive dans une grande pièce aux murs couverts de graffitis, dite « salle aux inscriptions ». On y voit des prénoms et des surnoms : « Rasta », « Jesy », « Stéphane », un slogan réclamant la légalisation de la drogue, des dessins divers.

Mais les policiers ne jettent même pas un coup d'œil à la décoration des murs. Une odeur pestilentielle les a saisis à la gorge, tandis que leur regard était attiré par une forme allongée recouverte de chiffons. Il s'agit d'un corps dans un tel état de décomposition qu'il n'a plus de visage. Il est impossible de dire s'il s'agissait d'un homme ou d'une femme.

Mais une fois qu'il est évacué par les pompiers, les policiers constatent que l'odeur demeure. Alors, ils fouillent encore et l'horreur ne cesse de grandir. Ce sont cinq cadavres qu'ils découvrent dans le squat du 59, dans le même état de décomposition que le premier. Et, s'il est impossible de les identifier, les causes de leur mort sont faciles à comprendre. Sans être médecins légistes, les policiers voient bien que les pull-overs sont percés de coups de couteau, que les crânes sont fracassés. L'un d'eux déclare en sortant : « On a commis ici un véritable massacre ! »

Oui, un véritable massacre en pleine ville et il a fallu des mois pour qu'on le découvre. Comment une telle chose a-t-elle été possible en cette fin de XXe siècle pourtant civilisée ? C'est la question que se posent tous les journaux en relatant les faits et à laquelle comptent bien répondre les enquêteurs.

Malgré les difficultés rencontrées au départ, les policiers vont agir très vite et obtenir des résultats remarquables. Les corps ne sont, certes, pas identifiables et ne portaient pas de papiers, il n'empêche qu'on y découvre des signes distinctifs. Une des victimes portait un plâtre au bras droit, une autre, une plaque métallique au tibia, une troisième, un pansement au cou.

Or, le 19 avril précédent, un feu s'était déclaré au squat du 59 ; les pompiers et les policiers étaient intervenus et l'identité des occupants avait été relevée. C'est ainsi que les corps portant des signes distinctifs peuvent recevoir un nom : Pascal G., la plaque au tibia, Michel D., le pansement, Georges R., le plâtre au bras. Les deux derniers ne tarderont pas à être identifiés comme étant Armand D. et Marcel C.

Dans le milieu relativement restreint des SDF, les suspects ne sont pas très nombreux et quelques-uns parlent : il y a eu mort d'homme, la loi du silence ne joue pas. C'est ainsi que le 30 juillet, dix jours seulement après la découverte, sont arrêtés dans la ville de M. : Franck G., vingt-six ans, et Mustapha S., vingt-trois ans. Le lendemain, à A., ville proche, Daniel S., dix-neuf ans, originaire d'Allemagne, et trois jours plus tard, Jean-Paul C., trente-six ans.

A part Daniel S., qui admet avoir été présent sur les lieux, mais nie toute participation, ils reconnaissent les faits et donnent une description détaillée du meurtre, un crime sordide et absurde à l'image de la vie misérable qu'ils menaient.

Les quatre hommes vivent depuis plusieurs jours dans la partie la plus habitable du squat, lorsque, le 19 avril 1990, cinq autres SDF arrivent à leur tour et élisent domicile dans l'autre partie du bâtiment, beaucoup moins agréable, celle située du côté de la salle aux inscriptions. Tous les quatre se sentent chez eux. C'est ainsi : c'est la loi du squat, qui est exactement semblable à la loi de la jungle. Les lieux appartiennent au premier occupant. Eux sont les propriétaires, les autres sont des intrus qu'on tolère si l'on veut bien.

Après avoir énormément bu pendant toute une partie de la nuit, ils ont l'idée d'aller voir les nouveaux dans la salle aux inscriptions. Ils n'ont alors pas d'idée préconçue ; ils veulent juste voir à quoi ils ressemblent, causer un peu. Ils emportent des bouteilles de vin, de cognac et des canettes de bière et vont les réveiller.

Entre les anciens et les nouveaux occupants, on commence par sympathiser. Mais on boit beaucoup et, avec l'ivresse, le ton monte sans raison. Jean-Paul C. se dispute avec Marcel C., pour un motif futile, parce que ce dernier prétend avoir fait partie de la Légion et qu'il ne le croit pas. « Toi, de la Légion ? Tu parles ! » En même temps, il sort un Opinel de sa poche et c'est le commencement du carnage. Les anciens occupants — ou du moins trois d'entre eux, car Daniel S. jure n'avoir rien fait — se ruent sur les nouveaux. Jean-Paul C. fait un massacre à l'arme blanche. L'une des victimes, celui qui avait un bras dans le plâtre, recevra cinquante-quatre coups de couteau. Franck G. se saisit d'une barre de fer et devient fou furieux. Daniel S. évoque la scène avec cette image : « La barre de fer tournait comme un hélicoptère. » Mustapha S., lui aussi, sort son couteau et frappe...

Tels sont leurs aveux concernant la tuerie du 19 avril 1990. Mais ce n'est pas fini ! Ils avouent spontanément un autre meurtre. Le squat de l'horreur recelait encore un cadavre que les policiers n'avaient pas trouvé !

Sur leurs indications, on le retrouve enfin, enterré dans une cour. L'homme a un poignet sectionné. On l'identifiera comme Richard A.

C'était quelques jours avant la tuerie... Jean-Paul C. l'a assassiné pour lui prendre son RMI, deux mille trois cents francs, qu'il venait de toucher. Il vivait dans un autre endroit du squat. Un soir, trois des quatre hommes — les trois mêmes, sans Daniel S. — vont dans la pièce où il a élu domicile et lui demandent de l'argent. Ils boivent beaucoup et C. donne le signal en sortant son couteau. Il le frappe avec son arme, tandis que les autres lui donnent des coups de pied dans la tête et dans le ventre. Puis tous s'endorment à côté du cadavre. Au matin, ils vont l'enterrer et, comme ils constatent que sa main dépasse, ils la sectionnent...

D'autres recherches seront effectuées pour découvrir d'éventuels nouveaux cadavres au 59 de l'avenue Gambetta, mais elles resteront vaines. Six personnes ont été tuées, en avril 1990, dans le squat de l'horreur, en plein cœur de la ville de M., charmante localité du Sud-Ouest.

L'ouverture du procès a lieu près de trois ans plus tard, le lundi 8 février 1993. Les quatre accusés font leur entrée ensemble dans le box. Ils ont tenu à faire bonne impression, mais ne ressemblent guère à ce qu'ils ont dû être, avec leurs costumes, leurs cravates et leurs cheveux bien peignés.

Pourtant, s'ils ont voulu se donner l'allure de gens comme tout le monde, ce n'est qu'une apparence. Aucun membre de leur famille n'est là pour les assister. Seule la mère de Daniel S. a envoyé au président une lettre en allemand. Ils n'ont que leurs avocats commis d'office pour les soutenir. Et la même détresse se retrouve chez leurs victimes : trois d'entre elles sont représentées par des avocats ; pour les trois autres, personne ne s'est porté partie civile. Tout cela dit mieux que n'importe quel commentaire la solitude morale et affective qui est celle de ce milieu.

Le président Schiex commence par interroger Daniel S., l'Allemand, le plus jeune et celui qui semble le moins impliqué dans cette histoire. Daniel raconte le « paradis perdu » de son Allemagne natale. Né dans une ferme de la Forêt-Noire, il la quitte à la suite du divorce de ses parents. En compagnie de sa mère, il mène une vie errante en Europe. Elle finit par se fixer en Espagne et lui dans le sud-ouest de la France, à M. Il est employé comme apprenti cuisinier. Pour meubler sa solitude, il boit « de la bière », précise-t-il. S'il a un travail, il n'a pas de logement. Il rencontre des SDF et trois d'entre eux l'invitent au squat du 59. Il se plaît avec eux. Il a besoin d'être sous l'autorité de quelqu'un et leur compagnie le rassure. Mais arrive la nuit tragique du 19 avril 1990. Les trois autres lui proposent de rendre visite à de nouveaux occupants, arrivés depuis la veille... Il retrace le récit des faits devant le tribunal et chacun retient son souffle, tant on a l'impression d'y être.

« J'ai dit à Frankie de ne pas faire le con, parce que je sais qu'il est violent... » Mais « Frankie », Franck G., ne l'écoute pas. On va trouver les autres dans la salle des inscriptions. Certains dormaient. On les réveille, la discussion s'engage. Tout le monde est ivre. « Tout à coup, j'ai vu Frankie faire tourner une barre de fer au-dessus de sa tête. Je me suis baissé et j'ai vu C. avec un couteau. » Il veut partir, mais Mustapha S. le retient : « Ne pars pas, fais le guet dans le couloir. » Daniel obéit, tétanisé. « Alors, j'entends un cri : "Pas moi ! Pas moi !" Peu après, les autres s'enfuient en courant, pleins de sang. Ils me donnent ma part de l'argent des victimes et ils vont boire au squat. »

Daniel S., horrifié, s'enfuit du 59. Il va se réfugier dans une cabane un peu plus loin dans la ville. Mais seul, il se sent perdu. Il revient et sera arrêté avec les autres...

Les psychiatres confirment indirectement ses dires. Il semble bien qu'il n'était pas dans sa nature de prendre part à un pareil acte. Ils le décrivent comme « immature, naïf et fragile ». Selon eux, Daniel S. devait être sous la coupe des trois autres.

C'est de ces derniers qu'il est à présent question. Franck G., celui que Daniel appelait « Frankie », est interrogé à son tour par le président. Pour lui aussi, dès le départ, la misère est au rendez-vous. Questionné sur le nombre de ses frères et sœurs, il ne peut dire le chiffre exact. Il se contente de répondre : « Plus de onze. » Son enfance, dans une ville du Nord, ressemble à un roman de Zola. Son père s'en va et sa mère meurt alors qu'il est très jeune. Ensuite, c'est l'errance jusqu'au squat du 59, avenue Gambetta. Là, il passe son temps à boire, des quantités phénoménales. Il se vante de pouvoir absorber jusqu'à huit bouteilles d'un litre et demi par jour et de tenir encore debout. Evidemment tout cela agit sur son humeur. Le président Schiex lui demande s'il lui arrivait d'être impulsif.

« Je ne comprends pas, monsieur le président. »

Le président rectifie : « Disons : quand vous buviez, il ne fallait pas vous chercher, n'est-ce pas ?

— Ah, ça non, fallait pas !... »

Jean-Paul C., lui aussi, a vite sombré dans l'alcool. « J'ai commencé à boire à seize ans, monsieur le président. Je buvais de tout en quantité. »

Et lui aussi est issu d'un milieu social digne d'un roman populaire du XIXe siècle : un père en prison, deux frères suicidés. Il se marie à dix-huit ans, mais quand il doit choisir entre sa femme et son chien, il part sur les routes avec son chien.

Le lendemain, Mustapha S. raconte à son tour sa dérive depuis l'Algérie d'où il débarque avec sa mère. Il erre au hasard, jusqu'à la ville de M. où il trouve, avec Jean-Paul C. et Franck G., des amis qui l'aident à vivre.

On en arrive aux faits eux-mêmes. Les deux principaux accusés, Franck et Jean-Paul, se rejettent la responsabilité initiale. Pour le reste, ils ne savent pas vraiment ce qu'ils ont fait. Ils avouent leur participation, mais prétendent que leurs souvenirs sont trop confus à cause de l'alcool. Mustapha parle le moins possible et essaie de se faire oublier. Daniel S. apparaît, à mesure que les débats avancent, comme de plus en plus étranger au drame. Son rôle s'apparente visiblement à celui d'un simple témoin.

A défaut des accusés, ce sont les différents experts qui vont apporter des précisions sur ce qui s'est passé. Le médecin légiste décrit la violence inimaginable de la tuerie. Les différentes victimes ont reçu en tout cent trente coups de couteau ! La barre de fer meurtrière figure, toute tordue, parmi les pièces à conviction. Or, les spécialistes affirment qu'une pareille torsion ne peut être obtenue que par une force de quarante-cinq kilos !

C'est l'un des psychiatres qui va apporter les éléments les plus éclairants. Grâce à lui, on va comprendre comment une pareille horreur, *a priori* impensable, a pu se produire. Il précise que le fait d'être en groupe est très important dans ce genre de situations et il poursuit : « J'ai eu à connaître plusieurs affaires de squats et toutes présentent les mêmes caractéristiques. On se réunit dans un lieu particulier et, vite, le groupe domine l'identité de chacun. Le groupe a ses règles strictes. Alors, apparaît un leader. L'alcool vient cimenter le tout. On se parle peu, mais on boit beaucoup. Et la violence peut éclater pour un fait sans commune mesure avec ses conséquences. La violence, c'est comme un barrage qui se libère. » Et il a cette conclusion aussi imagée que terrible : « Dans cette affaire, on est passé de la sphère humaine à la sphère animale. On ne fait pas que tuer quelqu'un, on s'acharne sur lui, comme un lion qui n'abandonne sa proie que quand celle-ci ne tressaute plus... »

Après trois heures et demie de délibéré, la cour rend son verdict, qui est très contrasté. Franck G. et Jean-Paul C. sont condamnés à la réclusion à perpétuité. Mustapha S. se voit infliger vingt ans de prison et Daniel S., six mois avec sursis. Il a été innocenté du massacre et reconnu seulement coupable d'avoir accepté l'argent des victimes.

Un cri de joie éclate dans le public. C'est la mère de Daniel, qui vient d'arriver aux assises en provenance d'Espagne. Daniel, qui a déjà fait deux ans et demi de préventive, comprend soudain qu'il est libre. Il lance aux autres : « Hé, les gars, je me casse ! » Ces derniers, sans rancune, l'embrassent. Il dira plus tard, entre sa mère et son avocat, en la serrant tendrement dans ses bras : « Maintenant, je vais travailler... »

On aimerait terminer sur cette image d'amour et de fraternité. Pourtant, la terrible évocation de ces squats, qui replacent l'homme dans les conditions de la bête et le font basculer dans l'animalité, n'est pas près de s'effacer des mémoires. Cette terrible réalité fait partie intégrante de notre société, une des plus évoluées, des plus civilisées et des plus prospères de la planète. Et on n'est pas près d'oublier non plus la phrase de Me Dersant, avocate de Jean-Paul C., condamné à perpétuité, qui a tenu à rappeler : « Le squat du 59, avenue Gambetta existe et sert toujours ! »

Itinéraire de mort

La fin de l'histoire est sous les yeux d'un plombier.

Une histoire unique en son genre. Affreuse, insoutenable même. L'homme qui en est le héros sanglant est en prison quelque part sur l'île de Wight, où il passe son temps, paraît-il, à surveiller les gardiens, pour relever leurs infractions au règlement du droit des détenus.

Le 8 février 1983, au 23 Cranley Gardens, un petit bâtiment de deux étages dans la banlieue nord de Londres, ce plombier ouvre une plaque d'égout. Les canalisations de l'immeuble sont bouchées, un locataire vient de l'appeler : plus rien ne fonctionne dans la maison depuis deux jours. Mais le problème se situe de toute évidence à l'extérieur de l'immeuble.

Le plombier descend l'échelle métallique, éclairé par la torche lumineuse de son coéquipier. En bas, à quatre mètres de profondeur, il distingue quelque chose d'assez difficilement identifiable. Le plombier examine la canalisation de l'immeuble, descend au fond de l'égout, donne des coups de botte : la même matière gélatineuse qu'il vient d'apercevoir s'est emparée des tuyaux d'évacuation et bouche le fond de la fosse d'égout. Drôle de matière. Le plombier reste un moment perplexe. Son coéquipier demande : « Alors ?

— Eclaire-moi plus bas ! C'est bizarre.

— Bizarre comment ?

— On dirait... »

Le plombier remonte à la surface pour achever sa phrase, l'air écœuré, et, parce qu'on ne crie pas une chose pareille, il chuchote : « On dirait de la chair humaine. »

Le plombier prévient le locataire et décide de revenir le lendemain à la lumière du jour pour pousser plus avant ses investigations.

Or, le lendemain, plus de matière gélatineuse. Disparue. Courageusement, le plombier enfonce une main gantée dans la canalisation et en ressort des horreurs : des fragments d'os et de la chair. Quelqu'un a enlevé sa macabre trouvaille de la veille, mais n'a pas pu nettoyer à fond la canalisation. D'ailleurs, la plaque d'égout n'a pas été remise correctement.

Jim Callock, le locataire du premier étage de l'immeuble qui a fait appel au plombier, donne une indication : « Ce doit être Nielsen, le locataire du second, j'ai entendu du bruit cette nuit, il est allé jusqu'à l'égout, c'est lui qui a dû tout boucher. Hier, il m'a demandé pourquoi vous étiez venu ! »

Ainsi commence la fin de l'histoire de Dennis Nielsen.

Une histoire qui démarre alors qu'il avait six ans. Quand il était un petit garçon écossais, sans papa, que son grand-père trimbalait sur ses épaules au bord de la mer, en lui racontant de fabuleuses histoires de pêche et de tempêtes, de bateaux ivres sous l'orage et de courageux marins-pêcheurs. Grand-père Nielsen adorait son petit-fils, qui le lui rendait bien. Ils ne se quittaient guère, sauf lorsque grand-père partait en mer, pour son travail.

Un jour, grand-père est mort sur son bateau, d'une

crise cardiaque, en plein vent. Les pêcheurs ont ramené son corps à la famille ; on a fait faire le cercueil et exposé le cadavre de grand-père dans la petite maison de Frasenburgh en Ecosse. On est allé chercher Dennis, six ans, pour lui montrer le corps de son grand-père adoré. Et Dennis est resté pétrifié devant ce corps immobile. La mort ? C'était quoi la mort ?...

On lui a expliqué que grand-père s'en allait, qu'il le quittait pour aller ailleurs dans un autre monde, et qu'il fallait l'embrasser pour lui dire adieu. Dennis a embrassé le visage aimé, c'était tout froid. Et on a emmené grand-père. Plus de grand-père. Dennis était abandonné. Dennis ne comprenait pas pourquoi grand-père, même mort, ne pouvait pas rester là avec lui, même s'il ne pouvait plus raconter d'histoires. Il lui en aurait raconté, lui, des histoires, il n'avait qu'à rester là dans ce lit. Pourquoi ne peut-on pas garder ceux qui vous aiment et qu'on aime ?

C'est le premier souvenir terrible de cet abandon, qui ne va plus quitter Dennis Nielsen. Plus jamais jusqu'à la fin de son itinéraire. Grand-père a été enterré en 1951. Le plombier n'arrive dans l'histoire qu'en février 1983.

1960. Dennis a quinze ans, il précède l'appel et s'engage dans l'armée. On le place aux cuisines, où il apprend le métier d'apprenti boucher — comment découper un mouton, désosser, comment aiguiser les couteaux. C'est facile, c'est une technique qu'il apprend vite.

Dennis reste onze ans dans l'armée. Trois années de formation, où il est très heureux. Il est ensuite affecté en Allemagne, puis en Norvège et au Moyen-Orient. L'armée britannique lutte contre les terroristes yéménites, et Nielsen échappe de justesse à l'un d'eux, qui l'a capturé, déshabillé, enfermé dans le coffre d'une voiture. Nielsen fait le mort, attend que le Yéménite vienne ouvrir, et il l'assomme avec le cric. Il fera longtemps des cauchemars où il est violé, torturé, découpé au poignard yéménite.

En 1969, on le retrouve à Berlin dans un régiment de Highlanders, où il s'occupe du mess des officiers.

Ensuite il est nommé chef de cuisine des sous-officiers de la garde royale de la reine à Balmoral. Puis, en 1971, il se retrouve aux îles Shetland, service des transmissions. En 1972, il est caporal mais n'est plus heureux du tout dans l'armée britannique, dont la conduite en Irlande du Nord l'écœure. Il démissionne, emportant avec lui comme souvenir la photographie d'un camarade, qui a posé pour lui dans l'herbe verte des Shetland, en soldat mort pour la patrie.

La police le tente, il s'y plaira pendant deux ans, mais l'esprit de corps n'est pas le même. Durant son apprentissage, par contre, il garde un souvenir précis d'un cours donné à la morgue pour habituer les recrues à la découverte des cadavres. Il est fasciné. Le soir chez lui, il se maquille tout en blanc, yeux cernés et creusés de noir, pour voir la tête qu'il aurait, mort, dans le miroir de la salle de bains.

Il a vingt-neuf ans. Il n'est plus heureux dans la police. Il aurait dû arrêter ces deux homosexuels qui se livraient à des actes répréhensibles dans leur voiture, une nuit d'été. Il n'en a pas eu le courage. Il a eu pitié d'eux.

Où en est-il de son itinéraire, Dennis Nielsen ? Il a découvert la mort qui le fascine, l'alcool qui l'aide à supporter les soirées solitaires, et l'homosexualité qui le tente.

1974. Il trouve un poste à l'agence pour l'emploi du quartier de West End à Londres. Il devient un fervent syndicaliste socialiste.

1975 : rencontre avec l'amour. Il s'appelle David, il est jeune et beau garçon, il décore l'appartement de Melrose Avenue, où Dennis s'est installé avec lui. Ils ont un chien et un chat, leur amour dure deux ans, puis David le quitte. Un jour, sans vraie raison, il ne l'aime plus, il l'abandonne...

L'itinéraire de Dennis Nielsen bascule à ce moment-là vraiment, inexorablement. D'abord dans le gouffre de la solitude, des soirées interminables devant la télévision, ou dans les pubs, à ingurgiter de l'alcool pour s'étourdir. Deux années de solitude, et de travail régulier, sans absences, avec zèle, respectant les horaires et les règlements, s'occupant des sans-abri, des chômeurs et vitupérant contre les patrons.

Veille du jour de l'an 1979. Déprime, errance dans les pubs de Londres. Dennis rencontre un adolescent irlandais. Ils boivent pour fêter cette année qui ne s'annonce pas plus gaie, côté chômage, que l'année précédente. Comment s'appelle ce garçon ? Peu importe, il est ivre, Dennis le ramène chez lui, ils boivent jusqu'à s'écrouler sur le lit, tellement soûls qu'il n'est même pas question de rapports sexuels. Dans la nuit ou à l'aube de cette nouvelle année, Dennis se réveille et contemple le corps de l'adolescent endormi. Il aimerait tant le garder près de lui. Avoir quelqu'un à qui parler le soir en rentrant, avec qui regarder la télévision, boire des bières et du rhum. Mais il va partir, il va l'abandonner. Alors qu'il est là, nu dans son lit, endormi, comme un objet accessible.

Par terre Dennis voit sa cravate, il la prend, la passe autour du cou de l'adolescent, serre, mais l'autre se réveille, se débat, ils luttent au corps à corps un moment, puis Dennis a le dessus. Cependant le garçon n'est pas mort, alors il le prend dans ses bras, le traîne dans la cuisine, remplit un seau d'eau et lui plonge la tête dedans.

Le noyé a besoin d'un bain, il le plonge dans la baignoire, le lave soigneusement, le sèche, l'habille de sous-vêtements et de chaussettes propres. Maintenant, il peut dormir près de lui en toute sécurité, se réveiller à ses côtés, il ne partira plus. Pour faire le lit, Dennis glisse le cadavre en dessous, retape les draps, la couverture, et va promener son chien Bleep, un bâtard noir et blanc qui n'a même pas reniflé le cadavre sous le lit de son maître. Pour Bleep, tout ce que fait son maître est incompréhensible, seule compte la balade matinale.

Le lendemain, Dennis va travailler, le cadavre est toujours sous le lit. Bleep monte la garde.

Pendant une semaine, c'est une vie de couple atroce entre Nielsen et son compagnon mort. Puis il le dissimule sous le plancher de l'appartement. Il y restera huit mois.

Huit mois durant lesquels Nielsen essaie de ne pas

boire, sans y parvenir, et ne pense pas plus au cadavre sous ses pieds qu'à une vieille chemise hors-d'usage.

Décembre 1979, Kenneth, un jeune touriste canadien, rencontre Dennis dans un pub. Ils sympathisent, visitent Soho, achètent de quoi boire, se retrouvent à la nuit tombée dans l'appartement de Melrose, s'installent pour dîner devant la télévision et bavardent. Bleep récolte des morceaux d'omelette, des chips et s'endort au pied du lit. Ça sent le rhum, ils boivent beaucoup de rhum ce soir-là et, à travers les vapeurs de l'alcool, Dennis écoute son compagnon lui parler de son retour au Canada. Encore un qui va le quitter... Alors qu'il est là, tranquillement installé à écouter de la musique un casque sur les oreilles, relié au magnétophone par un câble mince et noir.

Kenneth a lutté un moment, Bleep a aboyé en voyant son maître lutter pour serrer le cou de l'invité. Puis Dennis met le casque sur sa tête, écoute de la musique et boit un dernier verre en compagnie du cadavre. Après quoi, rituellement, il le lave dans la baignoire, le sèche, l'habille et l'installe sur son lit à côté de lui pour dormir.

Le lendemain matin, pour faire son lit, il met le corps dans un placard et s'en va travailler. Le soir, il ressort son compagnon du placard, l'installe sur une chaise dans la cuisine, prend des photos, parle, mange, puis le remet au lit pour regarder la télévision et s'endormir. Deux semaines de cohabitation. Puis la rupture. Dennis enroule le cadavre dans un rideau et le range sous le plancher, avec le précédent.

Kenneth sera la seule victime de Dennis dont la disparition sera signalée dans les journaux, mais le corps ne sera jamais retrouvé.

Les liaisons macabres se multiplient. En l'espace d'une vingtaine de mois, six cadavres vont se retrouver sous le plancher. Dennis ne racole même pas, il sympathise dans les pubs avec de jeunes marginaux, des sans-domicile fixe, des fugueurs, des chômeurs, des adolescents à la dérive. Beaucoup fréquentent son appartement le temps d'une soirée et en repartent sans dommage. Les autres, sous le plancher, commencent à encombrer et Dennis pratique le dépeçage à son rythme, remplit les sacs-poubelle ; il fait même un feu dans le jardin devant l'immeuble, avec des pneus qui empestent pour masquer l'autre odeur. Les voisins ne remarquent rien. Aucun policier ne vient frapper à sa porte. Les victimes n'ont pas d'intérêt social, nulle famille pour s'inquiéter d'eux. Et, de pub en pub, les pistes sont inextricables.

La cravate de Dennis Nielsen, qui s'est avérée l'instrument le plus pratique pour étrangler, va servir une dizaine de fois entre 1980 et 1981. Toujours le même processus : il achève sa victime en la noyant si nécessaire, puis lave, sèche, habille et vit avec ce compagnon cadavérique entre huit et quinze jours. Parfois, il s'offre une relation sexuelle solitaire, avant ou après. Parfois pas du tout. L'essentiel, c'est de « garder » quelqu'un, de lui parler, de dormir à ses côtés.

Il y aura ainsi Martyn de Liverpool, un jeune fugueur de dix-sept ans, dont le corps était si beau que Dennis regrette de devoir l'abandonner sous le plancher au bout de deux jours. Il était trop boursouflé.

Il y aura également Billy, vingt-sept ans, marginal, prostitué à l'occasion, qui traîne sa vie comme un poids, après un mariage, un divorce, un enfant, de la prison, des tatouages sur tout le corps. Il s'est presque imposé chez Dennis, pour avoir un toit et ne pas retourner à l'Armée du Salut. Alors Dennis l'a tué pour s'en débarrasser. Ce n'était pas une rencontre intéressante pour lui et il estime lui avoir plutôt rendu service.

Il y aura encore Malcolm, vingt-quatre ans, sans famille, sans amis, en traitement psychiatrique et épileptique. Dennis l'a trouvé sur un trottoir. Malade. Lui aussi, il a voulu lui rendre service, il l'a ramené chez lui, puis l'a envoyé à l'hôpital se faire soigner, mais l'autre est revenu, décidé à s'installer dans l'appartement. Il a bu — Dennis ne voulait pas — et, bourré de médicaments, il s'est effondré comme une loque. Alors Dennis s'en est débarrassé également. Celui-là, il l'a fourré sous l'évier de la cuisine, en attendant de procéder à l'élimination, par découpage la nuit et sacs-poubelle le matin, ou enterrement des débris. Pour les viscères, c'est facile, il n'a qu'à les déposer la nuit dans les buissons, et les chats, les rats ou les oiseaux s'en chargent.

1981. Dennis Nielsen déménage avec Bleep, pour s'installer dans un appartement de Crawley Gardens. La maison a deux étages, il occupe le second. Au premier, un voisin tranquille. Dennis dispose d'une chambre, d'un petit salon, d'une cuisine et d'une salle de bains. C'est plus confortable que précédemment. Et il n'y a pas de parquet. C'est important qu'il n'y ait pas de parquet. Dennis se dit qu'il ne pourra plus cacher de cadavre sous un parquet et que tout ça va s'arrêter.

Hélas ! les pulsions reviennent, et il y succombe. Un jeune étudiant, un autre garçon prénommé John, un autre Stephen... Paul... Graham...

Des sacs-poubelle, encore et encore, que les éboueurs ramassent au petit matin ; pour le reste, tout ce qui peut passer dans l'égout y passe.

Mars 1981. Intermède curieux dans cet itinéraire : Paul.

Paul est étudiant, il a beaucoup bu avec Dennis, il s'est endormi ivre, il a eu la sensation d'étouffer, de ne plus pouvoir respirer ou parler, de mourir étranglé, ou d'être noyé... ou les deux. Au petit matin, Dennis lui dit : « Tu devrais aller à l'hôpital, tu n'as pas bonne mine. »

Paul n'a jamais compris qu'on avait voulu réellement l'étrangler et le noyer. Cette marque autour du cou, violacée, est restée pour lui un mystère. Ces yeux injectés de sang, ce teint blême... Il n'a même pas porté plainte. Plus tard, quand il a été convoqué comme témoin, il avait encore du mal à y croire. Dennis est si sympa, si tranquille... si gentil avec les gens.

Mai 1982. Autre épisode curieux : Carl.

Le jeune homme s'est réveillé en sentant quelque chose autour de son cou ; les oreilles bourdonnantes, sans air, la bouche sèche, il a perdu connaissance, puis il a eu la sensation de se noyer ; sa tête lui faisait atrocement mal, mais il n'arrivait pas à reprendre vraiment conscience. Juste de quoi se dire : « Je suis en train de mourir. »

Dennis avait tout fait pour qu'il meure, puis l'avait allongé sur le lit comme les autres, et avait regardé la télévision comme à l'accoutumée, en bonne compagnie. C'est Bleep, qui d'habitude ne s'occupait pas des cadavres, se sauvait quand il y avait de la bagarre, ne reniflait pas ce qui était mort... c'est Bleep qui tout à coup est venu lui lécher le visage et les jambes. Il avait compris que celui-là n'était pas mort et qu'il fallait peut-être faire quelque chose pour lui. Un coup de langue dans la figure par exemple. Dennis s'est mis d'accord avec Bleep pour sauver celui-là, puisqu'il avait résisté à tout. Il l'a frictionné, requinqué, il avait mauvaise mine aussi, ce beau mannequin aux yeux tout rouges, au visage tuméfié par les vaisseaux éclatés, avec ce collier violet sombre autour du cou.

Dennis l'a raccompagné jusqu'au métro, avec Bleep, et lui a souhaité bonne chance. « Salut Carl... *good luck...* »

Il n'a pas porté plainte non plus, celui-là. Existence marginale, photos pornographiques : on n'aime pas la police dans ce milieu. Et en témoignant plus tard, lui aussi dira : « Il était compatissant. »

C'est l'égout qui a raconté la fin de l'itinéraire de mort de Dennis Nielsen, après quinze ou peut-être seize meurtres.

Le plombier est allé voir la police avec une partie de sa trouvaille, on a examiné ce magma en laboratoire : c'était probablement l'avant-dernière victime qui avait bouché les canalisations, un nommé Graham — l'autre, la dernière, était encore dans l'appartement, une partie sous la baignoire, une autre dans des sacs-poubelle dans un placard, et encore une autre dans la cuisine.

Lorsque le premier inspecteur est arrivé chez lui, Dennis a demandé : « Que se passe-t-il ?

— On a trouvé des restes humains dans l'égout.

— Mon Dieu mais c'est horrible ! »

Et l'inspecteur a demandé très vite, pour voir : « Où est le reste du corps ?

— Dans le placard, il faut que je vous montre. »

L'inspecteur s'attendait à tout, mais pas à cette facilité, ni à cette odeur affreuse qui régnait dans l'appartement, aux sacs-poubelle, à la baignoire encore pleine... ni surtout à la longue liste que Dennis Nielsen allait fournir, sans résister, sans nier quoi que ce soit. Sans pouvoir donner tous les noms, ou toutes les dates précises, mais avec un luxe de détails, un récit circonstancié de chaque rencontre avec la mort.

Il dit ne pas savoir pourquoi il tue, sauf qu'il a envie de garder les gens près de lui. Le remords ne le ronge pas, les cauchemars ne hantent pas ses nuits, il n'est pas gêné par la décomposition ou l'odeur ; ce n'est pas forcément pour avoir un rapport sexuel, il ne hait pas ses victimes, au contraire, il les aime bien. Il les lave, les habille, les assoit sur une chaise dans la cuisine, les allonge sur son lit pour dormir... Il raconte la technique du dépeçage avec un sang-froid sidérant. Il identifie la tête de sa dernière victime comme il reconnaîtrait une cravate lui appartenant. C'est Stephen.

Trente heures d'interrogatoire retracent sa vie ponctuée de cadavres.

La veille de son arrestation, il a essayé de dégager l'égout entre les deux visites du plombier : il avait l'intention de remplacer « ça » par des débris de poulet, pour écarter les soupçons. Mais il était trop tard.

Devant ce genre de folie, la loi est bien malade elle aussi. Inculpé de six meurtres et de trois tentatives d'étranglement, les autres cadavres n'ayant pu être identifiés, Dennis affronte le jury à la fin de l'année 1983. Coupable ou fou ?

Les experts psychiatres vont dérouler l'arsenal de leurs connaissances, d'où il ressort essentiellement que Dennis Nielsen ne considère pas les autres êtres humains comme des personnes, mais comme des objets ou presque. Il est insensible à toute émotion, quoique dissimulateur, très logique, ingénieux même, intelligent. Il combine des éléments paranoïdes et schizoïdes. Quant à savoir s'il sait exactement ce qu'il fait quand il tue... « Il peut reconnaître la nature de ses actes, mais pas leur gravité. Il veut tout simplement tuer des gens qui n'existent que dans ses fantasmes. »

L'accusation dit : il sait ce qu'il fait.

La défense rétorque : il est simplement capable de le faire.

Le procès dure un mois, le jury est incapable de se décider le 3 novembre 1983. Il passe la nuit dans un hôtel à délibérer sans parvenir à une décision unanime sur la responsabilité de l'accusé. Le président demande alors un verdict à la simple majorité. Il y aura dix voix contre deux pour la culpabilité avec responsabilité.

Dennis Nielsen a été condamné à la prison à perpétuité, avec une peine de sûreté de vingt-cinq ans. Il a eu une liaison amoureuse avec un détenu, puis, après le transfert de ce dernier, il a adopté une perruche pour lui tenir compagnie dans sa cellule de la prison de l'île de Wight. La solitude lui est toujours insupportable.

Le jour de son arrestation, Bleep, le chien qui a sauvé une des victimes, a passé trente heures dans le commissariat, à gémir pour qu'on lui rende son maître. Il a été piqué la semaine suivante, sans jugement préalable.

La SPA n'était pas bonne pour lui ?

Boucherie belge

Agnès S. a des malheurs. A près de quarante ans, elle se retrouve sans mari, avec une fille d'une dizaine d'années à élever. Et pas beaucoup d'argent. Mais Agnès, une brune aux traits fins, ne manque pas de courage. Elle décroche bientôt un emploi de caissière dans un petit supermarché. Le travail est un peu monotone, elle rentre le soir assez fatiguée, mais, en compensation, elle voit du monde, les clients sont parfois aimables, c'est l'occasion d'échanger quelques paroles sans conséquence sur la pluie et le beau temps. Et puis, qui sait si parmi tous ces clients il ne s'en trouvera pas un, solitaire et disponible, avec lequel elle pourra refaire sa vie... C'est le souhait qu'elle formule de temps en temps, accompagné d'une petite prière à la Sainte Vierge.

Depuis quelques semaines, Agnès remarque qu'un garçon sportif, blond, un peu empâté, lorsqu'il fait ses emplettes, semble venir plutôt vers sa caisse pour en régler le montant. Il est du genre costaud, au moins une bonne centaine de kilos sur la balance, il y a une certaine ironie dans ses yeux, la bouche est souriante bien que les lèvres soient assez minces. Pas mal en définitive. A vue de nez il doit friser la quarantaine, il a donc pratiquement l'âge d'Agnès.

Les conversations anodines à la caisse font bientôt place à une invitation à danser un samedi soir. Suit une invitation à dîner qu'Agnès rendra chez elle, l'occasion de présenter à Maxime, puisque tel est le prénom du « client », sa fille, la jolie petite Evelyne. La soirée est sympathique. D'autres suivront, qui se prolongeront même jusqu'au petit matin. Agnès s'en va mettre un cierge pour remercier la Sainte Vierge de lui avoir apporté un compagnon bien sous tous rapports. Maxime est électricien, un bon métier qui ne risque pas de connaître le chômage. On commence à faire des projets de vie commune.

Et bientôt, Agnès décide de franchir le pas. Devant les demandes pressantes de Maxime, elle abandonne son domicile et vient avec la petite Evelyne, s'installer chez l'athlétique électricien. Au début, tout semble idyllique. Agnès et Evelyne se réjouissent d'avoir retrouvé la chaleur d'un foyer équilibré. Maxime est un bon ouvrier, il ne manque pas d'ouvrage. Tous les trois habitent dorénavant chez lui, un petit pavillon de pierre blanche flanqué d'un garage. Maxime est un passionné de vidéo : il dévore toutes les revues qui se font l'écho des dernières nouveautés en matière de camescope, de branchements, de montage. Mais jamais Agnès ni Evelyne ne verront les films de vacances qu'il aurait pu faire d'elles.

Au fil des jours, Agnès commence à se demander si elle a fait vraiment le bon choix en changeant de domicile et d'existence. Il lui semble que son compagnon s'intéresse d'une manière un peu trop pressante à Evelyne qui, à cette époque, vient juste d'avoir ses douze ans. De plus Maxime, qui n'a pas été trop bavard en ce qui concerne son enfance et ses parents, semble traîner un lourd contentieux psychologique derrière lui. Il est d'une jalousie que le moindre observateur qualifierait sans hésitation de « maladive ». Pour un oui, pour un non, il accuse Agnès de regarder les autres hommes. Son métier de caissière est un bon prétexte pour trouver qu'elle a le sourire trop « commercial » avec les clients masculins. Il s'ensuit des scènes qui laissent Agnès décontenancée. Devant un jaloux, il n'est pas d'argument qui tienne. Toutes les dénégations semblent des preuves supplémentaires de culpabilité.

Même la pauvre Evelyne, blonde gamine encore innocente, doit essuyer les reproches véhéments de son « beau-père ». Un jour où tous les deux marchent côte à côte dans les rues de la cité belge où ils demeurent, Maxime éclate soudain d'une colère incoercible. Il vient de surprendre un regard qu'Evelyne adressait, de loin, à un garçon de son âge, élève du même établissement scolaire qu'elle. Evelyne fond en larmes. Maxime, pris d'une rage qu'il ne peut maîtriser, se laisse même aller jusqu'à lui décocher un coup de pied qui la jette à terre, hurlante de douleur.

De jour en jour la situation semble se dégrader. Agnès se dit bien que Maxime devrait aller consulter un psychiatre. Elle cherche, en vain, ce qui, dans sa propre attitude, pourrait donner prise à la critique. La même Agnès que Maxime a courtisée il y a à peine quelques mois, celle qu'il a convaincue de venir partager ses jours et ses nuits, est devenue, semble-t-il, comme par une malédiction étrange, une « pouffiasse ». Aux yeux de Maxime, si l'on en croit ses vociférations à présent quotidiennes, « toutes les femmes sont des pouffiasses, qui n'arrêtent pas de b... avec le premier venu »... L'ambiance devient insupportable.

Agnès a un frère, Roland, un grand garçon maigre qui a environ dix ans de moins qu'elle. Elle se tourne vers lui pour lui demander de l'aide. Roland accepte de venir la soutenir, ne serait-ce que pour calmer les crises de rage de Maxime. Mais cette idée d'Agnès, cette bonne intention de Roland vont déclencher la tragédie.

C'est ainsi qu'un soir du mois de mai, par un temps d'orage exceptionnellement violent, les policiers de cette banlieue belge voient arriver dans leur commissariat, titubant, couvert de sang, un grand garçon maigre dégoulinant de pluie. Hébété, incapable de tenir debout, à peine capable de s'expliquer, Roland, car c'est lui, s'effondre en demandant du secours. Il explique, à mots hachés, que Maxime, là-bas, est en train de devenir fou. « Venez vite, il est en train de tuer tout le monde ! » Les policiers se précipitent.

Quand ils arrivent, le petit pavillon de pierre blanche semble étrangement tranquille et bouclé de toutes parts, aucune porte ne se laisse forcer, toutes les fenêtres sont closes. Impossible de pénétrer et personne ne répond aux coups de sonnette. Quelqu'un, au bout d'un moment, se dit que Roland, le jeune homme qui est venu donner l'alerte, a peut-être des clés. En effet, à l'hôpital où il a fallu le transporter, on retrouve les clés du pavillon dans ses poches. Bientôt les policiers pénètrent dans la maison.

Hélas ! dans la pénombre, ils heurtent du pied un corps sans vie : celui d'Agnès, au milieu d'une mare de sang. On constate rapidement qu'elle est morte, la gorge tranchée. Un peu plus loin, dans le living dont les murs, le plafond, les meubles, les tapis sont aspergés de longues giclées sanglantes, les policiers constatent qu'ils arrivent trop tard aussi pour la pauvre petite Evelyne. Elle gît dans un coin, la gorge fendue, sans doute par la même arme.

Il ne reste plus qu'à retrouver le coupable. Il n'est pas loin : on le découvre, recroquevillé, dans une autre pièce qui lui sert de bureau. Lui aussi saigne ; de toute évidence il s'est tranché les veines, mais lui, au moins, est encore en vie. Transporté à l'hôpital, on constate, comme de bien entendu, que ses jours ne sont pas en danger. Impossible de lui arracher le moindre mot, ni aveu ni explication, pas plus sur le mobile de cette boucherie que sur les circonstances exactes de la tragédie. « Des pouffiasses, toutes des pouffiasses... », répète-t-il comme un leitmotiv.

La solution sera donnée par sa passion pour la vidéo. Les policiers, en faisant les constatations d'usage, découvrent bientôt qu'une caméra vidéo est branchée au plafond du living, comme si Maxime, obsédé par la jalousie, avait voulu surprendre ce qui pouvait se passer en son absence sous son toit. Une deuxième caméra vidéo est dissimulée sous un meuble, puis une troisième, tout aussi invisible, est découverte. Pratiquement impossible, pour Agnès et Evelyne, de faire un mouvement dans le living sans être dans la ligne de mire des trois camescopes. Impossible de dire ou de faire le moindre geste suspect sans être immédiatement prises en défaut sur la bande sonore.

Justement, une des caméras est branchée. Les policiers mettent ce film en lecture et là, muets d'horreur, ils assistent au déroulement de la tragédie encore toute chaude. Ce ne sont d'abord que des cris : personne n'est cadré dans le living. Les cris de Maxime et les cris de terreur d'Agnès. L'électricien jaloux, qui semble déjà hors de lui au début de la scène, hurle des reproches à sa compagne : reproches surprenants pour n'importe quel témoin. Maxime accuse Agnès d'être la maîtresse de... Roland, son propre frère... Aucune des dénégations terrorisées de la malheureuse ne parvient à le calmer. Il enchaîne d'ailleurs en proférant la même accusation à l'encontre d'Evelyne. Celle-ci, selon lui, serait la maîtresse de son oncle... Le film continue...

Agnès apparaît alors dans le living. Evelyne aussi, en larmes. Tandis que Maxime poursuit ses injures et ses coups, la gamine se recroqueville dans un coin. Maxime exige alors des aveux de la part d'Agnès : qu'elle avoue, qu'elle avoue donc qu'elle couche avec son frère. Roland, qui dort dans une chambre du premier étage, apparaît devant la caméra et reçoit alors sa part d'injures et de coups. Il ne fait vraiment pas le poids devant la masse courroucée de l'électricien et il décide de courir chercher du secours. La caméra enregistre le bruit de sa voiture qu'il met en marche avant de partir sur les chapeaux de roues jusqu'au commissariat.

Maxime disparaît un moment vers la cuisine. Agnès est trop effondrée pour saisir Evelyne et prendre la fuite vers l'extérieur.

Les derniers plans sont explicites, hélas ! Maxime revient de la cuisine en brandissant un long couteau de boucher. Il continue à hurler. On entend la voix d'Agnès, qui, dans un dernier effort pour essayer de le calmer, avoue alors l'invraisemblable : « Oui, dit-elle, je suis la maîtresse de Roland. » Elle supplie Maxime, maintenant qu'elle a dit tout ce qu'il voulait, de se calmer et de les épargner, elle et sa fille. Tout est bon pour gagner du temps.

En guise de réponse, Maxime, d'un grand mouvement du bras, lui tranche la gorge. Le sang gicle jusqu'au plafond. Dans sa colère, son bras arrache la suspension du plafond, les plombs sautent. Est-ce la fin du cauchemar ? Non, l'action reprend comme dans les scénarios classiques de films d'horreur.

Maxime a remis en place l'interrupteur du compteur électrique. Sans s'être calmé, il s'approche de la pauvre Evelyne en larmes qui ne bouge plus, tétanisée. D'un seul coup, il lui tranche à son tour la gorge. La caméra enregistre les derniers soubresauts des deux corps que la vie quitte par saccades.

L'histoire qui n'existe pas

C'est l'histoire d'une femme. Puis d'une autre femme. Puis d'une petite fille. Et aussi celle d'un petit garçon.

C'est une histoire qui a changé d'histoire. Une histoire que personne n'a le droit de raconter sans prendre d'immenses précautions. C'est aussi l'histoire d'une voiture et d'un homme au volant.

Et c'est avant tout l'histoire d'une pulsion jalouse.

La jalousie est un sentiment caché très souvent, honteux parfois, visible nous dit-on sur le visage du jaloux. Il arbore en général ce visage : sourcils froncés, réunis en barre obstinée au-dessus d'un regard suspicieux. S'il s'agit d'un homme jaloux.

S'il s'agit d'une femme jalouse, la morphologie est moins évidente au niveau des sourcils, mais le nez compense en général. Aigu, à l'affût, grand ; par contre, la bouche est mince, comme rétrécie sur des phrases ritournelles : « Avec qui étais-tu ? » « Où étais-tu ? » « Qui regardes-tu ? » « A quoi penses-tu ? » « Que faisais-tu ? »

Ces deux descriptions, empiriques, du visage du jaloux et de la jalouse n'ont fait école que dans les essais de morphologie du XIXe siècle, lesquels, on s'en doute, étaient loin d'être scientifiques, puisqu'ils abordaient avec la même autorité des descriptions de différentes races, en les agrémentant d'adjectifs douteux et de commentaires qui ne l'étaient pas moins. Exemple : le Chinois est paresseux...

Restent les phrases, qui elles n'ont pas changé, et ne changeront jamais. L'extraordinaire dans cette histoire qui n'est plus une histoire, qui n'a plus le droit d'être une histoire, qui ne devrait donc pas se raconter, et ne le sera pas ici, c'est le résultat de la jalousie elle-même.

Et ce résultat, il est racontable.

Imaginons un homme et une femme. Dans une voiture, sur une route de campagne, et pourquoi pas un dimanche. Imaginons que leur enfant, un petit garçon par exemple, se trouve à l'arrière de cette voiture.

L'enfant a l'âge de raison, sept ans. L'âge d'entendre et de comprendre l'essentiel de la conversation que tiennent ses parents à l'avant du véhicule. Banale et quasi quotidienne.

Elle : « Prends plutôt à droite ! »

Lui : « Mais non, c'est plus court à gauche !

— Oui, mais à gauche, la route est mauvaise !

— D'accord, mais sur deux kilomètres seulement !

— Tu veux toujours avoir raison !

— Pas du tout, de toute façon c'est plus joli à gauche !

— Joli ! Avec toi, il faut toujours que ce soit joli ! Tu ne penses qu'à ça, d'ailleurs...

— A ça quoi ?

— Aux jolies femmes, par exemple !

— Comment fais-tu pour détourner la conversation à ce point ? Nous parlions du paysage... c'est bien toi ça... l'obsession !

— Je ne suis pas du tout obsédée, c'est toi qui l'es ! Hier au supermarché, hein, cette caissière ?

— Quelle caissière ?

— Ne fais pas l'innocent, en plus ! Je t'ai bien vu la regarder...

— Tu me fatigues. Je l'ai regardée uniquement parce qu'elle ne trouvait pas le prix de cette boîte de choucroute !

— Ben voyons... je te connais... le moindre prétexte est bon !... Et naturellement, tu as pris à gauche ! »

Silence. On peut imaginer un silence à cet instant, puisque de toute façon ce dialogue est imaginaire, « elle » n'a pas de nom, « lui » non plus, et nous ne saurons pas de quelle route il s'agit.

Elle boude, il conduit, à l'arrière le gamin s'ennuie. Les gamins s'ennuient toujours le dimanche.

« Papa, tu m'achètes des bonbons ?

— Quand on s'arrêtera pour l'essence.

— C'est ça, achète-lui tout ce qu'il veut ! Tel père, tel fils ! Tu l'emmèneras chez le dentiste après, pas moi !

— Bon... d'accord, on ne lui achètera pas de bonbons ! »

Le gamin maugrée, sa mère se retourne, distribue une claque, le gamin boude.

Ainsi qu'il est facile de le constater, même en imagination pure, c'est « elle » qui sème la discorde. Mauvaise humeur, esprit de contradiction, quelque chose la tracasse. C'est que la jalousie peut devenir une véritable maladie avec effets secondaires sur l'environnement. Un bon psychologue vous dira que l'on peut passer de la simple jalousie non fondée, qui n'est qu'une préoccupation dérivée de l'anxiété, au délire de jalousie, qui lui est une psychose passionnelle. Et lorsque le sujet jaloux est atteint de psychose, tous les degrés sont possibles. De même qu'un tremblement de terre se mesure selon une échelle dite de Richter, le jaloux se situe sur le barreau qui lui convient, et, selon les circonstances, il peut grimper brutalement de plusieurs degrés.

A quel degré se situe le tremblement de terre dévastateur ? En général entre six et sept et demi. A sept et demi, il est mortel.

« Elle » est en train de grimper.

Pendant ce temps, à l'autre bout de cette route de campagne, une autre famille est en balade dominicale. Une grande famille, composée de plusieurs adultes, et d'un bébé dans une poussette.

Ici, on parle du printemps, qui s'annonce pluvieux, on parle de la guerre des Malouines, de la future coupe du monde de football et de Platini, de la tarte aux pommes de la tante Berthe, de l'avenir de la jeune fille de la famille, et des progrès de la petite dernière à la maternelle. Par exemple.

L'après-midi s'achève tranquillement, un petit vent frisquet s'accroche aux fleurs des arbres fruitiers, une grand-mère se penche pour remonter la couverture de la poussette où sommeille un joli minois d'environ cinq mois, fatigué par la promenade.

Là-bas, sur la route, dans la voiture, la tension a dû monter. « Elle » marmonne, « il » refuse de discuter, le gamin s'agite à l'arrière, et le véhicule file dans le soleil couchant, peut-être un peu vite, peut-être un peu nerveusement mené par le conducteur, et encore... rien n'est moins sûr, d'ailleurs nous n'en savons strictement rien, et pour cause, puisque cette histoire n'existe pas officiellement.

Le compte à rebours vient cependant de commencer. Dans quelques minutes, puis quelques secondes maintenant, le véhicule va rencontrer les promeneurs.

Le film de l'accident, si on pouvait le dérouler au ralenti, montrerait une voiture, soudain devenue folle, faire un écart brusque, foncer sur le bas-côté et faucher de plein fouet le groupe de promeneurs.

Tout le monde est atteint, les adultes sont sérieusement blessés, la poussette a été projetée en l'air, l'enfant tué sur le coup, et la voiture s'immobilise.

A l'intérieur le conducteur est choqué. Il contemple, égaré, le carnage qui vient de se produire. Les corps allongés, certains tentant de se relever. Et il entend les cris. L'enfant. Il comprend immédiatement que l'enfant est mort.

Choquée elle aussi, elle ne dit plus rien. Derrière, le gamin a valsé quelque peu sur la banquette, une bosse peut-être, rien de grave.

« Il » sort de la voiture, « elle » le suit aussitôt. « Il » prévient la gendarmerie, lui ou bien le conducteur d'une autre voiture ; bref les secours arrivent, les blessés sont emmenés en ambulance. Un petit corps minuscule enveloppé dans un linceul de plastique est chargé dans un fourgon. Une vie à peine entamée vient de s'achever au printemps.

Les gendarmes interrogent le conducteur. Dialogue imaginaire aussi, mais classique :

« Que s'est-il passé ?

— J'ai perdu le contrôle de la voiture.

— Un malaise ? Vous rouliez trop vite ?

— C'est mon fils, il a voulu grimper sur le dossier du siège avant, il a basculé sur moi, le volant a dévié, tout s'est passé si vite que je n'ai pas eu le temps de redresser ou de freiner. Ma femme a essayé vainement de contrôler la direction. »

« Il » est blême, on peut le comprendre. Une histoire aussi bête qui coûte la vie à un petit enfant...

« Elle » est également bouleversée. « J'ai fait ce que j'ai pu, mais notre fils était presque tombé sur les genoux de son père, je n'ai pas réussi à donner un coup de volant dans l'autre direction. »

Le gamin, lui, ne dit rien. Il a eu peur le pauvre, c'est normal. De plus, c'est sa faute, il a fait une bêtise énorme ! Il n'est pas sage ce gosse, et les gendarmes lui font une peur bleue avec leurs uniformes et leurs casquettes. Ah ! si les ceintures de sécurité étaient obligatoires à l'arrière des véhicules de tourisme, et si les enfants étaient systématiquement attachés...

Ils ont raison les gendarmes, à force de voir systématiquement des accidents où les gosses atterrissent dans le pare-brise...

Il a de la chance, ce sale gamin, de s'en tirer à si bon compte. Si le véhicule de son père en avait croisé un autre, c'est lui probablement qui serait mort à cette heure...

Procès-verbal, « il » sera convoqué ultérieurement : il risque un retrait de permis de conduire et une amende.

Effectivement, le conducteur est condamné pour homicide et blessures involontaires. Retrait de permis pour un mois, deux mille francs d'amende, c'est le tarif.

Un enfant est mort. Les années passent. Le souvenir de cet enfant mort est difficile à supporter, à oublier.

« Il » se sent coupable. Et, avec « elle », rien ne va plus. Le petit garçon grandit, traverse l'adolescence, approche de l'époque bénie ou abhorrée où il devra faire son service militaire. Rien n'empêche plus ses parents de mettre un terme à un mariage raté. Est-ce « elle » qui demande le divorce ? Est-ce « lui » ?

Un divorce est toujours difficile, celui-là doit l'être particulièrement. A force d'être jalouse, elle a dû provoquer une forme de rejet chez « lui ». Il s'est peut-être tourné vers d'autres visages féminins plus accueillants. Et, dans ce cycle infernal, elle a peut-être trouvé une justification à sa jalousie. De toute façon, ils ne s'aiment plus depuis longtemps, ils n'étaient pas faits l'un pour l'autre, « elle » lui a « consacré » les meilleures années de sa vie... « Il » l'a supportée, elle et ses crises de jalousie, bien trop longtemps...

« Il » s'en va vivre ailleurs une autre vie, et le divorce est prononcé à ses torts exclusifs. Le vilain, c'est lui. La pension à verser tous les mois, c'est pour lui.

Et le gamin devenu grand, au milieu de tout ça ? Il est en âge de choisir son camp, maintenant.

« Il » remâche ses aigreurs. Peut-être en parle-t-il avec son fils ?

Imaginons encore un dernier dialogue, entre père et fils cette fois :

Le père : « Tu te souviens de l'accident ? »

Le fils : « C'est vieux...

— Mais tu t'en souviens...

— C'était pas ma faute.

— Je sais bien que ce n'était pas ta faute. Tu n'en as jamais parlé ?

— Non, mais j'aurais préféré dire la vérité. Pas toi ?

— Si. Ça m'a rendu malade pendant dix ans cette histoire.

— Pourquoi tu ne l'as pas dite ?

— Par lâcheté sur le moment, pour nous protéger tous. En fait, ça n'a rien arrangé, au contraire ; ces dernières années avec "elle" ont été empoisonnées par cette histoire. Ça n'a pas dû être facile pour toi non plus.

— Non. Et pourquoi tu ne dirais pas la vérité aujourd'hui ?

— Tu la dirais aussi ?

— Oui. Y a pas de raison. Ces gens-là ont besoin de savoir la vérité. Ça me soulagerait qu'ils sachent que ce n'est pas ma faute. »

Bien. Ceci est une version. Il en est d'autres. On peut imaginer la version vengeance. « Il » est furieux d'avoir à supporter tout le blâme et les inconvénients d'un divorce, il lui en veut à « elle », donc il va dire la vérité aux gendarmes.

Il y a aussi la version libératrice. Le gamin devenu grand, presque un homme, ressent comme un besoin de propreté morale, un immense dégoût du mensonge dans lequel il a vécu immergé pendant son enfance.

Quoi qu'il en soit, dans cette histoire qui ne doit pas exister, les personnages ont un mobile, et ce mobile les conduit, soit l'un soit l'autre, soit tous les deux ensemble, à la gendarmerie. Prenons « lui » : « J'ai été condamné pour un accident de voiture mortel. Un enfant de cinq mois a été tué. Je conduisais la voiture, mais ce n'est pas moi qui ai provoqué l'accident, et ce n'est pas mon fils non plus. C'est "elle".

— Elle conduisait le véhicule ?

— Oh non ! elle était passagère.

— Comment a-t-elle fait ?

— On roulait, à un moment j'ai aperçu le groupe de promeneurs sur le bas-côté, il y avait une jeune fille en minijupe, et j'ai dit : "Oh, la jolie fille !"

— Et alors ?

— Ça l'a rendue furieuse. Tout d'un coup, elle est devenue comme folle, elle a crié quelque chose comme : "Je vais la tuer !" Elle a sauté sur le volant et a foncé sur eux. Je n'ai pas eu le temps de réagir.

— Parce que vous aviez dit que cette jeune fille était jolie ?

— Oui. Elle était jalouse, une vraie malade.

— Pourquoi ne pas l'avoir dit ? Pourquoi avoir raconté que c'était votre fils ?

— Pour la protéger. »

Prenons le fils maintenant :

« Ils ont menti, et moi je n'avais pas droit à la parole. Désormais, je peux tout dire. Ce n'est pas ma faute si cette enfant est morte. C'est ma mère qui a foncé dans le tas comme une folle ! La fille en minijupe était jolie, elle ne supportait pas que mon père regarde les autres femmes ! Après, on m'a dit qu'elle risquait d'aller en prison, et que moi je n'irais pas parce que j'étais trop petit, qu'il fallait raconter que j'avais fait l'imbécile en grimpant sur le siège de mon père. J'en ai marre de ce plan pourri. Depuis, ils ont pas arrêté de s'engueuler tous les deux. Tout ça pour finir par divorcer ! »

Donc, étant dénoncée, « elle » se retrouve inculpée de meurtre. Car il s'agit d'un acte délibéré. Coup de folie, certes, mais meurtrier. Et, ironiquement, injuste. Puisque la jeune fille en minijupe, objet de sa jalousie brutale, n'est pas morte. Un enfant innocent a payé à sa place.

Mais cette histoire est vieille de dix ans lorsque l'inculpation est effective. Et l'inculpée a beau jeu de reconnaître les faits, puisqu'ils sont prescrits. Dix ans, c'est fini. Dix ans après un meurtre, plus personne ne peut rien contre le meurtrier. C'est la règle. Il y a bien une tentative juridique pour faire admettre que la prescription a été interrompue par la condamnation survenue un an après les faits. Acte suspensif, dit-on... Neuf ans... rien n'est prescrit ?

« Elle » est en prison, elle attend que la justice décide. En jugement de première instance, le tribunal considère en effet que la condamnation de « lui » en correctionnelle est suspensive. Pas de prescription. En cour d'appel, même appréciation du tribunal. Un nouveau délai de dix ans part de la condamnation du conducteur, « elle » sera jugée pour meurtre. En Cour de cassation, il en est autrement. Selon l'argument suivant : « Un jugement pour un délit d'homicide involontaire de "lui" ne constitue pas un acte d'instruction susceptible d'interrompre la prescription d'une affaire criminelle concernant "elle". »

Voici les dernières nouvelles du front judiciaire : l'affaire, renvoyée devant l'ultime instance, la chambre d'accusation, vient de connaître son épilogue. La prescription est confirmée. « Elle » est libre. « Elle » ne sera jamais jugée.

C'est ainsi qu'il est interdit de rapporter cette histoire qui, par la magie de la prescription, est devenue totalement invisible et doit être considérée comme n'ayant jamais existé.

La petite fille dans sa poussette se prénommait Vanessa.

Liste noire

William a du pain sur la planche. Dure journée. Mais il ne faut pas dramatiser, il a déjà « abattu » pas mal de besogne, et il est presque dans les temps pour ce qui lui reste à faire...

C'est ce qu'il est en train de se dire en arrêtant son véhicule, un 4 × 4 bien rustique. Il vient justement d'arriver chez une vieille connaissance : son ancienne patronne, Johanna W. Johanna est sur le seuil du ranch, en jean, un vieux feutre planté sur sa crinière grise et jaunâtre, une fourche à la main.

Johanna, de loin, plisse les yeux dans la lumière de cette fin d'après-midi, pour examiner l'étranger qui vient de descendre de la voiture. Quand elle reconnaît William, on ne peut pas dire qu'elle en soit folle de joie. Ce dernier ne lui a pas laissé un souvenir impérissable quand, il y a quelques mois, il est venu travailler dans ses vignes. Elle le découvrait plus souvent affalé en train de dormir devant la télévision que courbé sous les hottes pleines de raisins dorés. Elle a fini par le renvoyer.

William s'approche, d'un pas lent, en traînant ses bottes dans la poussière. Il tient un fusil à la main. Qu'est-ce qu'il peut bien vouloir ? Q'il n'aille pas réclamer de l'argent.

Mais Johanna n'a guère le temps de réfléchir plus longtemps. A peine William, après avoir franchi les marches de la véranda en bois, est-il à sa hauteur qu'il lui envoie un énorme coup de poing en pleine figure. Elle en crache une dent en tombant lourdement à terre.

Mais, après ce premier coup, d'autres suivent. Johanna subit une grêle de coups, lorsque, soudain, William semble hésiter. Johanna, tout en se remettant sur pied et en se frottant le visage, comprend que son ancien employé n'est pas dans son assiette. La colère monte en elle. Et, comme elle ne comprend pas ce qui se passe, elle pose, logiquement, la question qui s'impose : « Pourquoi me faites-vous ça ? » Elle la pose en hurlant comme une perdue, mais enfin elle la pose.

Du coup William a l'air de réfléchir. Lentement, il sort de la poche de son jean une liste sur un morceau de papier. Sur la liste, certains noms sont déjà rayés. William regarde la liste et il la tend d'un geste las à Johanna, en soupirant : « Aidez-moi, j'ai déjà tué trop de gens. »

Johanna saisit la liste, juste le temps d'apercevoir que son propre nom y est inscrit, lui aussi. En femme de tête, elle comprend que les propos de William, « le cinglé » comme on dit dans le canton, sont plus que sérieux. Il s'agit de ne pas faire d'erreur.

Apparemment Johanna ne fait pas d'erreur puisque, quelques heures plus tard, vers les minuit, elle est toujours vivante, assise avec William devant des tasses de café. William raconte et elle écoute. Il raconte sa journée infernale commencée par le meurtre du vieux Mirko. Mirko, à sept heures du matin, est sur la terrasse de sa maison de bois, à quelques kilomètres de là, en compagnie de deux amis. William arrive et les trois hommes le regardent d'un air interrogateur. Qu'est-ce qu'il peut bien vouloir ? Déjà qu'hier il a parcouru les bars de la ville en affirmant qu'il allait faire un massacre. Quoi de neuf aujourd'hui ?

Mirko, en quelques instants, a juste le temps de comprendre en recevant une balle dans la tête, calibre 12. Les deux amis aussi. En repartant, William raye soigneusement leurs noms sur sa liste. Lui seul sait pourquoi il vient de tuer trois hommes. Mirko, selon lui, est responsable de l'expulsion qui a fait perdre à William son logement. Vengeance. Un des deux autres lui a pris tout son argent en jouant au poker. L'autre, rien : simplement il était là et on ne peut pas laisser un témoin.

Johanna à présent, attentive, écoute le récit de cette journée d'enfer. Mais William n'est pas au bout de son histoire. Il raconte qu'après l'exécution de Mirko et de ses deux amis, le matin, de bonne heure, il avait encore des noms sur sa liste : Daniel, Paco et Michael, qu'il les a trouvés, attablés, tapant le carton, un peu plus loin. Il les exécute froidement, eux aussi.

Pourquoi ceux-là ? Parce que ce sont sans doute eux qui ont persuadé Emily, la femme de William, de quitter son mari, « le cinglé », avec leur fille. Et puis ils n'étaient pas étrangers à une certaine bagarre, il y a quelques semaines, bagarre dans laquelle William a laissé toutes ses dents de devant.

Alors maintenant, il est venu pour tirer une nouvelle balle dans la tête de Johanna, pour se venger d'elle, du jour où elle l'a viré de son boulot de vendangeur. Mais soudain, sans doute à cause de l'heure tardive, de toutes les émotions de la journée, William sent qu'il manque d'énergie. Une idée lui vient. Il dit à Johanna : « Je vais prendre votre voiture et je vais aller me promener en haut des falaises de W. »

Johanna se garde bien de critiquer ce projet. Mais il ajoute : « Bien sûr, si je fais ça, je vais être obligé de vous tuer. » Johanna est loin d'approuver. Elle sait qu'elle est sur le fil du rasoir, qu'elle doit « la jouer très fine » avec ce fou armé d'un calibre 12. William jette un coup d'œil sur la campagne envahie par la nuit. Y a pas à dire, il a passé de bons moments dans cette vigne-là. Il faut reconnaître qu'il était un peu tire-au-flanc... Et ce bon vieux Mirko. Bien sûr, il lui a flanqué une balle dans le crâne pas plus tard que ce matin, et aux cinq autres aussi, mais, à bien y réfléchir, ils n'étaient pas si mauvais que ça. Ils l'ont simplement énervé en se fichant de lui sans arrêt.

Soudain sentimental, William songe, un peu tard, à l'avenir des siens. Il prend des dispositions « testamentaires ». Si Johanna, quoiqu'il vienne de la rouer de coups, veut bien lui rendre le service de s'en charger : « Il faudrait remettre tout l'argent dont je dispose à ma femme et à ma fille. » Johanna respire un peu : si William lui confie ce genre de mission, c'est qu'il n'a plus l'intention de l'exécuter. Il faudrait aussi, si Johanna veut bien noter le numéro, qu'elle téléphone à la mère de William, « quand tout sera fini ». Car le meurtrier, un peu las, annonce qu'il a l'intention de se tirer une balle de calibre 12 dans la tête. Pour en terminer une bonne fois...

Johanna réagit bizarrement quand William lui annonce son projet de se faire sauter la cervelle : « Avec un fusil ? s'exclame-t-elle, ironique. Mais vous n'êtes pas en état d'appuyer sur la détente ! » William réfléchit et, lentement, tire de la poche de son pantalon un vilain petit revolver bien brillant. Le temps passe.

A présent William est bien décidé. Johanna, prise d'une inspiration, s'inquiète des dispositions à prendre pour les funérailles du désespéré. Il est déjà quatre heures du matin. William, après un temps de réflexion, opte pour la crémation. « Et les cendres, demande Johanna, que faudra-t-il en faire ? Faut-il les disperser dans la mer ou ailleurs ?

— Dispersez-les dans la vigne, répond l'homme à la liste, c'est là que j'ai été le plus heureux. » Le téléphone sonne mais il interdit à Johanna de répondre. Les minutes passent, le téléphone insiste, une fois, deux fois, trois fois, toujours sans résultat.

Soudain William jette un coup d'œil par la fenêtre du living. Il remarque soudain plusieurs voitures de la police qui, silencieusement, prennent position autour du ranch de Johanna. William dit doucement à la femme qu'il tient en otage : « Ne bougez pas. » Il recule de quelques pas et, dans la pièce voisine, se loge une balle dans la tête. Johanna, soudain, a une formidable envie de boire une grande bière bien fraîche... et de dormir jusqu'à midi.

Les enfants de Liverpool

Nous sommes dans l'après-midi du vendredi 12 février 1993. Il est exactement, ainsi qu'on pourra l'établir par la suite à la minute, presque à la seconde près, quinze heures quarante. Denise B. fait des courses au New Strand Shopping Centre, dans le quartier populaire de B., à Liverpool, la grande cité industrielle du centre de l'Angleterre. Enfin, il vaudrait mieux dire « l'ancienne grande cité industrielle », car aucune région, sans doute, n'a été davantage touchée par la crise, avec comme conséquences la délinquance dans les quartiers populaires — c'est-à-dire dans presque toute la ville — et la violence, qui s'est exprimée de la manière tragique que l'on sait dans les stades...

Mais cela, Denise B. n'y pense pas alors qu'elle fait ses courses, ce climat détestable fait partie du quotidien. Elle-même est d'un milieu plus que modeste et habite une des banlieues les plus déshéritées de la ville. Pour l'instant, jeune maman qui gère de son mieux le budget du ménage, elle se soucie de faire au moindre prix ses provisions pour le week-end et la semaine à venir.

A ses côtés, se tient son fils, le petit James, deux ans, qui l'a accompagnée. Mme Denise B. arrive au rayon boucherie. Il y a pas mal de bousculade en ce vendredi, jour d'achats traditionnel. Le temps d'examiner la viande présentée sous cellophane, elle se retourne : James n'est plus là. Mme B. ne s'inquiète pas. Il n'y a pas une minute qu'elle l'a perdu de vue. Il ne peut être loin. Elle parcourt les allées avoisinantes, cherchant du regard sa petite silhouette en pantalon clair et blouson noir, son visage joufflu aux cheveux et aux yeux marron, mais James n'est pas là... Mme B. se met à appeler son fils, à demander aux clients s'ils ne l'ont pas vu : sans résultat. Peu après, elle va trouver la direction du magasin, qui multiplie les annonces par haut-parleur : James ne se manifeste toujours pas. Cette fois, il faut se rendre à l'évidence : il a disparu. Denise B. alerte la police...

Les policiers sont rapidement sur place. Le supermarché, comme presque tous les autres, est équipé de caméras de surveillance qui filment les clients. Ils visionnent les bandes vidéo et découvrent sans mal l'enfant. Pas de doute : ce pantalon clair et ce blouson noir, c'est bien lui !... Et grâce à la date et à l'heure qui apparaissent en incrustation, ils vont pouvoir suivre les événements seconde par seconde.

Tout d'abord, James B. est en compagnie de sa maman au rayon boucherie, puis il disparaît. A quinze heures quarante et une minutes et trente-neuf secondes, il arrive dans le champ d'une autre caméra, un peu plus loin. On aperçoit alors deux petites silhouettes qui vont dans sa direction. Ce sont celles de deux autres enfants, deux garçons plus âgés, qui doivent avoir aux environs de dix ans. Ils lui font signe et James vient vers eux. L'un des garçonnets lui dit quelque chose et l'enfant les suit.

La caméra les perd à ce moment. Mais une minute plus tard, à quinze heures quarante-deux minutes et trente-deux secondes, une autre caméra les prend. Le petit James donne la main à l'un des garçons. Trois secondes plus tard, à quinze heures quarante-deux minutes et trente-cinq secondes, il la lâche et continue à les suivre de son plein gré. C'est tout. A partir de ce moment, les caméras vidéo n'enregistreront plus rien.

Même si l'inquiétude demeure, les policiers, tout comme Mme B., sont rassurés. Le pire aurait été de voir partir James avec un homme – d'autres enfants, cela ne peut pas être bien grave. Et puis, trois gamins de cet âge-là ensemble, ce n'est pas si fréquent, cela se remarque, les témoignages ne vont certainement pas manquer.

Effectivement, ils ne manquent pas et, grâce à eux, on peut suivre le trio à la trace. Ils sont sortis du centre commercial, sont passés devant le grand magasin Marks & Spencer et ont tourné à droite dans Stanley Road. Quelques mètres plus loin, un témoin a vu James sur les épaules d'un des garçons. Il souriait. Ensuite, ils ont quitté le quartier de B. pour se rendre dans un autre quartier populaire, celui de W., près du port...

Et c'est là que les choses se mettent à basculer... Ralph B., le père de James, qui a été alerté à son travail et qui a rejoint sa femme, écoute, en compagnie des policiers, les témoignages grâce auxquels on peut reconstituer le trajet des enfants. Qu'est-ce que tout cela signifie ?

Ils ont marché pendant trois kilomètres, longeant des maisons tristes en briques rouges et une voie rapide. Plusieurs personnes ont vu alors James, qui paraissait fatigué et qui pleurnichait. Les deux garçons le traînaient par la main. Ils sont arrivés ensuite devant un terrain vague, avec un réservoir à eau désaffecté et des canettes de bière qui traînaient un peu partout. Cette fois, James B. pleurait carrément et avait une grosse bosse au front. Une vieille dame les a accostés. « Mais pourquoi pleure-t-il comme cela, ce bébé ? » L'un des deux garçons lui a répondu avec beaucoup d'assurance : « Il s'est perdu. On l'emmène au commissariat. »

La dame n'a pas insisté et les témoignages s'arrêtent là. A partir de ce moment, on perd la trace de James. Ou plutôt, non : il y a un autre témoignage et il est tout ce qu'il y a de plus inquiétant. Peu avant, Mme B., une autre cliente du supermarché, avait perdu de vue son petit garçon et elle l'avait retrouvé en compagnie de deux enfants d'une dizaine d'années, qui l'avaient abordé. A son approche, ils s'étaient enfuis.

Cette fois, tout change. Ce n'est pas par hasard que les deux petits inconnus sont partis en compagnie de James. Il s'agit d'un acte prémédité. Ils rôdaient dans le magasin à la recherche d'un enfant pour... l'enlever ! L'affaire prend soudain un tour à la fois angoissant et monstrueux !

Et, deux jours plus tard, le dimanche 14 février à quinze heures, c'est la terrible découverte qui justifie les pires appréhensions : on retrouve le corps atrocement mutilé de James B. sur une voie ferrée, non loin du lieu où il a disparu. Il a été torturé, puis battu à mort. Le meurtre est si sauvage que la police se refuse à préciser la nature exacte des blessures.

L'émotion est sans précédent dans toute l'Angleterre à l'annonce non seulement du crime, mais de l'identité des meurtriers présumés. Car, si ce sont bien eux, c'est une chose qui ne s'est encore jamais produite !

La photo des caméras montrant le petit James entre ses deux ravisseurs de dix ans est floue, mais le ministère de la Défense la retravaille, à la manière de ce qui a été fait pendant la guerre du Golfe. Elle est diffusée lors d'une émission populaire de télévision, *Crimewatch*, faisant des appels à témoins. Le commissaire Albert Kirby, de Liverpool, demande à tous ceux qui pensent avoir reconnu les gamins de le faire savoir. Les appels téléphoniques sont très nombreux, plus de quatre cents, et les deux mêmes noms reviennent fréquemment...

En fait, il ne s'agit pour les policiers que d'une confirmation, car deux suspects ont déjà été appréhendés. Leur arrestation s'est faite très discrètement, presque secrètement, pour éviter les émeutes. Ils se prénomment John et Robert et ils ont bien dix ans tous les deux ! Ils habitent le quartier de W., à cinquante mètres de l'endroit où a été découvert le corps. Ils sont issus d'un milieu très défavorisé. Le père de l'un est au chômage, la mère de l'autre est alcoolique. Ils sont suivis par les services sociaux de Liverpool et passent le plus clair de leur temps à faire l'école buissonnière et à déambuler dans les faubourgs.

C'est la première fois en Angleterre que des enfants aussi jeunes sont suspectés d'un pareil meurtre, ce qui pose aux enquêteurs un problème sans précédent : malgré l'horreur de ce qu'on leur reproche, ce ne sont que des enfants et il faut agir avec ménagement, en tenant compte de leur âge.

Tandis que l'Angleterre apprend leur arrestation avec une horreur grandissante, les interrogatoires commencent. Les policiers ont reçu des instructions précises : faire comme s'ils interrogeaient leurs propres enfants, essayer d'oublier ce qui s'est passé. Dissimulant leur nausée, ils posent leurs questions avec patience, s'efforçant de mettre en confiance, de rassurer. John et Robert ont droit à de longues périodes de repos. Ils sont interrogés en présence de leur famille, de représentants légaux et sociaux.

On a choisi de les entendre séparément, dans deux commissariats différents, afin qu'ils ne puissent s'influencer mutuellement. Jusqu'au dernier moment, les enquêteurs espèrent sans doute secrètement qu'ils se sont trompés, que ce ne sont pas eux qui ont fait cela, qu'ils n'en ont été que les témoins...

Et pourtant, si, ce sont eux et eux seuls ! Ils font exactement les mêmes aveux, tout concorde au détail près. Non seulement ils sont les tortionnaires et meurtriers de James, mais ils ont agi avec préméditation. C'était bien eux qu'avait vus l'autre cliente. Ils n'étaient venus au supermarché que pour enlever un enfant.

De surcroît, leur attitude est proprement terrifiante. Ils s'expriment avec calme, détachement, ne manifestant ni l'un ni l'autre le moindre remords. Pendant les périodes de détente qu'on leur accorde, ils jouent avec des jeux vidéo ou dessinent. Aucun d'eux, diront les policiers, n'a pleuré à aucun moment.

Lundi 22 février 1993. La procédure criminelle suit son cours. Conformément à la loi anglaise et à la différence de ce qui se passe chez nous, ce n'est pas un juge d'instruction qui décide de l'inculpation, mais un tribunal de mise en accusation. Si sa réponse est positive, ensuite aura lieu le procès proprement dit.

Ce matin-là, dans la banlieue de Liverpool, le tribunal de B., devant lequel vont passer John et Robert, est en état de siège. Un imposant cordon de *bobbies* avec matraques essaie de tenir en respect une foule qui gronde. Car, malgré les appels au calme, notamment ceux des parents de James, la tension est à son comble. On a même du mal à imaginer le vent de folie qui souffle sur l'Angleterre depuis le début du drame. Tandis que des milliers de bouquets de fleurs, d'animaux en peluche et de mots d'enfants sont déposés au supermarché où a été enlevé James et sur la voie ferrée où l'on a retrouvé son corps, des mères promènent leurs enfants en laisse comme des petits chiens ; l'opinion, traumatisée, voit des meurtriers partout.

Et la classe politique, dans un pays où la violence est un problème bien plus aigu qu'en France, ne fait rien pour inciter au calme. La grande majorité penche pour plus de sévérité, de répression. Le Premier ministre John Major déclare : « La société doit condamner un peu plus et comprendre un peu moins les criminels » et il appelle à « une croisade contre le crime ». Le ministre de l'Intérieur qualifie les jeunes criminels de « sales petites bêtes ». D'autres responsables réclament le rétablissement des maisons de correction et des châtiments corporels...

Devant la chambre d'accusation du tribunal de B., ce sont heureusement le calme et la sérénité qui règnent, en cette matinée du 22 février 1993. Les trois juges, Mme Dale, MM. Dixon et Birkett, prennent place. Les accusés sont alors introduits dans la salle. Ils entrent, dissimulés par les policiers, et s'installent face à la barre où ils ne bougeront plus car on ne doit les voir que de dos. Seuls cinq journalistes ont été autorisés à venir à l'audience. Le public, restreint et trié sur le volet, a dû subir de multiples fouilles avant d'arriver dans la salle. Les parents de James ne sont pas présents.

Contrairement aux usages, le président ne procède à aucun interrogatoire d'identité. Les noms des deux garçons seront tenus secrets, ainsi que leur adresse. De dos, comme ils sont, on peut constater que l'un est tout maigre et doit mesurer environ un mètre vingt ; l'autre est encore plus petit. Ils ne font même pas leurs dix ans !... Tout ce que l'on sait d'eux, on l'a appris par les journaux. L'un d'eux, a-t-on écrit, « a un visage d'ange et suce encore son pouce », tandis que l'autre « est déjà un voyou et a cassé des vitres en lançant des pierres ».

Au tribunal de B., c'est d'abord la lecture des confessions de John et de Robert, puis le procureur prend la parole pour demander leur inculpation pour tentative d'enlèvement, enlèvement et assassinat. Pendant ce temps, on a pu voir l'un des petits accusés bâiller et l'autre s'étirer.

On leur donne alors la parole. Ils se mettent à se disputer d'une voix boudeuse, ennuyée, comme s'il s'agissait de savoir lequel des deux a volé un pot de confiture. « C'est la faute de Robert, dit John. C'est lui qui a eu l'idée d'enlever un môme !

— C'est John qui a tué James, dit Robert. C'est pas moi ! »

Les débats sont clos. Ils ont duré en tout six minutes. Le président prend la parole. Conformément à la loi britannique, qui fixe à dix ans l'âge minimum pour être inculpé, il suit l'avis du procureur : John et Robert sont inculpés de tentative d'enlèvement, enlèvement et assassinat. Le président leur annonce qu'ils vont devoir attendre leur jugement dans une institution spécialisée. Ils y seront suivis par des psychiatres et comparaîtront devant le tribunal ultérieurement. Ils risquent la prison à vie.

Il est à noter que la dernière peine prononcée en Angleterre contre un enfant de cet âge est la condamnation à vie, en 1968, d'une fillette de onze ans qui avait étranglé deux enfants de quatre et cinq ans. Il est à noter également qu'en France les deux assassins présumés n'auraient pas été poursuivis, les mineurs de moins de treize ans n'étant pas pénalement responsables...

L'audience est levée. Les policiers reviennent entourer les deux garçonnets, qui ont un geste de surprise, comme s'ils semblaient brusquement comprendre qu'ils ne rentreront pas chez eux ce soir... Dehors, quand on les fait monter dans un fourgon blindé, une foule énorme vocifère : « Salauds ! Qu'on les tue ! » Il y a des jets de pierres et des bagarres pendant une dizaine de minutes avec les policiers. Puis, le calme finit par revenir.

Le calme est tout à fait revenu et seule subsiste une immense tristesse lorsque ont lieu, une semaine plus tard, le lundi 1er mars 1993, les obsèques de James B.

A dix heures trente, le convoi funéraire, composé de quatre limousines noires remplies de fleurs blanches, parvient à l'église du Sacré-Cœur de K., une église sinistre en ciment et en béton à l'image de ce quartier de HLM où vivent Denise et Ralph B. Les voitures s'arrêtent devant le portail et quatre personnes portent le petit cercueil blanc, dont Ralph B., le papa. L'office a lieu. Simultanément, des messes sont dites dans toute l'Angleterre, notamment à la cathédrale Westminster de Londres. Dans son homélie, le père O'Connel, qui officie, se fait l'écho de la douleur générale : « Nous aimerions tant ramener les pendules deux semaines en arrière et rendre les choses meilleures, nous aimerions tant faire revenir James, mais nous ne le pouvons pas. James, qui va tant nous manquer, est désormais dans la vie éternelle où la souffrance et la peine n'existent plus. » Mais il tente tout de même de trouver des mots d'espoir : « Nous devons tous nous interroger. Ce décès terrible doit servir à édifier un monde meilleur, ou alors James sera mort pour rien. »

A la fin de l'office est diffusée dans l'église une chanson de Michael Jackson, la préférée de l'enfant. Le chanteur a d'ailleurs envoyé un message de condoléances aux parents. Dehors, se tient une foule d'un millier de personnes, parfaitement digne et silencieuse. Elle suit le convoi, qui prend la direction du petit cimetière local. Les services municipaux sont passés auparavant pour le nettoyer, car il sert de lieu de rendez-vous aux drogués et il était jonché de seringues...

Le cas des enfants de Liverpool est extrêmement rare et il a frappé d'horreur non seulement l'Angleterre, mais le monde entier. Aussi convient-il de se demander comment une telle monstruosité a été possible.

Il existe des exemples d'enfants meurtriers, mais ils agissent presque toujours dans le cadre familial ; le plus souvent c'est le meurtre du petit frère ou de la petite sœur dont on est jaloux ; plus rarement, il s'agit d'une agression contre un des deux parents. John et Robert, en revanche, ne connaissaient pas James, puisqu'ils l'ont enlevé par hasard, après avoir échoué une première fois avec un autre enfant.

Alors, pourquoi un tel acte ? On ne peut que faire des suppositions, mais il est improbable que les deux jeunes meurtriers de Liverpool aient eu l'intention de tuer. Ils voulaient sans doute s'amuser à faire peur et même faire mal, avec toute la cruauté dont on est capable à cet âge. Seulement, leur victime a pleuré, s'est débattue et tout a dérapé. Pris de panique, ils l'ont supprimée.

Leur attitude, lors de leur interrogatoire puis du procès de mise en accusation, montre qu'ils n'ont absolument pas conscience de ce qu'ils ont fait. La raison est à chercher dans leur environnement culturel. Tout ce qui banalise la mort peut conduire à déstabiliser l'enfant. En particulier les jeux vidéo où il suffit d'appuyer sur un bouton pour que le héros qui a été tué se remette à vivre. La télévision a, bien évidemment, elle aussi, un effet d'incitation sur les enfants. Récemment, aux Etats-Unis, un enfant, après avoir vu *Superman,* s'est jeté par la fenêtre, croyant avoir les mêmes pouvoirs. Des films, violents, sadiques, peuvent entraîner le même effet d'imitation.

Enfin, la dernière cause, et la plus importante sans doute, est le milieu. Les familles de John et de Robert sont des familles éclatées, confrontées à la misère. Et surtout, Liverpool est une des villes les plus sinistrées de Grande-Bretagne. La violence qui sévit dans les quartiers défavorisés défie l'imagination. La drogue et la prostitution règnent partout. Le chômage est effrayant : à certains endroits, il touche 70 % des jeunes. 40 % des foyers de la ville vivent au-dessous du seuil de pauvreté. Dans ces conditions, ce meurtre peut apparaître comme une forme extrême d'appel au secours...

Tous ces éléments sont présents à l'esprit des divers acteurs du procès de Robert et de John, qui s'ouvre le lundi 1er novembre 1993, la Toussaint n'étant pas un jour férié en Angleterre. Pour des raisons de sécurité, les débats ont lieu au tribunal de Preston, à soixante kilomètres de Liverpool. Les jurés sont au nombre de douze, neuf hommes et trois femmes, âgés de vingt à soixante ans. Comme tout le monde, ils ont eu connaissance par les médias du sort des deux petits accusés depuis le meurtre.

Robert et John ont été enfermés dans une institution spécialisée proche de Manchester. John a rêvé souvent du petit James, mais il n'a jamais parlé spontanément du meurtre. L'un de ses défenseurs a confié que, pour s'entretenir avec lui, il devait lui donner une console de jeux électroniques et que l'enfant lui répondait sans cesser de jouer. John a fêté ses onze ans en août. Il ne s'intéresse vraiment qu'au football. Pour lui faire comprendre l'importance du procès, son avocat lui a dit : « Le 1er novembre, ce sera la finale de la Coupe. »

Robert, de son côté, s'est exprimé beaucoup plus facilement que John. Il est déluré et se donne volontiers des allures de voyou. Depuis leur détention, en tout cas, ils ont fait de nouveaux aveux, qui semblent confirmer la préméditation. Ils ont déclaré qu'ils étaient venus au supermarché pour « tuer du bébé ». Ils ont reconnu avoir échoué dans une première tentative d'enlèvement avec un autre enfant. Leur intention était de le pousser sur la voie rapide devant les voitures. Quand ils ont pris James, ils voulaient le jeter dans le canal. Mais arrivé sur le quai, il s'est mis à pleurer. Ils l'ont alors conduit près de la voie ferrée. On connaît la suite...

Il est dix heures trente-cinq lorsque les deux enfants font leur entrée dans le tribunal de la Couronne de Preston. Tous deux sont en blazer et cravate, à la manière des collégiens des établissements chics de Grande-Bretagne. Ils ont les cheveux courts et on remarque qu'ils sont devenus un peu grassouillets en raison du manque d'exercice dans l'institution spécialisée.

Robert et John prennent place devant le juge, sur une estrade qu'on a dû surélever spécialement pour eux. Ils resteront le dos tourné au public et les journalistes ont l'interdiction de les photographier. En plus de leur avocat, ils ont chacun un éducateur à leurs côtés pour les assister. Pendant toute la durée des débats, on ne les appellera pas par leur nom ni même par leur prénom, mais uniquement « le garçon A » pour Robert et « le garçon B » pour John.

Devant eux se tient le juge Morland, juge unique de ce procès, en robe rouge et perruque. Derrière eux ont pris place leurs parents, tête baissée, écrasés par la situation. Le père de James, Ralph B., est présent, mais sa mère, enceinte de huit mois, n'est pas là.

Robert et John, ou plutôt « les garçons A et B », vont donc répondre des inculpations retenues contre eux par le jury d'accusation : tentative d'enlèvement, enlèvement et meurtre de mineur. En raison de leur âge, s'ils sont reconnus coupables, aucune peine d'une durée précise ne pourra être prononcée contre eux. Ils seront « détenus selon le bon plaisir de Sa Majesté ». C'est ce qui s'est passé dans le seul cas analogue au leur : Mary Bell, la fillette de onze ans qui avait tué deux bébés en 1968. Condamnée à une détention indéterminée, elle a été libérée à vingt-trois ans, après douze ans de détention, avec mise à l'épreuve jusqu'à la fin de ses jours. Elle est âgée à présent de trente-cinq ans, a changé de nom et elle est mère d'une fillette de huit ans...

Malgré les aveux répétés de Robert et John, leurs avocats ont décidé de plaider non coupable. Il n'est pas question, évidemment, de nier qu'ils ont tué James B., mais chaque défenseur va essayer de prouver que son petit client n'a rien fait et que c'est l'autre qui est coupable. Cette tactique peut sembler contestable, mais pour bon nombre d'observateurs, c'est ce procès lui-même qui n'a aucun sens. Quelle justice peut-on rendre contre des meurtriers de dix ans ?...

Les débats sont ouverts. Le juge Morland qui, comme

ses confrères britanniques, a des pouvoirs largement supérieurs à ceux de nos présidents de cours d'assises, commence par un discours à l'adresse des jurés. Il leur demande de se forger une opinion par eux-mêmes et non par ce qu'ils ont lu, entendu ou vu dans les médias. Ce n'est pas loin d'être un vœu pieux compte tenu des circonstances.

L'acte d'accusation est lu par l'avocat général Richard Henriques. Dès ses premiers mots, il nous replonge dans l'horreur, avec une intensité encore jamais atteinte. Si les journalistes avaient ignoré certains détails, lui retrace de manière insoutenable le calvaire du malheureux James B. Il n'est pas mort lors du passage du train, qui a coupé son corps en deux. Il est décédé bien avant, des nombreuses fractures du crâne infligées à l'aide de pierres, de briques et d'un objet métallique. L'empreinte de la chaussure d'un de ses meurtriers est même restée imprimée sur son visage.

Après en avoir terminé avec son récit, le procureur conclut « A et B ont clairement eu l'intention de tuer James et de lui faire beaucoup de mal et tous deux savaient que leur comportement était mauvais... »

La première journée s'achève sur ces propos. Le lendemain 2 novembre, le procureur Henriques donne lecture des aveux de John, l'enfant B : « Nous l'avons amené sur la voie de chemin de fer et nous avons commencé à lui jeter des pierres. Robert lui avait déjà jeté de la peinture sur le visage. Je l'ai frappé deux fois à la tête. Nous avons pris des briques et puis il y a eu des coups avec un gros morceau de fer. Robert voulait encore que je jette des briques, mais je ne voulais plus. J'ai jeté des petites pierres en le ratant. Je ne sais pas pourquoi, j'ai enlevé les chaussettes de l'enfant. L'enfant était allongé sur la voie. Nous nous sommes enfuis et nous sommes allés au milieu du pont, au-dessus des rails. Le bébé s'est relevé. Nous avons encore lancé des briques. Il est retombé. »

Suit l'enregistrement des aveux, cette fois, de A et B devant les policiers, en présence de leurs mères qui ne semblent pas alors réaliser la gravité de la situation. Il en ressort que le calvaire du malheureux James a été pire encore que ce que l'on croyait. Il a supplié ses tortionnaires, alors qu'il était couvert de sang, « de ne plus lui faire de mal ». Cela ne les a pas empêchés de continuer à s'acharner sur lui d'une manière horrible. Tout cela est à la limite du supportable pour l'assistance et bien plus éprouvant encore pour les parents des enfants A et B. Quant au père du petit James, on n'ose même pas imaginer ce qu'il peut ressentir...

Les jours et les audiences se succèdent devant le tribunal de la Couronne de Preston. On projette l'enregistrement des caméras de surveillance du centre commercial, montrant l'enfant s'en aller main dans la main avec ses futurs bourreaux. On entend à la barre les différents témoins qui ont croisé James sur le chemin de son calvaire. Et ces témoignages sont terribles, car ils montrent que l'enfant n'était pas consentant et que, dès le départ, l'enlèvement s'est fait avec violence.

Le premier témoin est un chauffeur de taxi garé devant le centre commercial. « L'un des gamins l'a tiré, puis l'a soulevé, avant de le prendre dans ses bras en le serrant très fort. »

Voici encore ce que dit un passant qui les a croisés un peu plus loin : « Lorsque je l'ai vu, il était encore debout, mais il était visiblement bouleversé et pleurait à chaudes larmes. »

Le président interroge le témoin : « Ont-ils essayé de le réconforter, de le calmer ?

— Je n'ai rien vu de la sorte... »

Arrive ensuite à la barre une femme de quarante-trois ans qui rentrait de ses courses au centre commercial : « J'ai vu un petit garçon blond qui trébuchait sur la chaussée et portait une blessure au front. » Elle éclate en sanglots : « Il semblait souffrir, mais ne pleurait pas. »

Le récit d'une autre femme, qui, se trouvant dans un autobus, n'a rien pu faire, est particulièrement terrible. « Les deux enfants s'amusaient avec leur victime. Le tenant chacun par un bras, ils le balançaient violemment en l'air. On voyait que le bébé souffrait. Je me suis mise à crier dans le bus : "Quel mal sont en train de faire ces gamins à cet enfant ?" Tout le monde m'a d'abord regardée, puis s'est tourné pour voir ce qui se passait... »

Les témoignages suivants, à mesure qu'on se rapproche du terme du calvaire de James, montrent le bébé de plus en plus « désorienté »... Bien sûr, il est tentant d'accabler après coup ces hommes et ces femmes qui ne sont pas intervenus. Mais pouvaient-ils imaginer l'horreur de la situation ? Ils ont cru à une dispute entre gamins qui se connaissaient, ce qui, dans une ville aussi violente que Liverpool, fait partie de l'environnement quotidien. L'un d'eux, interrogé par le président à ce sujet, lui fait cette réponse, somme toute logique : « Je croyais que c'étaient des frères... »

Enfin, le témoignage le plus impressionnant est celui de la mère de l'enfant qu'avaient voulu enlever A et B quelques minutes avant le petit James. Il est particulièrement précis et accablant pour ce qui constitue la pièce maîtresse de l'accusation : la préméditation. La mère de l'enfant, dont le nom n'est pas prononcé non plus et qu'on appelle Z, est encore sous le coup de l'émotion lorsqu'elle arrive à la barre. « Je suis sans doute la maman la plus chanceuse qui soit. Mon fils était à côté de moi dans le magasin de chemises. La seconde d'après, plus personne ! A dix mètres, je l'ai vu filer, sautant et riant avec un garçon que j'ai reconnu ensuite comme étant le garçon B. A n'était pas loin. J'ai appelé mon fils. Ils se sont retournés et le garçon B a dit : " Retourne avec ta mère !..." »

Les audiences suivantes sont consacrées aux petits accusés, ce qui nous fait découvrir une réalité aussi pénible qu'on pouvait l'imaginer... Le garçon A est un enfant difficile, avec visiblement des problèmes psychologiques. En classe, il est insupportable. Il se tape la tête contre les meubles, se taillade les avant-bras avec des ciseaux, attrape des pigeons pour leur couper la tête ; il a déjà essayé d'étrangler un petit camarade. De plus, un mois avant le meurtre, son père avait loué une vidéocassette racontant l'histoire d'une poupée que deux enfants voulaient tuer. Comme la poupée ne voulait pas mourir, les enfants l'achevaient à coups de barre de fer...

Quant à B, il est le cinquième de sept enfants, tous placés dans des institutions et de deux pères différents. Ses parents se sont séparés lorsqu'il avait six ans. Depuis, il a vécu — si on peut appeler cela vivre — avec sa mère, une alcoolique, plus souvent au pub du quartier qu'à la maison...

Au bout de trois semaines de débats, on en arrive enfin aux plaidoiries. Le procureur insiste sur le plus important à ses yeux : la conscience claire du bien et du mal qu'ont, selon lui, les garçons A et B. « Bien sûr, qu'ils ont fait le mal, s'écrie-t-il. Un enfant de quatre ans l'aurait su ! » Et il insiste sur la préméditation de cet « acte diabolique », réclamant en conclusion la peine de prison illimitée prévue par la loi anglaise.

Les avocats des accusés plaident, comme prévu, l'innocence de leur client. Me David Turner, avocat du garçon A : « C'est le garçon B qui a tout décidé. C'est lui qui a pris l'enfant par la main ! »

Me Brian Walsh, avocat du garçon B « "A" est un fieffé menteur ! Il a menti à la police. Il n'a manifesté aucun remords, alors que le garçon B a demandé pardon à la mère de sa victime. »

Contrairement à ce qui se passe en France, en Angleterre, ce n'est pas la défense qui a le dernier mot, c'est le président. Une fois les débats terminés, le juge Morland s'adresse aux jurés pour leur dire sa façon de voir les choses. Il leur fait longuement la leçon. « Les déclarations à la police de John contre Robert ou de Robert contre John ne sont pas des preuves. Il faudra que vous soyez sûrs que les enfants avaient bien l'intention de tuer ou de blesser grièvement James et qu'ils savaient que c'était mal pour les condamner pour meurtre. Sinon, vous ne retiendrez que l'homicide involontaire... Si vous êtes sûrs qu'ils avaient l'intention de commettre ensemble ce crime, peu importe alors qui a frappé le plus fort ou le premier. Ils sont tous les deux également coupables... »

Ce discours va totalement à l'encontre des plaidoiries des deux avocats, qui avaient essayé de disculper chacun leur client, mais encore une fois le président a ce droit et c'est sur ces paroles qu'on clôt les débats.

Nous sommes le mercredi 24 novembre 1993. Denise B., la mère du petit James, malgré ses huit mois de grossesse, est venue pour la première fois à l'audience afin d'entendre le verdict. Elle va l'attendre durant cinq heures et demie. A l'issue de ce délai, les neuf hommes et trois femmes du jury reviennent avec un vote unanime : A et B sont coupables de meurtre et iront en prison « pour un temps illimité ».

Le président Morland s'adresse alors aux deux petits condamnés pour leur traduire la sentence dans leurs mots à eux. « Cela signifie que vous serez détenus pendant beaucoup, beaucoup d'années, jusqu'à ce que le ministre de l'Intérieur décide que vous êtes mûrs et pleinement réhabilités et que vous ne représentez plus un danger pour les autres... »

C'est ainsi que s'est terminé le procès de Preston. Pourtant, il va comporter encore une suite. A l'issue du verdict, l'identité de A et B est rendue publique et la presse reçoit le droit non seulement de révéler leurs noms, mais de diffuser leurs photos, ce dont elle ne se prive pas, du moins outre-Manche.

Après leur condamnation, voici donc les deux jeunes criminels livrés, ainsi que leurs familles, à la vindicte populaire. Pour quelle raison ? Pour leur infliger une sanction supplémentaire ? Pour satisfaire la curiosité morbide du public ? Les autorités ne répondent pas clairement à ces questions et c'est de cette manière plus que contestable que se termine cette épouvantable affaire...

En France, la réprobation est d'ailleurs unanime devant la manière dont s'est comportée la justice anglaise. Magistrats, psychiatres et éducateurs multiplient les critiques. Cette condamnation, disent-ils, n'a aucun sens. A un âge si jeune, on n'a pas conscience de sa responsabilité ni du temps qui s'écoule en prison. Des enfants de dix ans doivent être déclarés pénalement irresponsables ou à la rigueur être jugés par un tribunal pour enfants, mais en aucun cas par un tribunal pour adultes. Il semble bien, en effet, qu'en condamnant « les garçons A et B » à une détention illimitée, puis en les livrant en pâture à l'opinion, la société britannique se soit déchargée sur eux de sa propre responsabilité.

Double vie

Lundi 11 janvier 1993 : les pompiers arrivent à quatre heures du matin pour éteindre l'incendie d'une maison du village de P. dans l'Ain, appartenant à Didier A., trente-huit ans, médecin à l'OMS, l'Organisation mondiale de la santé. Ils ne peuvent rien faire contre la violence des flammes et retirent les corps carbonisés de Mireille, trente-sept ans, femme du médecin, et de leurs deux enfants, Jean-Paul et Sylvie, cinq et huit ans. Seul Didier A. lui-même est vivant, mais grièvement brûlé. Il est conduit à l'hôpital spécialisé de Genève, dans un coma profond. Son état est critique.

Un peu plus tard dans la matinée, un membre de la famille se rend dans le village du Jura où habitent les parents de Didier A., Armand, soixante-quatorze ans, et Lucienne, soixante-neuf ans ; il a la lourde charge de les prévenir du drame. Mais il fait une découverte terrible : ils ont été tués tous les deux, ainsi que leur chien, de plusieurs balles de carabine 22 long rifle.

Dans le même temps, au village de P., les enquêteurs découvrent qu'il ne s'agit pas d'un incendie accidentel, mais d'un incendie volontaire précédé d'une tuerie. Tout comme ses parents, les enfants de Didier A. ont été tués de balles de 22 long rifle et sa femme Mireille a eu le crâne fracassé par un objet contondant. Le docteur A. lui-même ne portait apparemment pas de blessures par balles, mais l'importance de ses brûlures n'était pas naturelle. Il a vraisemblablement voulu s'immoler par le feu.

C'est donc un drame épouvantable qui s'est déroulé dans les tout premiers jours de 1993. Cela fait en tout cinq victimes, dont deux enfants, et peut-être six, si le docteur A., leur probable meurtrier, ne survit pas à ses blessures. Et pourtant ce n'est pas ce carnage qui va donner son retentissement à cette affaire. Le plus extraordinaire, ce qui va faire les gros titres des journaux, est encore à venir.

Dès les toutes premières heures de l'enquête, les policiers apprennent une nouvelle stupéfiante : personne ne connaissait Didier A. à l'OMS, qui a son siège tout près des lieux du drame, à Genève.

Qu'est-ce que cela veut dire ? Le docteur A. aurait-il donc menti ? Il ne serait pas celui que tout le monde supposait ? Cela semble proprement incroyable ! Didier A., un mètre soixante-dix, brun, le crâne dégarni, le visage un peu empâté, faisant plus que ses trente-huit ans, était l'image même de l'homme important et arrivé.

Les A., estimés de tous, s'étaient établis depuis deux ans dans cette ferme qu'ils avaient restaurée. Ils s'étaient très bien intégrés dans le village et donnaient l'apparence d'une famille des plus unies. Mireille enseignait le catéchisme à la paroisse ; au Noël précédent, les enfants avaient joué le rôle du berger et de la Vierge Marie, dans la crèche vivante installée dans l'église.

Quelle réalité se cachait donc sous ces apparences on ne peut plus rassurantes et respectables ? D'autant que ce n'est pas tout : dans la voiture de Didier A., garée curieusement assez loin de son domicile, on a retrouvé un mot aussi bref que mystérieux :

« Marie-Christine,

Un banal accident et une injustice peuvent provoquer la folie. Pardon. »

Qui est cette Marie-Christine ? Quels sont cet accident et cette injustice ? Qu'est-ce qui se cache derrière l'incendie du village de P. dans l'Ain ? Pour le savoir, il faut espérer que Didier A., qui lutte contre la mort dans un caisson pour les grands brûlés, s'en sortira...

Mais c'est le lendemain, mardi 12 janvier, que l'affaire du docteur A. prend un tour absolument extraordinaire.

Et d'abord, il n'y a pas de docteur A. ! Non seulement Didier A. n'a jamais fait partie de l'Organisation mondiale de la santé, mais il n'a jamais été médecin du tout ! Il a bien suivi des études de médecine à Lyon, c'est même là qu'il a rencontré sa femme Mireille, alors étudiante en pharmacie, mais il n'a pas passé sa thèse. Il est exclu qu'il ait pu faire de la recherche médicale sans avoir son doctorat, car les laboratoires de recherche ne le connaissent pas non plus. Cela n'empêchait pas Didier A. de gagner largement sa vie. Il déposait périodiquement sur son compte des versements de trois cent mille francs en liquide. Alors, d'où lui venait cet argent ? Dans la presse, on passe en revue toutes les hypothèses : on parle de trafic de drogue, d'espionnage pour le compte d'une puissance étrangère, ou, au contraire, d'appartenance aux services secrets français.

Autre élément nouveau au dossier : l'identité de la mystérieuse Marie-Christine est connue. Elle est dentiste, elle habitait la petite ville proche de F. et elle venait de s'installer à Paris. Les enquêteurs supposent qu'elle était la maîtresse de A., mais ne disent rien de plus précis à son sujet.

Enfin, l'horaire des meurtres ne serait pas celui qu'on avait d'abord retenu. C'est le vendredi que Didier A. aurait tué sa femme et ses enfants. Ensuite, il aurait tué ses parents, puis serait parti pour Paris où il aurait rencontré Marie-Christine. Ce n'est qu'en rentrant le lundi 11 à l'aube qu'il aurait mis le feu à sa maison. Reste à savoir ce qui a motivé son geste. Il est logique de penser que, quel que soit son secret, il était sur le point d'être découvert et qu'il a préféré tuer toute sa famille plutôt qu'elle n'apprenne la vérité.

Tout devient de plus en plus mystérieux et on ne sait toujours pas si Didier A., qui est toujours dans un état critique, pourra parler...

Mercredi 13 janvier 1993 : l'affaire du docteur A. connaît de nouveaux rebondissements, tellement étonnants que le procureur chargé de l'instruction déclare :

« Dans cette affaire, je m'attends à tout ! » Il apparaît, en effet, que Didier A. a mystifié son entourage pendant vingt ans, et ce d'une manière qui défie l'imagination.

Tout le monde le croyait réellement docteur, y compris ses parents. Il se tenait informé des dernières avancées de la recherche, il était abonné à des revues spécialisées et poussait le souci du détail jusqu'à porter un « bip » pour qu'on puisse l'appeler en cas d'urgence. Un de ses amis médecins était persuadé qu'il était, ainsi qu'il l'affirmait, spécialiste des maladies cardio-vasculaires. Il était au courant des dernières découvertes dans ce domaine et en parlait comme seul un spécialiste peut le faire.

Mme D., sa belle-mère, apporte, elle aussi, son témoignage aux enquêteurs. Didier A. leur avait fait visiter Genève à son mari et à elle. Il leur avait montré le building de l'OMS et leur avait même fait voir la fenêtre de son bureau au premier étage. Malheureusement, leur avait-il précisé, on ne pouvait pas visiter... Et Mme D. poursuit : « Il allait régulièrement en mission à l'étranger pour ses activités de médecin. En 1987, c'était le Japon, l'année suivante l'Amérique latine. En 1990, l'URSS et Leningrad. Il y a passé Noël, laissant sa femme et ses enfants seuls. A chaque fois, il rapportait des souvenirs des pays où il disait avoir été... »

Une telle mise en scène pose pourtant un problème : comment Didier A. n'a-t-il pas été confondu lorsqu'on lui demandait une consultation médicale ? D'autres témoignages de ses proches apportent la réponse. Il s'en tirait par des dérobades, ou bien il disait qu'il n'avait aucun goût pour la médecine générale et ne s'intéressait qu'à la recherche. C'est ainsi que, lorsqu'un de ses enfants a eu la grippe, il a refusé de le soigner lui-même et il a appelé un médecin, qui a trouvé ses explications tout à fait naturelles...

Mais l'élément nouveau le plus important est apporté par l'audition de Marie-Christine, qui, contrairement à ce qu'on avait cru d'abord, n'était pas la maîtresse de Didier A., mais une simple amie. Elle fait aux enquêteurs une révélation effrayante : Didier voulait la tuer ! Dans le plan de ce dernier, elle était la sixième victime et elle n'a échappé à ce sort que par miracle.

Ayant vendu son cabinet de dentiste en province et avant d'en racheter un à Paris, elle avait à sa disposition une somme de neuf cent mille francs. Didier A. lui avait proposé de la faire fructifier. Confiante, elle lui avait remis cette somme en trois versements de trois cent mille francs. Or, elle venait juste de lui demander de récupérer son argent...

Le samedi 9 janvier au matin, après avoir assassiné la veille sa femme, ses enfants et ses parents, il lui a téléphoné et lui a proposé de venir déjeuner avec elle à Paris pour parler de ce remboursement. Il a pris la route et est arrivé en fin de matinée. Mais là, au lieu de l'emmener dans un restaurant de la capitale, il a repris la route avec elle et lui a dit qu'ils allaient à Fontainebleau...

« Dans la voiture, en roulant vers Fontainebleau, raconte Marie-Christine aux policiers, rien ne pouvait me faire penser que j'étais à côté d'un homme qui venait de tuer toute sa famille. Il était très calme. Il m'a demandé des nouvelles de mes deux enfants, il m'a parlé de ses projets de recherche médicale. Lorsque j'y pense, j'en frémis d'horreur. Il avait massacré sa femme, ses gosses, ses parents et il parlait d'avenir ! »

En tout cas, dans l'immédiat, les projets de Didier A. n'ont rien à voir avec la médecine : ce sont ceux d'un meurtrier, car il a bel et bien décidé d'assassiner la jeune femme. Il s'arrête au milieu de la forêt de Fontainebleau et l'asperge de gaz lacrymogène. Marie-Christine voit qu'il tient dans sa main un objet qu'elle ne discerne pas bien, mais qui est certainement une arme. Elle comprend qu'elle est en danger de mort et le supplie de lui laisser la vie sauve. Inexplicablement, Didier A. se laisse fléchir et la reconduit, sans ajouter un mot, à son domicile parisien. Il reprend ensuite la route pour rentrer chez lui et il va rester vingt heures en compagnie des cadavres de sa femme et de ses enfants, avant de décider de se suicider par le feu...

Le même jour, enfin, les policiers découvrent un nouvel élément à verser au dossier. Le beau-père du faux médecin est décédé en 1988 d'une chute dans l'escalier. Or, lorsque la chose s'est produite, il était seul dans sa villa, en compagnie de Didier A. Et c'est le même Didier A. qui a, par la suite, encaissé la totalité de l'héritage, soit un million trois cent mille francs, « pour le faire fructifier ». A l'époque, personne n'avait eu le moindre soupçon...

Lundi 18 janvier 1993. Une semaine s'est écoulée depuis l'incendie de la maison des A. et la découverte du carnage. Et ce jour va marquer une étape capitale dans l'instruction de l'affaire, car on va pouvoir interroger Didier A. Malgré la gravité de ses brûlures, il s'est rétabli avec une rapidité exceptionnelle et, dès le jeudi 14, il a pu être rapatrié en France, à l'hôpital de S., en Haute-Savoie. C'est là que, ce même lundi, le juge d'instruction lui notifie sa mise en examen. Didier A. est très calme. Il écoute le magistrat, puis lui demande de chercher « le vrai coupable ».

« Ce n'est donc pas vous qui avez tué votre famille ?

— Non. La nuit du drame, un homme masqué, habillé en noir, est entré dans la maison. Il a tué ma femme à coups de rouleau à pâtisserie, puis mes enfants à coups de carabine. Moi, je n'ai fait que regarder.

— Vous n'avez pas essayé d'intervenir ?

— Non, je suis juste coupable de lâcheté... »

Vu l'état de l'inculpé, le juge n'insiste pas davantage et ce premier interrogatoire s'arrête là. Didier A. est transféré dans l'aile pénitentiaire d'un hôpital de Lyon.

C'est là qu'a lieu le second interrogatoire, le vendredi 22 janvier 1993 à dix heures quinze. Le juge est accompagné de son substitut et d'un greffier. Didier A., qui a une perfusion au bras gauche, est assisté de son avocat. Il persiste dans son système de défense. « Je suis bien le docteur A., médecin à l'OMS, chercheur et maître de conférences. J'ai même écrit des mémoires sur des médicaments. Je ne suis pas l'auteur des meurtres dont vous me parlez. Je n'ai pas tué ma femme et mes enfants. »

Il continue à nier ainsi pendant plusieurs heures et

brusquement, à seize heures trente, il s'effondre et passe aux aveux. « Je suis prêt à prendre mes responsabilités... Je suis un monstre. J'ai raté mon suicide, qui aurait mis un point final à toute cette affaire et c'est la pire sanction qui puisse m'être infligée. »

Suivent ses aveux détaillés. Il a tué sa femme dans son sommeil d'un coup de rouleau à pâtisserie, puis sa fille, puis son fils. Selon lui, il est passé à l'acte parce que sa femme avait découvert ses mensonges.

Telles sont les découvertes qu'ont apportées les premiers jours de l'enquête. Et, avec les précisions qu'on a pu apprendre par la suite, on est en mesure de reconstituer le mécanisme de l'extraordinaire mystification montée par le faux docteur A., depuis le début jusqu'à son aboutissement tragique.

En 1974, Didier A. réussit brillamment sa première année de médecine à Lyon et, sur les bancs de la faculté, il rencontre sa future femme Mireille. Lors de sa deuxième année de médecine, il rate de très peu ses examens. Il doit les repasser en septembre et devrait obtenir sans difficulté les points qui lui manquent. Mais inexplicablement, il ne se présente pas à l'examen de rattrapage. Il fournit un faux certificat médical attestant qu'il a un cancer et ne va plus à la faculté.

C'est le point de rupture à partir duquel tout va s'enchaîner d'une manière aussi déconcertante qu'implacable. A partir de ce moment, il commence à mentir à son entourage. Il est pris dans un système de mensonges d'où il ne peut sortir que par d'autres mensonges. Chaque fin d'année, il fête le succès de son année de médecine, étudiant seul au moyen de polycopiés et acquérant de réelles connaissances.

Puisqu'il est censé avancer brillamment dans ses études, Didier A. s'invente une réussite à l'internat de Paris et s'installe dans la capitale avec Mireille. Il y reste le temps qu'on consacre normalement à l'internat, puis va se fixer à P., près de la frontière suisse, car il dit avoir obtenu un poste à l'OMS.

Là, débute une vie brillante. Il explique à tout le

monde qu'il ne veut pas ouvrir un cabinet car le travail de médecin international le passionne davantage. Et tout le monde le croit et l'admire, y compris le maire de sa commune, qui est médecin. D'ailleurs, son train de vie est la meilleure preuve de sa réussite. Il roule dans des voitures de luxe et donne de brillantes réceptions.

C'est bien évidemment l'argent qui est pour lui le problème crucial, car Didier A. ne travaille pas, il ne fait absolument rien. Mais le statut social qu'il s'est forgé inspire la confiance et il va en profiter. Il dit à qui veut l'entendre qu'il peut faire des placements en Suisse à des taux extraordinaires et on lui confie des sommes considérables.

En 1988, l'héritage de son beau-père le met pour un bon moment à l'abri du besoin. En 1989, comme on l'a vu, son amie Marie-Christine lui prête neuf cent mille francs en trois versements. Bien entendu, tout cet argent, il le dépense pour lui au lieu de le placer. Pendant tout le temps qu'a duré sa mystification, environ cinq millions de francs ont transité sur son compte.

On peut s'étonner, à ce sujet, que l'administration fiscale n'ait rien remarqué. Didier A. ne déclarait, en effet, que cent mille francs par an environ, sommes touchées par sa femme pour des travaux épisodiques dans une pharmacie. Mais, malgré son train de vie élevé, il ne pouvait attirer les soupçons en raison de son lieu de résidence. Dans ce pays frontalier, beaucoup de personnes travaillent en Suisse et paient leurs impôts là-bas. Quant aux fonctionnaires internationaux comme ceux de l'OMS, ils ne paient pas d'impôts du tout...

Le temps passant, la situation financière de Didier A. devient de plus en plus périlleuse. Pour s'en sortir, il fait de la cavalerie, il emprunte pour rembourser les prêts précédents ou en verser les intérêts. Il a même recours à des expédients désespérés. Il propose de l'eau colorée comme remède contre le cancer. Il en aurait ainsi vendu, pour soixante-sept mille francs, un flacon à un de ses oncles, qui est mort peu après de son cancer.

Mais tout cela ne peut pas durer. La catastrophe est inévitable. Elle se produit début 1993, quand Marie-

Christine, qui s'est séparée de son mari et qui s'est installée à Paris, lui réclame son dû.

A ce moment, on ne sait pas exactement ce qui s'est produit. Il est possible que la vérité ait été découverte par Mireille, qui aurait fait une scène à Didier A. le soir du drame, ce qui aurait entraîné la tuerie. Il semble, en effet, d'après des demi-confidences qu'elle a faites les jours précédents à ses amies, qu'elle aurait eu, pour la première fois, des soupçons sur son mari. Ou bien alors, c'est Didier A. qui aurait pris les devants. Sachant qu'il allait être découvert puisqu'il ne pouvait rembourser Marie-Christine, il aurait décidé de tuer tous les siens, préférant qu'ils meurent plutôt qu'ils n'apprennent ses mensonges...

Cela, on le saura peut-être au procès de Didier A. lorsqu'il aura lieu, ainsi que d'autres choses encore, car tout n'a pas été élucidé dans cette affaire, loin de là, notamment la mort du beau-père de l'inculpé dans l'escalier...

Quoi qu'il en soit, Didier A. restera dans les annales comme un cas de double vie et de double personnalité digne d'un roman. Le juge d'instruction a d'ailleurs fait allusion à un précédent littéraire célèbre pour résumer le sentiment général sur cette affaire : « Il n'y a jamais eu de docteur A. Il n'y avait que Mister Hyde... »

Hallali

La porte du bureau de chômage est recouverte d'affiches sales et à moitié décollées que personne ne consulte jamais. On peut lire, sous les graffitis, les heures d'ouverture et de fermeture du bureau, ainsi que la liste des conditions à remplir pour être inscrit au chômage.

Tant de fois ouverte depuis la fin de la guerre et la terrible crise qui règne en Allemagne, cette porte laisse passer un lent défilé d'ouvriers, d'employés de bureau, et même des paysans des environs de Bayreuth, à la recherche du moindre petit emploi.

L'homme qui vient de passer par cette porte, un jour d'avril 1950, ne ressemble pas aux autres. Il n'a pas dans le regard cette lueur à la fois quémandeuse et résignée des gens sans travail. Mais l'employé ne le regarde pas tout de suite. Le nez penché sur ses formulaires, il marmonne : « Votre nom ? Votre âge ? Votre spécialité ? Etes-vous immigré ? Est-ce que vous bénéficiez d'une aide de l'Etat ? »

Le silence qui accueille ce flot d'interrogations surprend l'employé. Le crayon en l'air, il examine le demandeur. Mais cet homme est-il bien demandeur ?

« Vous êtes demandeur ?

— Pardon ?

— Vous êtes chômeur ? Vous cherchez un emploi, c'est ça ?

— Oui, bien sûr.

— Alors, répondez aux questions...

— Je répondrai aux questions quand vous les poserez tranquillement et poliment. »

L'homme a levé le menton et fusillé l'employé d'un regard bleu tout à fait glacial. Le visage régulier, aux traits durs, hautains même, surprend l'employé. Pour qui se prend-il celui-là ? Pour un prince ?

« Je n'ai pas le temps de vous envoyer un faire-part, il y a des gens qui attendent. Alors, dépêchez-vous, le bureau ferme à cinq heures.

— Vous fermez à cinq heures ? Parfait ! De mieux en mieux ! L'Allemagne n'a pas de travail et le bureau de chômage ferme à cinq heures ! C'est bien l'administration ! Vous devriez, monsieur, travailler toute la nuit s'il le fallait, puisque vous avez la chance, vous, d'avoir du travail ! Et non pas fermer à cinq heures au nez et à la barbe des gens comme moi qui crèvent de faim. »

La discussion risque de s'éterniser et l'employé, n'ayant pas de réponse logique à cet argument, préfère soupirer. « D'accord. Votre nom, s'il vous plaît ?

— Borwin Polstorff ! J'ai cinquante-deux ans, monsieur, la guerre m'a chassé de mon pays, je ne suis qu'un homme sans qualification, rien qu'un homme déchu de ses droits, de sa fortune, et de sa vie même. Et savez-vous, monsieur, savez-vous que, si je ne trouve pas de travail, ma femme devra mourir ? »

Borwin Polstorff n'est pas un chômeur comme les autres. Il n'est pas non plus un homme comme les autres.

Dans le dossier conservé par le bureau de chômage de Bayreuth, au titre des années 1950 à 1956, Borwin Polstorff apparaît quelquefois comme travaillant dans une ferme ou une autre, en qualité de régisseur. Il semble qu'après de longues palabres l'employé ait réussi à déterminer lui-même les aptitudes au travail de ce chômeur pas comme les autres.

Quel genre de travail peut accomplir un homme de cinquante-deux ans, né dans la richesse, habitant un manoir, élevant des chevaux et vivant du produit de ses fermages ? C'était cela, Borwin Polstorff avant la guerre. Il vivait quelque part en Tchécoslovaquie, sa femme était belle, sa jument était une merveille, sa vaisselle en porcelaine et ses revenus en or. Il ne reste de tout cela que quelques photos jaunies, collées dans un album, et un orgueil démesuré qui ne peut guère s'accorder avec les rares emplois que l'on propose à cet homme. Si rares, et si mal vécus, que Borwin Polstorff est définitivement chômeur en 1956.

Février 1956, donc, dans la campagne des environs de Bayreuth. A l'entrée d'un champ boueux, une petite maison délabrée abrite le couple Polstorff. Borwin se tient sur le pas de la porte. Grand, toujours hautain, dans un costume râpé, il discute âprement avec le propriétaire de la maison. « Je vous paie régulièrement le loyer, monsieur Bader, et, d'ici peu, je pourrai vous acheter cette maison...

— Vous ne payez pas régulièrement, monsieur Polstorff, et je ne vendrai que si vous avez la somme en totalité, pas avant.

— Vous pourriez me faire crédit ! Un homme comme moi a de l'honneur !

— Je n'en doute pas, monsieur Polstorff, mais votre situation actuelle...

— Qu'a ma situation actuelle ? Je suis un homme plein de ressources et d'idées. J'ai possédé jadis plus que vous ne pourrez jamais posséder, monsieur Bader, et je ferai ici un centre touristique !

— Ici ? »

Le propriétaire jette un œil étonné sur le champ boueux et la maison de deux pièces qu'il loue depuis un an à ce fou grandiloquent.

« Ici ! Je ferai construire un haras. Et j'organiserai des promenades à cheval pour les gens de Bayreuth. Plus tard, nous bâtirons aussi un club pour les réunions et les soirées. Vous ne reconnaîtrez plus votre domaine, monsieur Bader.

— J'ai peur que vos rêves ne vous emportent trop loin, monsieur Polstorff. En attendant, vous pointez au chômage, je crois ?

— Provisoirement ! Un homme comme moi ne peut se contenter d'une vie aussi plate. Et, confidentiellement, monsieur Bader, je l'ai promis à ma femme. Ma femme a beaucoup souffert. Elle est fragile et triste. Elle est si belle, si charmante ! Ah ! si vous l'aviez vue chevaucher dans notre parc ! danser dans nos salons ! »

En rentrant chez lui, quelque temps plus tard, le propriétaire de la maison délabrée se dit que, décidément, il n'arrive pas à comprendre son locataire. Comment peut-on avoir si peu de sens pratique ? Cet homme est fini, il passe son temps à échafauder des rêves fantastiques et il ne se rend pas compte que la misère lui colle désormais à la peau. Il parle de sa femme comme elle devait être il y a quinze ans, avant la guerre. Il en parle, mais la voit-il vraiment ? Elle était assise sur une marche de bois du perron lorsque le propriétaire est arrivé et, immédiatement, c'est elle qui a pris la parole. « Excusez-nous, monsieur Bader, mon mari n'a pas tout l'argent du loyer cette fois. J'aurais voulu vous l'apporter moi-même, mais je suis si fatiguée. Ne craignez rien, cependant, il vous donnera le complément dans quelques jours. »

Une ombre de femme, Clara Polstorff. Un corps si mince, des cheveux si clairs, des yeux si pâles.

Ce soir de février 1956, alors que le propriétaire rentre chez lui en philosophant sur la misère de ses locataires, Clara Polstorff dit à son mari : « Borwin, le moment est arrivé. » Ils sont dans la cuisine, tous les deux, de chaque côté d'une table en Formica. Tout est laid, les meubles d'occasion, le vieux papier peint sur les murs gondolés d'humidité, et Clara sait que rien ne changera jamais. Ils font partie, Borwin et elle, d'un temps révolu. Leur vie antérieure était la vraie vie. Ce qu'ils vivent depuis la guerre n'est qu'une mort lente. Et Clara répète : « Le moment est arrivé, Borwin. Tu l'as promis. »

Quatre jours plus tard, Borwin Polstorff sort de chez lui et ferme soigneusement les volets de bois et la porte. Il ferme aussi la barrière qui clôt le champ boueux dont il rêvait de faire un haras. Il est en imperméable. Il porte une petite valise, des gants de laine aux mains et se dirige vers l'arrêt d'autocar. Au passage, il s'arrête au bureau de tabac et achète trois cigarettes à la pièce. Le buraliste prend sa monnaie et s'étonne : « Vous partez en voyage, monsieur Polstorff ? Vous avez l'air fatigué...

— Oui. Je pars en voyage. Il faut bien. »

Sur cette réponse énigmatique, Borwin Polstorff s'en va prendre le car pour Bayreuth.

Un quart d'heure plus tard, le buraliste dit à M. Bader en lui vendant son cigare : « Tiens, votre locataire est parti en voyage, et j'ai comme l'impression qu'il n'est pas près de revenir ! »

M. Bader, inquiet sur le reste du loyer impayé pour le mois de février, se rend donc à la petite maison. Il arrête sa voiture à l'entrée du champ boueux et, étonné de ne pas obtenir de réponse à ses coups répétés, il ouvre lui-même la porte avec un double de la clé.

C'est ainsi que, le soir même, à la gare de Bayreuth, on arrête Borwin Polstorff, accusé d'avoir assassiné sa femme.

Personne ne comprend : ni la police, ni les témoins, ni l'avocat, ni le juge qui interroge Borwin Polstorff. Personne ne comprend. Il a tué sa femme, il ne le nie pas. Il s'est laissé arrêter sans protester, il a avoué dès la première question, mais personne ne comprend pourquoi il a tué sa femme car il en était terriblement amoureux. Pourquoi il l'a tuée si sauvagement et si longuement.

Borwin Polstorff a été transféré à Oldenburg et sa première rencontre avec son avocat est bien dans la logique du personnage. Il a gardé sa morgue mais le ton est devenu fataliste. « Je n'ai pas besoin d'avocat. Il n'y a rien à défendre. J'ai fait mourir ma femme, elle me l'avait demandé, c'était une promesse. J'ai tenu ma promesse. Allez-vous-en, vous ne saurez pas expliquer les choses.

— Mais vous ne pouvez pas vous défendre seul.

— Je n'ai rien à défendre, les choses sont ainsi. »

Que s'est-il passé en ce soir de février, après que le propriétaire de la petite maison délabrée eut quitté Borwin ?

Clara a dit : « Le moment est arrivé. » Et elle a ajouté « J'ai tout écrit dans une lettre, tu la liras et ensuite tu feras ce que tu as promis. » Ce soir-là, ils dînent en silence, face à face, mais ne mangent pas. Borwin prend la lettre que lui tend sa femme et lit :

« Cette fois c'est terminé, Borwin, il faut jouer cartes sur table. Nous sommes comme le gibier acculé. C'est l'hallali. Entends-tu les cornes des chasseurs ? Elles disent qu'ils vont nous achever. J'entends les chiens ! Rappelle-toi le cerf que nous avons levé un après-midi d'automne. Il faisait beau quand nous l'avons cerné. La mare était verte et le soleil brillait par éclats entre les branches. La bête nous regardait. Elle savait que tu allais la faire mourir, et elle le désirait, comme moi, parce qu'elle était épuisée. Je t'aime, Borwin, mais il faut me tuer, m'achever. Lorsque tu reviens du bureau de chômage, je te guette par la fenêtre. Je sais que tu as quelques billets dans ta poche et que, pour cette mendicité, tu souffres comme un damné. Le moment est venu, Borwin. Tu le feras quand je dormirai, n'importe quand, je ne veux pas le savoir. Tu vois, je n'ai même pas le courage du cerf. Toi, tu as encore la force du chasseur.

Promets-moi de ne pas te tuer avant que je sois morte. Adieu, Borwin. »

C'est une lettre terrible, signée par Clara, que la police retrouva abandonnée sur la table de Formica, dans la cuisine, au milieu des restes d'un repas frugal et inachevé. Le moment est venu. Ce sera donc la nuit du 25 février 1956. Une nuit d'épouvante. Clara dort. Borwin lui entaille les veines, mais il coupe mal car il s'est servi d'un couteau mal aiguisé. Lorsque sa femme s'évanouit, il se réfugie sur une chaise, en face du lit, et attend en regardant le sang couler.

Le lendemain matin, Clara se réveille. Alors, Borwin répète son geste, une fois, deux fois, trois fois... Clara supporte la souffrance sans mot dire, et s'évanouit à nouveau, heureusement...

Dans l'après-midi, elle est toujours inconsciente, Borwin pense qu'elle va mourir, alors il pratique sur ses poignets la même incision, à l'endroit du pouls et, à son tour, il s'évanouit. La nuit passe, puis une autre journée, et une autre nuit, quatre-vingt-seize heures d'agonie.

Et l'impensable se produit. Au soir du troisième jour, Borwin s'éveille. Il n'est pas mort. Penché sur sa femme, il perçoit encore des gémissements faibles, mais qui lui prouvent que Clara aussi a résisté à la terrible hémorragie.

Alors, Borwin devient fou. Sinon, comment expliquer qu'il va achever sa femme à coups de couteau, avec une sauvagerie incroyable ? Devant les juges, Borwin soupire : « Comme ça été long et difficile. » Mais il est resté le seul vivant, et lui n'aura pas le courage de recommencer à mourir. Alors, il change de vêtements, réunit quelques affaires dans une petite valise, entoure ses poignets de chiffons, enfile des gants de laine pour les dissimuler, et s'en va. Lorsqu'on l'arrêtera sur le quai de la gare, il avait pris un billet pour Nuremberg, le peu d'argent qu'il possédait ne lui permettant pas d'aller plus loin.

Au tribunal, il montre un visage fermé, au regard éteint. Le procureur lui demande :

« Quel est le véritable mobile qui vous a poussé à tuer votre femme ?

— Nous étions ruinés, elle voulait mourir avec moi, il n'y avait plus d'espoir pour elle.

— Et pour vous ?

— Pour moi non plus, puisqu'elle le disait.

— Mais vous, vous vivez !

— Ce n'est que partie remise.

— Etes-vous sûr d'avoir accompli ce crime à la demande de votre femme ?

— Vous avez sa lettre, vous l'avez lue comme moi, je ne suis pas un assassin. J'aimais ma femme.

— Polstorff, si vous aimiez votre femme, pourquoi l'avoir tuée ? Vous pouviez lui redonner le goût de vivre.

— Vous ne comprenez pas ! Le moment était venu. Il n'y avait plus de place pour nous. Finis les rêves. La guerre, monsieur, nous a tout pris. Tout : notre terre, notre château, notre mode de vie, notre bonheur. Clara savait bien que j'étais incapable de continuer à faire la queue devant le bureau de chômage pour quelques marks. C'était fini. Fini.

— Je ne comprends pas, Polstorff, comment un homme qui dit aimer sa femme peut la tuer avec autant de sauvagerie. Vous l'avez fait souffrir abominablement.

— Je n'avais pas d'autre moyen. Que faire ? Prendre un somnifère et boire la demi-bouteille d'alcool que nous possédions ? Se coucher dans la neige et attendre la mort ? A condition que nous puissions mourir de froid tous les deux, bien sûr. Et la mort n'aurait pas été plus douce. Non, je n'avais pas le choix, nous n'avions pas d'argent pour nous offrir une mort douce. Nous étions trop pauvres.

— Trop pauvres ? Vous avez acheté des cigarettes au village, vous avez pris le car, vous avez acheté un billet de train pour Nuremberg ! Un témoin a même déclaré que vous aviez acheté un sandwich à la gare ! Un autre, que vous aviez acheté des affaires de toilette et un chapeau ! Pas d'argent, dites-vous ? Vous aviez largement de quoi acheter des somnifères en vente libre. Alors ne me dites pas que vous étiez trop pauvres pour mourir sans souffrir !

— Vous ne comprenez pas. Clara ne voulait pas

connaître le moment où je déciderais de sa mort. Elle m'a dit : "Tu le feras quand je dormirai."

— Eh bien, justement ! Une bonne dose de somnifères l'aurait aidée à mourir.

— Vous ne comprenez pas ! Elle aurait dû avaler elle-même ces comprimés, en pleine lucidité. Et c'est cela qu'elle ne supportait pas ! Savoir. Voir arriver la dernière seconde de lucidité de sa vie, et la première seconde de sa mort ! Comme un cerf pris au piège et qui regarde le fusil du chasseur !

— Mais vous ? Qu'est-ce qui nous dit que vous étiez décidé à mourir après elle ? Puisque vous n'êtes pas mort !

— Elle savait que je le ferais. Je n'ai pas réussi, j'y parviendrai un jour.

— Ce sont des mots, Polstorff, et nous n'aurons jamais la réponse à ces questions. Vous ne pourrez rien prouver. »

Il restait à juger l'accusation d'assassinat sur demande de la victime. Cas exceptionnel que la justice allemande estime à cinq ans de prison. Cinq ans qui peuvent être ramenés à une simple condamnation de principe en cas de circonstances atténuantes. Mais qui pouvait parler de circonstances atténuantes à propos d'une mort donnée avec tant de sauvagerie ? Polstorff avait achevé sa femme au couteau, dans un état de démence peut-être. Mais pas question de circonstances atténuantes. C'était l'avis du procureur !

Seulement, il n'existait aucune loi, à l'époque, précisant qu'un assassinat sur demande n'a pas le droit d'être cruel. Et la cruauté ne fut donc pas retenue par le juge.

Polstorff a été condamné à deux ans de prison avec sursis. Et que l'on sache, le sursis qu'il s'était accordé lui-même a duré assez longtemps. Il ne s'est pas suicidé une nouvelle fois, il a disparu. Et s'il est mort avant l'heure, il s'en est bien caché.

Mullholland Drive, des maisons de milliardaires, des portails énormes, dotés de systèmes de sécurité électroniques, caméras, codes, gardes du corps en uniforme, chiens méchants aux crocs luisants. Un monde de rêve ? Il règne dans ce quartier de Beverly Hills une atmosphère de paranoïa luxueuse. Un journaliste américain l'a parfaitement décrite ainsi : « Je me sens cerné par l'œil rouge et féroce des alertes électroniques. Les propriétaires de ces maisons semblent hurler devant chaque porte blindée : "C'est à moi, essayez de me le prendre, et je vous tue." Et ils sont sérieux. »

Nous avons affaire ici à l'expression parfaite du syndrome américain de la sécurité à tout prix, et à coups de milliards.

Mullholland est le dernier rempart de Beverly Hills, au flanc de Santa Monica et de la côte Pacifique. On y trouve près de cinq cents instituts de beauté pour huit librairies seulement ! Le moindre pantalon en jean coûte une fortune en dollars, il est plus facile d'y louer une Rolls que d'y acheter une paire d'espadrilles. Et il est rare de croiser une femme qui ne soit passée par les mains magiques d'un chirurgien, visage refait, rides effacées, seins en silicone et cheveux teints. Comme si la fortune pouvait à jamais reculer le temps.

Malgré cette débauche de luxe et de richesse, nul ne s'y sent en sécurité. Sinon, pourquoi construirait-on de telles forteresses, derrière lesquelles les gens vivent dans la peur d'être kidnappés, assassinés, violentés de toutes les façons ?

La police de Beverly Hills publie une statistique rassurante : deux meurtres par an.

L'année 1989 vient de remplir son quota en une seule nuit. La magnifique villa de José et Kitty Menendez, en dépit de son système de sécurité, des multiples interphones, caméras et fermetures blindées, offre à la police une vision d'épouvante, en ce 20 août 1989 à minuit.

José Menendez, quarante-cinq ans, immigré cubain à

l'avènement de Castro, a fait fortune en Amérique. Il dirige une énorme société de programmes vidéo, laquelle appartient à une autre énorme société de production, laquelle doit une partie de sa réussite à la production de *Rambo II*. Il est également à la tête d'une société de production de musique, International Video Entertainment. Le *Wall Street Journal* a publié récemment les bénéfices de ce holding, en le situant en tête des sociétés concurrentes. Son épouse Kitty, quarante-sept ans, lui a donné deux fils, Lyle, vingt et un ans, et Erik, dix-huit ans. Ils vont à l'université en Alfa Romeo rouge, Lyle a des prétentions de scénariste, Erik voudrait devenir professionnel du tennis.

Le 20 août 1989, vers minuit, c'est la voix de Lyle, hystérique, qui appelle la police de Beverly Hills : « Au secours, ils ont tué nos parents !... Au secours !... » Le correspondant entend également crier : « Erik, éloigne-toi ! Ne regarde pas ! »

Vision d'horreur. Pire que dans le pire des films d'hémoglobine. Le couple a été massacré, mis en morceaux à coups de carabine à pompe. Cinq balles ont fait exploser le corps de José Menendez, une dernière dans la nuque l'a achevé s'il était nécessaire. Son épouse a subi le même sort, dix balles en tout. Les cadavres sont méconnaissables, en morceaux, la pièce dans laquelle ils se trouvaient ce soir-là, regardant tranquillement la télévision, offre un spectacle insoutenable.

Lyle et Erik, les deux fils de la famille, expliquent à la police qu'ils ont trouvé la porte ouverte en rentrant du cinéma un peu avant minuit. Ils avaient décidé d'aller voir le nouveau James Bond, *Permis de tuer*. Mais le film était trop long, ils ont changé de salle pour aller voir *Batman*. En sortant, ils se sont rendus au festival annuel des restaurants chics de Santa Monica, puis ils ont cherché à rejoindre un ami dans un restaurant de Beverly Hills, mais ne l'ont pas trouvé et sont donc rentrés chez eux quelques minutes avant minuit. La porte blindée donnant sur la rue n'était pas verrouillée, celle de la maison était ouverte, et dans le salon, près d'une table à café où se trouvaient encore deux coupes de framboises à la crème, ils ont découvert les corps de leurs parents.

Cette double exécution sanguinaire ressemble à un règlement de comptes. José Menendez avait donc des ennemis. Et où peuvent se cacher les ennemis d'un immigré cubain milliardaire ? Mafia ? CIA ? Dans l'énorme holding dont il était l'un des principaux dirigeants, une branche vidéo est spécialisée dans les films pornographiques. Mafia ?

D'un autre côté, selon les informations données par les deux garçons, José Menendez serait un activiste, très engagé politiquement en faveur de la chute de Castro. CIA ?

Durant quelques semaines, des investigations poussées dans les deux domaines n'apportent absolument aucune piste.

La fortune des Menendez est considérable. Cette magnifique demeure n'était d'ailleurs pour eux qu'une résidence provisoire, le père faisait construire un véritable petit château dans un quartier de Beverly Hills encore plus huppé, où la famille attendait d'emménager.

Beverly Hills est en ébullition. Des tueurs ont réussi à franchir les murs en principe inviolables de l'une des propriétés les mieux gardées. Tout le monde en parle. A qui le tour demain ? Renforcement des gardes du corps, multiplication des chiens aux crocs tueurs, rondes de police doublées, l'ambiance est à la paranoïa.

Les producteurs de films et tout le petit monde de l'industrie vidéo s'associent à la police pour tenter d'établir une liste de suspects possibles. Qui avait intérêt à éliminer personnellement José Menendez ? A anéantir sa société ? Autrement dit, à qui profite le crime ? Il a été abattu le premier, le meurtre de son épouse pourrait être une bavure du tueur.

Certains détails toutefois ont intrigué la police dès le début. Les deux fils de la maison sont incapables d'apporter la preuve qu'ils étaient au cinéma ce soir-là. Ont-ils réellement assisté à la séance de *Batman ?* Pas de ticket d'entrée, pas de témoins. Quelque temps après le double assassinat, un camarade de Lyle à l'université a découvert une douille dans la poche de l'une de ses vestes. Puis c'est au tour de la sœur de José Menendez, la tante des deux garçons, de signaler un détail curieux : le testament du père, dans sa dernière version, avait été établi sur l'ordinateur familial. Elle se souvient que ce document a été détruit « accidentellement » par Lyle. Il s'agissait du ou des bénéficiaires d'une assurance-vie, dont la prime arrivait à échéance au bout de neuf années, en 1989, pour un montant de quatorze millions de dollars !

Or cette prime, en l'absence de tout testament disant le contraire, revient d'office à Erik et Lyle...

Quatorze millions de dollars, c'est beaucoup d'argent pour deux tout jeunes gens, qui d'ailleurs en profitent immédiatement après la mort de leurs parents. Lyle devient propriétaire d'un restaurant à Princeton. Erik, qui adore le tennis et voudrait devenir professionnel, s'offre les services d'un entraîneur particulier, achète une Porsche, et les deux garçons font du shopping. Des vêtements de luxe, achetés à la pelle en quelques minutes, y compris trois montres Rolex en or et platine. Il est évident que le deuil de leurs parents ne les empêche pas d'exister, au contraire. Leur entourage immédiat constate que cette mort les a « libérés ». Lyle se prend pour le grand patron de son restaurant qu'il a l'intention d'agrandir et de multiplier. Erik se prend pour le nouveau McEnroe.

Petit à petit, l'enquête s'oriente sur eux, selon un raisonnement classique : là où il y a testament, il y a possibilité de crime.

La personnalité des deux jeunes gens se dessine alors différemment au fil des témoignages.

En novembre 1989, un camarade d'Erik et Lyle, du nom de Craig, vient raconter à la police une étrange histoire :

« Dix jours après la mort de ses parents, Erik m'a avoué qu'ils étaient coupables, qu'ils avaient commis le crime parfait... Et que c'était une idée de Lyle. Lyle aurait dit : “ On y va, toi tu t'occupes de maman.” Erik m'a dit qu'il ne pouvait plus supporter de se taire. Puis son frère est venu me dire qu'Erik racontait des bêtises, en me menaçant si je faisais allusion à cette conversation... Sur le moment je ne savais pas qui croire. Mais il y a le scénario que nous avons écrit ensemble. »

Autre histoire étrange en effet. Lyle, qui se pique de devenir scénariste, a écrit le scénario d'un film, soixante pages dans lesquelles il raconte comment un fils assassine ses parents pour récupérer un héritage de cent cinquante-sept millions de dollars, en commettant le crime parfait. Le scénario en question a d'ailleurs été tapé par la propre mère de Lyle un an auparavant. Il n'a convaincu personne dans le milieu cinématographique ; il est probable que le père ne l'a pas trouvé génial, il est d'ailleurs maladroit, simpliste et pour tout dire mauvais. Mais révélateur.

Et ce que la police ne connaît pas encore, c'est la version d'un psychiatre. Comme la plupart des Américains riches, les deux garçons sont suivis par un psy. Une thérapie rendue nécessaire, selon leurs parents, par leur comportement. A raison de trois cents dollars la consultation. De bons clients.

La scolarité d'Erik et de Lyle n'a pas été de tout repos jusqu'ici. Absentéisme, bagarres, tricheries diverses, vols et même arrestation. Le papa, fort mécontent, aurait sévi. Punition d'abord, psy ensuite.

Or, au début de l'année 1990, voici qu'une jeune femme se présente à la police et que l'affaire devient aussi démente que compliquée : « Je m'appelle Judy, je suis la maîtresse du docteur O., le psychiatre d'Erik et Lyle Menendez. J'ai peur, il a peur, même sa femme a peur, je ne peux plus me taire...

« Voilà, ça s'est passé le 31 octobre 1989. Erik était chez le psychiatre, et tout d'un coup il a craqué, il a dit : "C'est nous qui l'avons fait. Nous avons tué nos parents !" A ce moment-là, le docteur n'enregistrait pas la conversation sur cassette, comme il a l'habitude de le faire en séance de thérapie. Il a appelé Lyle au téléphone, pour lui demander des explications sur les déclarations de son frère. Il lui a ordonné de venir le voir immédiatement. Lyle est arrivé aussitôt, il était furieux. Il a menacé le psychiatre, lui interdisant de révéler quoi que ce soit des élucubrations de son frère. D'ailleurs il était tenu selon lui par le secret médical et, s'il faisait une quelconque révélation, sa carrière serait fichue. Lyle se chargerait de le démolir. Et il se chargerait aussi de sa femme, et de moi...

« Comme le docteur O. n'avait pas de preuves du récit d'Erik, il lui était difficile d'aller plus loin. Il s'est contenté d'enregistrer personnellement ses notes sur ce que lui avaient déclaré les deux frères. Il a prévenu sa femme, il m'a prévenue aussi, et depuis nous vivons dans l'angoisse d'une vengeance. Moi, je ne peux plus supporter cette situation. Depuis cette histoire, il m'a mise sous traitement médical, il cherche à me faire interner pour se débarrasser de moi. »

Le médecin confirme, sauf l'accusation de sa maîtresse de vouloir la rendre folle. En réalité ils ont rompu leurs relations depuis cette histoire.

Cette fois la police décide de procéder à l'arrestation des deux frères. Lyle est interpellé le premier à son restaurant, Erik est cueilli à la descente d'un avion. Il revenait d'Israël où il venait de disputer un tournoi. Et ils nient tous les deux avec une fermeté et un calme remarquables. 1990, ils nient, 1991, ils nient, 1992, ils nient... Jusqu'au moment où la Cour suprême des Etats-Unis décide de reconnaître comme légale et présentable devant un jury la version du docteur O. Jusque-là, la question se posait de savoir si la rupture du secret médical était acceptable.

Soudain, coup de théâtre, arrivée d'une avocate aux dents longues qui se charge de la défense de Lyle, le principal accusé. Celle d'Erik étant assurée par un autre défenseur. Maître Lansing a mis au point un système de défense : les garçons vont plaider coupables, mais avec la légitime défense !

A nos yeux d'Européens, ce système peut paraître bizarre. Mais aux Etats-Unis, et surtout dans l'Etat de Californie, un meurtre au premier degré, c'est-à-dire avec préméditation, et sans circonstances atténuantes, comme la légitime défense par exemple, est puni de mort. Lyle et Erik risquent donc la chaise électrique. Sauf si maître Lansing parvient à convaincre le jury qu'ils ont agi non pas pour récupérer un héritage, mais en état de légitime défense.

Quelle serait donc cette légitime défense justifiant le massacre à coups de fusil à pompe de José Menendez et de son épouse ?

Les deux garçons craignaient pour leur vie. Ils ont été victimes depuis des années d'abus physiques, moraux et sexuels de la part de leur père.

Lorsque le procès s'ouvre en septembre 1993, maître Lansing déclare : « José Menendez a abusé de son fils Lyle entre l'âge de six et huit ans. Il s'est attaqué à Erik à l'âge de douze ans, et peu de temps encore avant le meurtre. Lyle a maintenant vingt-cinq ans, Erik vingt-deux. A deux reprises Lyle a affronté son père au sujet d'Erik. La première fois Lyle avait treize ans, la seconde fois se situe quelques semaines avant le drame. Au cours de cette dernière confrontation entre l'aîné et son père, José Menendez serait devenu enragé, hurlant que "quiconque parlerait de ce secret n'aurait plus le droit de vivre". Il aurait ajouté : "Erik est mon fils, j'ai le droit d'en faire ce que je veux, quand je veux. Personne n'a le droit de me menacer, personne n'a le droit de détenir un pareil secret capable de me détruire ! Pas même toi !" »

Bien entendu, le témoin vedette est le psychiatre. Maître Lansing va s'acharner sur lui et tenter de rendre son témoignage non crédible. Car le psy n'a jamais entendu Lyle ou Erik parler d'abus sexuels, et pourtant il les suit depuis des années. Lorsque Erik lui a confessé le crime, il n'a d'ailleurs rien évoqué de tel. Il considérait son père comme un personnage d'une grande moralité. Il a ajouté qu'ils n'avaient pas prévu de tuer leur mère, mais que Lyle en avait décidé ainsi, pour que le crime soit parfait.

Le docteur O. résiste à toutes les attaques de l'avocate déchaînée. Lyle baisse la tête, Erik est au bord des larmes.

Le procureur maintient sa version de préméditation. Rappelle l'absence d'alibi, le comportement dispendieux des deux frères après le crime, le testament disparu, qui devait probablement les empêcher de toucher la prime de quatorze millions de dollars, leur père étant mécontent d'eux. Mécontent seulement. Certes José Menendez passe pour un homme autoritaire – cet immigré cubain a fait sa fortune lui-même, en partant du bas de l'échelle. Il espérait mieux de ses deux fils que leur paresse, leur goût du luxe, leurs bagarres dues à l'alcool, leur errance perpétuelle dans les hauts lieux de la jeunesse dorée californienne. Il en avait le droit et le devoir.

Maître Lansing revient à la charge en décrivant l'enfance et l'adolescence des deux garçons comme une humiliation permanente. Lyle faisait encore pipi au lit à l'âge de quatorze ans et son père lui jetait le linge souillé au visage, devant tout le monde, au petit déjeuner. Il se montrait avec ses enfants abominablement possessif et dominateur. Il exigeait d'eux la perfection. Ses fils devaient être à la hauteur de sa propre réussite. Il avait les plus hautes ambitions pour eux : pour l'un, champion de tennis ; pour l'autre, sénateur, voire président des Etats-Unis, ou même libérateur de son pays d'origine, Cuba ! Et il les ridiculisait à la moindre erreur. Un jour il a même tué le petit lapin de Lyle. Et lorsque Lyle a demandé à sa mère où se trouvait le lapin, elle lui a dit d'aller voir son père. Le père a traîné le gamin jusqu'à une poubelle, a ouvert le couvercle et lui a montré l'animal la tête écrasée. Une autre fois, c'est la mère qui, voulant se suicider, s'est mutilée elle-même avec un couteau pour faire couler son sang sur le corps de Lyle...

« Chaque instant de la vie de ces enfants, clame maître Lansing à l'adresse du jury, était une torture. Ce procès doit vous entraîner derrière les façades de ces maisons luxueuses, de ces voitures de rêve, de ces réceptions somptueuses ! Derrière ces murs se dissimule la réalité, celle de la vie de Lyle et d'Erik au côté d'un père obsédé, d'une mère abrutie de tranquillisants, dans une prison de luxe. Ils n'ont agi que pour sauver leurs vies, par légitime défense, un réflexe de survie après des années d'abus sexuels et psychologiques. »

Sa plaidoirie dure des heures. Et voici que plus rien

n'est simple. Ce procès qui horrifiait l'Amérique, ces deux jeunes gens monstrueux, décadents, qui ne pensaient qu'à l'argent et au plaisir, offrent à présent des visages de victimes. Inceste, relations extraconjugales du père, usage de drogue par la mère, l'avocate ne laisse rien passer, abreuvant le jury durant six semaines de tous les détails sordides, fouillant la vie privée de José et Kitty Menendez comme si elle vidait une poubelle.

Les témoins qui défilent à la barre parlent, eux, d'une vie tout à fait normale en apparence, d'une famille parfaite. La presse publie de magnifiques photographies de José et Kitty entourés de leurs beaux enfants. Avec ce titre « Pourquoi ? »

Parce que papa était un obsédé ? Obsédé par l'ambition de faire de son fils une star du tennis, de faire de l'autre un homme politique important ? Ou obsédé par des pulsions sexuelles contre nature ? Parce que maman était dépressive, droguée, humiliée par les aventures de son époux et se vengeant sur ses fils ?

Lyle et Erik sont appelés à la barre comme témoins de leur propre défense. Ils vont tenter d'expliquer, de contrer l'accusation qui, elle, n'admet qu'une chose : le milieu familial était sévère, le père sans indulgence pour ses fainéants de fils, mais cela ne justifie en aucun cas la légitime défense.

Comment prouver des abus sexuels aussi anciens ?

Le professeur Peter Arella, qui enseigne le droit criminel à l'université de Californie, déclare : « L'abus sexuel est systématiquement utilisé par la défense dans les affaires de mineurs ayant tué un parent. Il reste que Lyle avait vingt et un ans au moment des faits et Erik dix-huit. Il y a deux issues pour le jury à ce procès. L'une consiste à dire : ils n'ont été victimes d'aucun abus sexuel. L'autre : ils ont subi des abus sexuels, mais ils étaient adultes, de jeunes adultes certes, mais capables de trouver une autre solution à cette situation que le meurtre. A leur âge, ils sont dans le même cas de figure que les femmes battues, lesquelles affirment avoir tué leurs époux après des années de sévices. Mais de tels meurtres se produisent généralement immédiatement après une bagarre violente, une altercation de plus, des menaces immédiates, un danger physique. Rien ne permet de dire que les deux fils Menendez étaient dans cette situation la nuit du 20 août 1989. »

Selon ces derniers, ils se trouvaient dans la situation suivante : Lyle a affronté son père une dernière fois, quelques jours avant le meurtre, en lui reprochant d'abuser d'Erik, et c'est alors que le père a lancé ses terribles menaces. Craignant pour leurs vies, les deux frères achètent alors deux fusils à pompe dans un magasin de sport de San Diego (l'accusation l'a prouvé) et ils exécutent leurs parents alors que ceux-ci regardaient la télévision au salon, en dégustant des framboises et de la glace. Quinze balles en tout, qui les ont rendus totalement méconnaissables. Après quoi ils mentent, s'inventent un alibi, dirigent la police vers des pistes fumeuses, Mafia, CIA, règlement de comptes entre sociétés concurrentes, ils touchent l'assurance et mènent grand train.

Qui croire ? Le procès est reporté au 14 décembre 1993.

Quatorze cassettes d'enregistrement des séances de thérapie, appartenant au psychiatre des deux jeunes gens, vont être décortiquées. C'est une première en ce qui concerne le secret médical. On dit qu'elles contiennent des preuves accablantes contre les deux frères. En revanche, elles ne contiendraient aucune information concernant les abus sexuels avancés par la défense.

Préméditation machiavélique de deux jeunes gens odieux, ou instinct de survie, pulsion de vengeance ?

L'Amérique attend. A Los Angeles, l'histoire est devenue une sorte de feuilleton. La télévision a retransmis en direct de grands extraits des débats. Mais les observateurs sérieux ne donnent pas la moindre chance aux deux frères d'échapper à la peine de mort. Et pendant ce temps, des scénaristes planchent sur un téléfilm. Quelle version vont-ils choisir ?

Le paradis perdu de deux adolescents perturbés et violentés ? Ou bien le meurtre au premier degré avec la chaise électrique sur fond de générique ?

Mouloud B. se tient les bras ballants au milieu du living-room de son appartement dans l'immeuble HLM des Pyrénées-Atlantiques. La pièce, décorée à l'orientale de grandes tentures colorées qui courent le long des murs, est parfaitement rangée. Des sièges bas, des cuivres bien astiqués qui luisent dans la lumière électrique. Pas un bruit à cette heure tardive, au-dehors les échos de la nuit d'été. Mouloud tend l'oreille mais seul le silence parvient de la chambre des jumeaux Nasser et Aïcha. Le petit Brahim, dans son berceau, dort paisiblement, tout est en ordre. Enfin presque...

Ce qui fait désordre dans l'appartement c'est la jolie Raya, la femme de Mouloud. Pour le moment elle gît de tout son long sur le tapis marocain. Aucun souffle n'anime sa poitrine. Elle est morte et les marques bleues laissées par les mains robustes de Mouloud indiquent d'un seul coup d'œil les causes de sa mort. Mouloud, honnête et solide ébéniste qui vit en France depuis vingt et un ans, vient de tuer Raya, sa seconde épouse. Et, à présent que le pire est accompli, il se demande ce qu'il doit faire pour éviter l'inévitable...

Comme dans un film accéléré, Mouloud revit toutes ses dernières années : sa dure condition d'émigré marocain qui cherche du travail dans les années soixante-dix. Puis son intégration en douceur, ses bonnes relations avec ses patrons qui apprécient en lui l'homme honnête, fiable, adroit, sans problèmes. Sa lente montée dans l'échelle sociale. Son mariage, là-bas au Maroc, et la naissance de deux jumeaux, Nasser et Aïcha. Quatorze ans déjà. Puis la disparition de son épouse. La solitude d'un homme jeune encore et vigoureux. Le remariage avec Raya, trente-huit ans, plus jeune que lui d'une quinzaine d'années, et l'arrivée en France de cette jolie brune pulpeuse, rieuse, pleine d'ambition.

C'est là sans doute que les choses de sa vie commencent à déraper. Un problème de générations sans doute. Mouloud connaît, pendant un temps, une période de chômage et Raya décide, en femme moderne, qu'elle peut contribuer aux revenus du ménage. Elle suit des cours pour apprendre à mieux parler le français, elle se trouve un travail, fait un stage pour être caissière dans le supermarché de la ville. Elle est liante, indépendante. Le matin, elle part pour son travail et elle rentre le soir, toujours souriante, heureuse de cette nouvelle vie à la française qu'elle ne pouvait en aucun cas espérer connaître dans le lointain Maroc...

Mouloud subit cette perte d'autorité sans trop faire de commentaires. A dire vrai, il espère bien fonder en France une famille qui s'intègre. Il fait venir les jumeaux et se saigne aux quatre veines pour leur assurer une éducation complète qui leur permette d'accéder à des professions valorisantes. Mouloud aimerait bien avoir un enfant de Raya, mais celle-ci, hélas ! se révèle incapable de procréer. Bah ! qu'importe, elle servira de mère de substitution pour les jumeaux et la vie sera belle quand même. La maison de Mouloud et de Raya est accueillante, les voisins, maghrébins ou métropolitains, y sont facilement accueillis et invités à partager un café odorant, un thé à la menthe « comme là-bas », un couscous ou des tajines parfumés.

Mais, petit à petit, les choses se gâtent entre Mouloud et Raya. Des disputes éclatent et les voisins viennent tambouriner sur la porte de l'appartement pour demander : « Qu'est-ce qui se passe là-dedans, c'est fini ce boucan ? » Mouloud, sans ouvrir, répond que « ce n'est rien : la télé ». Les voisins n'insistent pas, pourtant ils avaient bien cru entendre des cris de femme et des bruits de gifles.

Le lendemain, comme on voit les jumeaux, toujours pimpants, aller à l'école, comme Raya, toujours souriante, apparaît, on n'y pense plus. Raya qui va souvent à la cabine téléphonique du coin de la cité pour appeler Dieu sait qui, Raya qui, parfois, prend le train toute seule pour se rendre à Paris « où elle a de la famille ». Mouloud, quand elle est absente, prend un regard morne et triste.

Un jour Raya repart au Maroc pour quelques jours.

Quand elle rentre en France, elle transporte un drôle de colis : Brahim, un orphelin d'un an qu'elle a adopté. Mouloud, qui calcule son budget au plus juste pour donner le maximum de ce qu'il peut à ses jumeaux, n'apprécie pas du tout cette bouche supplémentaire qui n'est même pas l'œuvre de sa chair. Scène violente entre les deux époux. Pourtant Brahim, le bébé, est adorable et fait l'admiration de tout le voisinage. Raya l'emmène à Paris, pour le présenter à « sa famille ».

Un jour Raya, pourtant, en rentrant de Paris, déboutonne son cœur : elle explique à Mouloud que tout est fini entre eux, qu'elle a connu un autre homme, qu'elle va partir avec lui, qu'elle va refaire sa vie. Justement non car, dans un mouvement de colère, Mouloud saisit la gorge de Raya et serre ce joli cou fragile entre ses phalanges puissantes de manuel. Un petit craquement imperceptible et Raya glisse au sol, morte.

On en est donc là par cette belle nuit d'été. Mouloud réfléchit. Comment se débarrasser du cadavre ? Impossible de le transporter au loin car Mouloud, en fait de véhicule, ne possède qu'une mobylette qui lui permet de rejoindre son travail chaque matin. Il ne reste qu'une seule solution, horrible. Alors Mouloud traîne le corps de son épouse jusqu'à la cuisine, il sort les couteaux du tiroir, ceux qui servent à égorger le mouton lors des fêtes rituelles, et il commence... par la tête.

Au bout de quelques heures atroces, Raya est découpée en plusieurs morceaux. Chaque morceau est emballé dans un grand sac-poubelle gris. Mouloud, au cœur de la nuit, descend les morceaux jusqu'à la cave qui lui est attribuée dans le sous-sol de l'immeuble. Là, avec des planches qu'il a récupérées depuis longtemps, il bricole une sorte de cercueil dans lequel il range les sacs, dans le désordre. Il nettoie ensuite soigneusement les traces sanglantes de la cuisine, puis, mouillé de sueur, s'étend sur son lit pour réfléchir à la suite des événements.

Au réveil, les jumeaux s'étonnent de l'absence de Raya, mais Mouloud leur dit qu'elle est « repartie pour le Maroc ». C'est la même réponse qu'il fera dans les jours suivants à tous ceux qui s'informeront de l'absence de la belle Marocaine. Les jours passent, dans la chaleur moite du Sud-Ouest.

Justement c'est de là que vient le problème. Au bout de quelques jours, toute une partie de la cité HLM commence à être incommodée par une odeur fétide dont on distingue mal l'origine. La concierge finit par déterminer qu'elle provient de la cave de Mouloud. Celui-ci, prévenu, répond qu'il va nettoyer car un chat ou un gros rat crevé doit en effet se trouver dans sa cave.

Le soir même, l'ébéniste descend à une heure tardive et, faute de mieux, essaie de rendre complètement étanche le « cercueil » de planches dans lequel il a entassé les morceaux de son épouse. Puis, pour mieux régler encore le problème, il bourre de mastic et barricade la porte qui donne accès à sa cave. Et il remonte chez lui pour réfléchir encore. Mais aucune solution ne se présente à lui pour se débarrasser du cadavre... Et la chaleur d'août continue de faire son œuvre. L'odeur devient insupportable. Quelqu'un avertit les gendarmes. Un autre fait le rapprochement avec l'absence bien étonnante de Raya.

Guidés par la concierge qui se bouche le nez, on brise à coups de hache la porte étanche de la cave de Mouloud. L'odeur devient irrespirable. On fait éclater le cercueil, on ouvre les sacs de plastique. Plus de doute, ce sont bien là les pauvres restes de la souriante seconde épouse de Mouloud, celle qui rêvait de vivre sa vie à la française. On l'identifie en trouvant la tête de la malheureuse à côté du « cercueil », dans une Cocotte-minute où son mari l'avait fait cuire, dans l'espoir d'empêcher toute identification...

En quelques instants les gendarmes sont à la porte de l'appartement, mais, retranché à l'intérieur, Mouloud, qui se dit qu'on approche de la fin, menace soudain, si on lui fait violence, d'exécuter les jumeaux et le petit Brahim, puis de se faire sauter grâce à une bouteille de gaz qu'il détient. Les choses deviennent graves. Les forces de police spécialisées dans ce genre de problèmes arrivent en toute hâte et prennent position, devant l'immeuble, sur les toits, dans les bâtiments avoisinants.

Le sous-préfet, l'assistante sociale, le patron de Mouloud, ses amis, ses parents, l'instituteur des jumeaux se relaient au téléphone pour le convaincre de se rendre, mais rien n'y fait. Mouloud, fatigué, désespéré, ne voit pas d'issue à la situation. Il comprend que ses vingt et un ans de probité sur le territoire français vont s'achever derrière les barreaux. Il comprend qu'il compromet l'avenir de ses enfants, il menace à nouveau, têtu, de tout faire sauter. On évacue l'immeuble.

Quand on donne enfin l'assaut, dans les règles de l'art, pour sauver les enfants, Mouloud, dès qu'il voit sa porte enfoncée, se plonge dans le ventre le grand couteau de cuisine avec lequel il a décapité Raya. Il meurt pratiquement sur le coup. Les trois enfants sont remis aux autorités compétentes...

Vocation irrésistible

Dominique C. semble somnoler assis sur un banc au fond du parc des Petites Sœurs des Pauvres. Il aura bientôt quatre-vingts ans et il jouit d'un repos normal au bout d'une vie bien remplie. On serait tenté de dire « repos bien mérité » mais est-ce bien le cas ? Pourtant on peut prétendre que sa vie n'aura pas manqué de péripéties, depuis son plus jeune âge. Qu'on en juge plutôt.

Dominique, comme son prénom l'indique, est natif d'une île que l'on dit bien française et que beaucoup jugent la plus belle de la Méditerranée. Son père est militaire, comme il est de tradition chez beaucoup d'insulaires. Dominique n'est encore qu'un gamin de cinq ans et son frère cadet, François, est plus jeune d'un an lorsque leur papa quitte ce bas monde. Immédiatement le conseil de famille décide que les deux bambins iront poursuivre leur éducation à Lyon, pratiquement dans les brumes du Nord, sous l'aile, qu'on espère bienveillante, de leur tonton Frédéric.

Tonton, hélas ! n'a pas la fibre paternelle et, très rapidement, il confie les deux mouflets à la garde vigilante des bonnes sœurs. Malheureusement les deux enfants, sans doute nostalgiques de leur belle île natale, se montrent très rapidement rétifs et insupportables, même pour des femmes qui ont fait vœu de patience. De chahuts en révoltes sévèrement réprimées, de fugues en chapardages, ils descendent, en prenant de l'âge, la pente qui mène à la délinquance et conduit derrière les barreaux. Leur père avait sans doute espéré pour eux un autre avenir.

Les voilà presque des hommes. Le temps du service militaire est là. Période qui ne se passe pas plus tranquillement que celle de l'éducation de base. Quand Dominique, après vingt-quatre mois de service dans la marine, se retrouve en civil, il reprend tout naturellement la seule activité qu'il ait jamais pratiquée assidûment : le chapardage. On est à Paris, en 1943, les temps sont troublés mais la police fait encore son travail. Dominique est convié à un séjour de deux ans en prison et on lui assigne comme résidence la centrale de Poissy.

Le régime alimentaire n'a rien d'idyllique. Pis encore, le camp de l'occupant allemand, dans la forêt toute proche de Saint-Germain, est bombardé. Les « Fridolins » ont besoin d'une corvée pour récupérer les bombes qui gisent, intactes, dans la forêt. Dominique est sélectionné pour ce travail minutieux qui met les nerfs à rude épreuve. Décidément, pense-t-il en croyant sauter à chaque fois qu'il manipule une bombe, la vie ne vaut pas la peine d'être vécue. Certains ont toutes les chances au départ, les autres tirent le mauvais numéro...

Dorénavant Dominique s'estime libéré de tout remords. Il déclare la guerre aux nantis, à la société. Tout lui est bon pour tirer le maximum d'autrui.

Au bout de deux ans, juste à la fin de la guerre, Dominique retrouve à la fois la liberté et la paix. Désormais il est « voleur » patenté. Mais le choix de cette vocation n'implique pas qu'il jouisse du plein succès dans ses entreprises... L'année suivante, le voici à nouveau sous les verrous. Condamnation sans ambiguïté : flagrant délit. Il ne lui reste qu'à prendre son mal en patience...

C'est peut-être à cela que Dominique pense aujourd'hui, sur son banc, dans le parc tranquille des Petites Sœurs : à toutes ces années si lointaines. Mais soudain son regard s'illumine : de l'autre côté de la rue, il observe, comme il le fait depuis plusieurs jours, l'activité régulière d'un lieu qu'il connaît bien, qui hante ses jours et ses nuits depuis soixante ans : une banque... Il note l'heure d'arrivée du directeur puis retombe dans ses pensées... Voyons, où en était-il ? 1946. Ah oui ! Là, il inaugure la série des « interdictions de séjour », assorties de deux ans de prison. En définitive, deux ans, ça passe vite... Cette fois-là, il passe donc deux ans près de Paris. Est-ce là qu'il tente de s'évader ? Oui, c'est ça. Il parvient à se procurer une paire de cisailles, après de longues heures d'attente, de palabres, d'échanges et le voilà qui tranche enfin, un beau soir, dans le grillage qui le sépare de la liberté. Manque de chance, ce fil qu'il coupe est justement celui de l'alarme. Dominique, pour un peu, risquerait d'être tué par les matons qui tirent à vue. Et il en reprend pour deux ans de plus. Au bout de deux ans, le voilà libre.

Pas pour longtemps : un an plus tard, toujours pour vol, il en reprend pour deux ans et, cette fois, on l'emmène dans une île, pas la sienne mais une île atlantique, celle de Ré, porte du bagne... Il en ressort, mais, toujours aussi teigneux et la tête près du bonnet, le voilà qui repique au truc : coups et blessures. Dix mois à l'ombre dans une geôle charentaise...

Son frère, de son côté, poursuit, si l'on peut dire, le même genre de carrière avec les mêmes alternances d'ombre et de liberté. Mais, au fil des années, la réputation des deux Méditerranéens grandit. Chaque année derrière les barreaux est comme une décoration sur la poitrine d'un grognard... On les respecte, on les consulte. Par chance pour eux, si l'on peut dire, on leur attribue la paternité d'un spectaculaire fric-frac, au cours duquel, entrés par un souterrain creusé près d'une banque, des malfrats ont vidé, des années avant Spaggiari, tous les coffres d'une banque. On ne retrouvera jamais les auteurs du coup. Dominique affiche un petit sourire quand on veut lui tirer les vers du nez.

Pour l'instant Dominique sourit encore, sur son banc ombragé de platanes, sous le chaud soleil du Midi. Il vient de repérer un emplacement, devant la banque d'en face, idéal pour garer une voiture avec le moteur en marche...

Après le coup du souterrain, Dominique commence à se faire un peu vieux : toutes ces années à l'ombre n'arrangent pas ses poumons. Il devient plus malin, la police ne trouve rien à lui reprocher pendant quatre ans. Puis une malheureuse affaire de faux papiers le renvoie en taule pour un an. Suivent deux ans de calme. Il s'ennuie sans doute et son frère aussi car ils se lancent dans l'attaque à main armée. Cette fois, son curriculum vitae joue contre lui : c'est la perpétuité.

Mais, de plus en plus résolu dans ses entreprises, de plus en plus aidé et respecté par le milieu, Dominique reçoit, dans sa cellule, un revolver qu'il applique sur la tempe d'un maton. Cette technique simpliste lui permet de se retrouver à l'air libre... Direction : Marseille. Et là, les frères corses disparaissent dans les méandres du quartier chaud, nouvelles identités, nombreuses planques. Cependant il semble que l'air de la France soit de plus en plus malsain. On part pour l'Amérique du Sud... Le rêve : les palmiers, le soleil, les plages d'Argentine, une femme, encore désirable, tout pour être heureux... quand survient un cousin, célèbre, puissant qui « travaille », quant à lui, au niveau international et dans des trafics de poudre délétère... Comment résister quand on vous propose de vivre à New York, d'être un des caïds de la cocaïne ?... Dominique, logique, suit son destin.

Comme les années ont passé entre New York et le parc tranquille des Petites Sœurs des Pauvres ! Elles n'ont pas toujours été faciles ces années passées, car, après le luxe new-yorkais, il y a eu, au bout de deux ans, les menottes américaines et les juges américains et le pénitencier d'Atlanta. Voilà ce que c'est que de se promener avec deux kilos de « poudre blanche » dans sa valise... Normalement Dominique doit finir ses jours aux States.

Mais non car, depuis son évasion, la France le réclame, heureusement pour lui. Extradition. Le voilà rentré dans notre beau pays et il découvre les délices de Fresnes, une prison « trois étoiles » qu'il ne connaissait pas. C'est là qu'il se lie d'amitié avec Romuald, un jeune délinquant qui le « protège » et lui demande conseil.

Une jolie amitié dans un monde ultrarépressif. Impossible d'en sortir sauf libéré. C'est ce qui lui arrive enfin en 1987. Où donc est le fringant marin d'autrefois ? Où sont ses amours argentines ? Il a soixante-quatorze ans. L'âge, largement dépassé, d'une retraite bien méritée. Mais il n'y a pas de caisse complémentaire pour les malfrats, même avec un curriculum vitae bien rempli. Alors, à Paris, commence une vie qui traîne de bar en bar. La vie lui semble aussi peu ragoûtante qu'à l'époque où il se débattait contre les entreprises éducatives des Petites Sœurs lyonnaises. De fil en aiguille sa pensée lui remet en tête un ancien de Fresnes, la rumeur lui apprend une nouvelle étonnante : repenti, cet ancien compagnon de misère est entré dans la prêtrise. Dominique parvient à le contacter.

L'ancien détenu devenu curé invite Dominique, par retour du courrier, à lui rendre visite dans sa cure, perdue au fond de l'Aveyron. Les deux anciens détenus échangent leur philosophie sur la dureté de l'existence. Dominique, au bout du rouleau, ne sait à quel saint se vouer. Charitable comme il se doit, le curé lui propose une solution conforme à son âge. Pourquoi ne pas aller s'installer, pour une retraite paisible, chez les Petites Sœurs des Pauvres ? Là, il serait à l'abri des aléas de l'existence, des tentations du besoin, choyé, pardonné. Dominique accepte.

C'est pourquoi il se trouve aujourd'hui, en ce mois d'août 1993, assis au soleil. Les Petites Sœurs ne posent pas de questions. Il leur fait verser tous ses revenus et même sa pension d'« ancien combattant » dont on peut se demander quand il a eu le temps de la gagner. Il refuse pratiquement l'argent de poche qu'on lui propose : trois cent cinquante francs par mois. Il assure qu'il n'a plus aucun besoin. Simplement il reçoit fréquemment la visite de son fils. Tiens, se diront certains, d'où sort-il donc celui-là ? Jamais entendu parler. Le « père » et le « fils », devant les autres pensionnaires attendris, ont de longues conversations, ils passent leur temps à griffonner sur des petits bouts de papier qu'ils enfouissent dans leurs poches dès que quelqu'un approche pour proposer une partie de belote...

Souvent le « fils » qui se prénomme « Romuald », comme par hasard, invite son « papa » et ils se rendent à Dax. Là-bas, conte Dominique, il en profite pour rendre visite à son cher vieux frère « cadet » qui est mourant. Toujours avec la permission des Petites Sœurs qui notent scrupuleusement les heures de départ et de rentrée du bon vieux « Papy » confié à leur garde.

Ce jour-là, une fois sa « sieste » sur le banc du parc terminée, Dominique écrit quelques notes sur de nouveaux « petits papiers ». Quelques heures plus tard, le « fils » Romuald rend visite à son « père ». Une fois de plus les vieux pensionnaires de la maison de retraite s'extasient sur la nouvelle voiture du fils. Il en change tellement souvent... On demande des nouvelles de la belle-fille Fabienne. Une charmante brune. Dominique, lui, sait bien qu'il ne s'agit que de la concubine de Romuald, une jolie fille qui faisait de l'auto-stop juste après avoir quitté ses parents.

Demain, la « famille » va se livrer à son activité favorite : un braquage de banque. Papy Dominique a repéré les lieux, Fabienne, enceinte jusqu'aux yeux, entrera dans la banque en aidant Papy, puis elle sortira son revolver de son sac. Romuald arrivera à cet instant. Très vite tout sera réglé... Décidément, la vie peut être très amusante, même pour un vieux truand qui vit chez les Petites Sœurs.

Le lendemain, hélas ! Fabienne, qui manque de sang-froid, oublie son sac avec tous ses papiers d'identité sur le comptoir de la banque en partant avec ses complices. De plus les caméras de surveillance, gadget inconnu de

Dominique, filment celui-ci sous tous les angles. Le voilà reparti pour un bon moment vers la paille humide des cachots. Peu importe, depuis qu'il s'ennuyait chez les Petites Sœurs, lui et son équipe avaient réussi près de quarante hold-up ! Pas mal à quatre-vingts ans.

Noirs gris-gris

Qu'elle est heureuse, Anne-Marie ! Cette jolie blonde est depuis quelques mois l'épouse de Jean-Michel, un grand barbu brun, bien bâti, aux mains puissantes, à l'allure sportive, au regard franc et honnête. Pour cette jeune femme aux nerfs un peu tourmentés, c'est un rêve qui s'est concrétisé. Elle est l'épouse légitime d'un bel homme que beaucoup de femmes lui envient. Trop de femmes sans doute, toutes les femmes sûrement. Anne-Marie, qui doit souffrir d'une légère tendance à la paranoïa, tous les jours, au moment où Jean-Michel part pour son travail, se demande, inconsciemment, s'il va bien rentrer le soir, si, pendant la journée, il ne va pas faire la connaissance d'une autre jolie blonde, plus jolie qu'elle, ou bien d'une appétissante brunette séduite par la barbe de jais de son séduisant mari.

Alors, un beau jour, Anne-Marie, comme ça, pour voir, décroche le téléphone et elle appelle Jean-Michel à son travail. Après quelques instants, après que le standard l'a mise en communication avec le chef d'équipe, après qu'on lui a demandé deux fois le motif de son appel (« Personnel, je suis son épouse »), après qu'on est allé chercher Jean-Michel à son poste de travail, après un bon moment d'attente, elle entend la voix de son beau barbu. Elle soupire d'aise et elle respire : il est bien à son travail, il ne s'est pas absenté pour aller retrouver quelque gueuse. Au bout du fil Jean-Michel s'inquiète : « Qu'est-ce qui se passe ?

— Rien, répond Anne-Marie, soudain prise de court,

je ne me souviens plus de ce que tu m'as dit pour ce soir... » Elle invente un prétexte à son appel.

Appel qu'elle renouvelle les jours suivants. Bien sûr elle sent bien que cela agace Jean-Michel. Quand il rentre le soir, il ne se prive pas de faire des commentaires. « Qu'est-ce que c'est que ces façons de m'appeler à tout bout de champ ? » Jean-Michel est un homme d'ordre. Il organise sa vie avec précision et méthode, il déteste tout ce qui vient troubler l'ordre établi des choses, même les plus quotidiennes. Dans son univers les épouses ne dérangent pas leurs maris au boulot pour des futilités. Malgré son air simple, Jean-Michel commence à se demander si Anne-Marie ne perd pas un peu la tête, si elle n'est pas complètement folle de jalousie, s'il n'a pas fait l'erreur de sa vie en épousant une jolie fille légèrement cinglée.

De questions en doutes, de doutes en certitudes, Jean-Michel s'éloigne d'Anne-Marie. Il se persuade qu'il a commis une boulette et, pour lui, la situation est simple. Toute erreur demande à être corrigée. D'autant plus que, à force de craindre l'arrivée d'une autre femme, Anne-Marie a fini par faire se concrétiser ses pensées négatives ; Jean-Michel, le grand barbu, rencontre effectivement une autre mignonne, Gilberte. Oh ! pas du tout une beauté fatale, une gentille jeune femme sympathique telle qu'on peut en découvrir dans les plaines picardes, une institutrice, calme et sans jalousie.

Et Jean-Michel se décide à tout avouer à Anne-Marie : sans élever la voix, il lui annonce qu'entre eux tout est fini. Il ne supporte plus ses crises de jalousie, ses soupçons, il la quitte, comme elle le craignait depuis longtemps, pour aller vivre sa vie avec une gentille institutrice pas soupçonneuse. Anne-Marie est effondrée. Elle se retrouve seule. Mais elle ne désespère pas de voir son grand barbu brun rentrer au bercail.

En attendant, pour tromper son ennui, sa solitude nouvelle, pour essayer d'y croire, elle va consulter une voyante qui, subodorant les problèmes de la pauvre blonde, lui laisse espérer le retour de l'infidèle. En vain : les mois puis les années passent. Dans cette petite ville du Nord, tout se sait. Anne-Marie, désespérée, apprend que Jean-Michel est à présent le père d'un enfant que Gilberte vient de lui donner. Les chances de le voir revenir s'estompent.

Les prévisions de la voyante tardant à se réaliser, Anne-Marie se laisse tenter par le prospectus qu'un jeune homme lui tend dans la rue. Sur le petit carton on vante les mérites d'un « mage guinéen » capable de tout en matière de « retours d'affection ». On annonce des prix « très étudiés ». Anne-Marie fourre le carton dans son sac. Quelques jours plus tard, elle téléphone au numéro indiqué et prend rendez-vous avec le mage africain. Elle est comme fascinée par l'allure du mage, son exotisme, elle écoute sans trop comprendre les promesses qu'il lui fait. Elle paie le tarif, assez important, pour un « retour d'affection ».

Quelques jours plus tard, alors qu'elle expédie une lettre au bureau de poste de son quartier, son regard croise machinalement celui d'un jeune Maghrébin. Beau garçon qui lui sourit timidement. Il ne faudra que quelques jours pour que, après s'être croisés plusieurs fois dans le quartier, il l'aborde, lui parle, l'invite à prendre un café. Anne-Marie rend l'invitation.

Le jeune homme, de huit ans son cadet, lui raconte son histoire sans histoires : il est arrivé en France à quatorze ans, avec sa famille. Un père ouvrier qui respecte les traditions religieuses de son pays. Aussi aujourd'hui, muni d'un métier, le jeune homme, nommé Moktar, s'apprête à obéir à son père qui vient de lui choisir une fiancée musulmane qu'il ne connaît même pas, une lointaine cousine qui demeure encore là-bas, de l'autre côté de la Méditerranée.

Moktar, soudain, est pris d'une révolte contre ces projets matrimoniaux. Anne-Marie compatit à ses problèmes. Il tombe amoureux de cette blonde inaccessible. Pas si inaccessible puisqu'un beau soir elle l'invite à passer la nuit chez elle et devient, bien évidemment, sa maîtresse. Une maîtresse qui se donne sans passion, car, toujours, au fin fond d'elle-même, une seule idée demeure véritablement : le retour au foyer de Jean-

Michel, son grand amour, qui vit heureux avec une autre.

Pendant ce temps-là le « marabout » africain, fidèle aux promesses faites à sa cliente, met au point ses techniques de retour d'affection. Il va déposer sur le seuil de la maison de Gilberte et de Jean-Michel des gris-gris chargés de malédictions qui doivent briser le ménage. Mais rien ne se passe. Lors de la visite suivante d'Anne-Marie, il lui propose, moyennant un petit supplément financier, une technique plus moderne qui, depuis quelque temps, fait paraît-il des miracles : l'utilisation de préservatifs imprégnés d'onguents miracles de sa fabrication. Il propose même à Anne-Marie d'essayer sur elle-même lesdits préservatifs...

Moktar, quand il rentre de sa première nuit d'amour avec la blonde esseulée, se fait accueillir vertement par son père, qui, en manière de sanction, lui interdit l'utilisation de la voiture familiale pendant plusieurs jours. Voilà Moktar éloigné de son amour. Quelques jours plus tard, quand la sanction est levée, c'est avec une passion redoublée qu'il rejoint Anne-Marie, de plus en plus prête à tout pour faire revenir Jean-Michel. Que se passe-t-il entre eux à ce moment-là ? Trouve-t-elle les mots pour le convaincre d'accomplir l'acte qui va les mener tous les deux devant les assises ? Entend-il, comme il va le prétendre, une voix qui lui commande de faire ce qu'il va accomplir sans trop savoir pourquoi ?

Toujours est-il qu'un soir on sonne à la porte du logement de fonctions de Gilberte, l'institutrice. Elle ouvre sans méfiance et se trouve devant Moktar qui demande à parler à Jean-Michel. Celui-ci étant absent, elle lui propose de revenir un peu plus tard. Quelques instants après, la sonnette se fait à nouveau entendre et Gilberte ouvre à nouveau, son bébé dans les bras. Elle a à peine le temps de voir l'éclair d'un couteau. La gorge entaillée de plusieurs coups, elle comprend qu'elle va mourir. Mais, miraculeusement, elle a la force de refermer la porte, empêchant son agresseur de l'achever. En a-t-il seulement l'intention d'ailleurs ? Sa « voix » lui a enjoint de tuer Jean-Michel, Gilberte et le bébé, mais l'ex-mari d'Anne-Marie étant absent, il sait qu'il ne peut accomplir toute sa mission. Il remonte donc dans sa voiture et s'éloigne.

Gilberte, heureusement, n'est pas mortellement atteinte. Elle a la force d'appeler à l'aide et c'est aujourd'hui munie d'une minerve qu'elle assiste au procès de cet homme inconnu qui a voulu l'éliminer... Moktar, bon jeune homme sans histoires, victime de ses illusions, s'entend condamner à huit ans de prison. Anne-Marie voit définitivement s'éloigner l'idée de récupérer son grand barbu : elle doit passer les dix prochaines années sous les verrous. Le mage guinéen n'est pas inquiété. D'ailleurs Anne-Marie ne se souvient même plus d'avoir été sa maîtresse... Les préservatifs magiques restent versés au dossier...

Le temps des cerises

L'église de cette petite commune de la banlieue parisienne est bondée. Au milieu du chœur, un cercueil ; rien qu'à la taille, on devinerait qu'il contient le corps d'un adolescent. On voit qu'il s'agit d'une fillette, car sur le coffre de bois vernis repose une robe blanche, jamais portée : la robe que la défunte aurait dû porter dans quelques jours pour la célébration de sa première communion. A chaque fois que le prêtre, dans son sermon, prononce le prénom de la morte, Augusta, toute l'assistance regarde la robe et le cercueil.

Les parents, un couple d'ouvriers portugais, Amalia et Jacinto, les camarades de sa classe, les voisins, les amis portugais, tout le monde se pose la même question : comment est-il possible qu'une enfant de douze ans se soit suicidée ? Augusta, si vive, si rieuse, un peu tête en l'air, bavarde et distraite selon ses professeurs, insouciante, dirons-nous. Comment, pourquoi a-t-elle pu en arriver là ? Soudain, sur un banc, du brouhaha : Christian, un petit camarade d'Augusta, vaincu par l'émotion, vient de perdre connaissance. On s'affaire, on l'emmène au-dehors pour lui faire respirer un air plus frais. La cérémonie s'achève dans les chants mélancoliques des petites filles qui se demandent pourquoi Augusta est morte...

Quelques jours plus tôt, Amalia, la mère, rentre de son travail. Son mari, Jacinto, est encore à l'usine et elle sait que, normalement, en rentrant, elle va, comme chaque jour de la semaine sauf le mercredi, trouver Augusta qui vient de rentrer de l'école. Mais, ce jour-là, Augusta n'est pas là. Les minutes passent. Amalia est tout d'abord un peu déçue, puis un peu énervée ; elle se répète déjà ce qu'elle va dire à Augusta lorsque celle-ci va finir par arriver. Les minutes passent. Augusta ne revient pas. Alors Amalia, inquiète, se décide à téléphoner à plusieurs familles, chez des « petits copains » de sa fille. L'a-t-on vue ? Est-elle chez l'un ou l'autre, s'est-elle attardée pour jouer ? Est-il arrivé quelque chose ? Non, personne ne peut lui fournir de renseignements. La seule chose qu'on signale c'est qu'Augusta, comme toute sa classe, a, ce jour-là, quitté l'école un peu plus tôt, car un des professeurs étant souffrant, il n'a pas pu assurer le dernier cours prévu dans l'après-midi.

De plus en plus inquiète Amalia se précipite à l'usine où son mari travaille et l'attend à la sortie pour lui faire part du retard inexplicable de leur fille. Ils ne parlent pas encore de disparition, mais ils s'angoissent davantage à chaque minute. Augusta sait que son père ne plaisante pas avec la discipline et il faut qu'elle ait une bonne raison pour s'attarder loin de la maison. Elle doit bien savoir qu'à son retour la colère paternelle lui fera passer un bien mauvais moment...

Quand Amalia et Jacinto rentrent chez eux, ils espèrent un peu y trouver leur gamine, mais leur espoir est déçu. Bientôt la nuit va tomber et l'enfant manque toujours à l'appel. En tant que président de l'Association des Portugais de la commune, Jacinto a vite fait de prévenir toute la communauté et de demander l'aide de ses compatriotes. Bientôt tous les Portugais valides, dont beaucoup sont aussi parents de jeunes enfants, apportent leur concours affectueux pour une recherche dans la nuit. On se munit de « mégaphones »pour appeler l'absente, de lampes puissantes pour fouiller les buissons. On sait maintenant qu'Augusta, une fois sortie de l'école, s'est rendue chez deux de ses copains, Ahmed et Christian, et que après y avoir passé quelques minutes, elle est partie, en leur compagnie, pour cueillir des cerises dans un lotissement, ancien jardin abandonné où des cerisiers sans propriétaires offrent aux passants leurs sanglants « pendants d'oreille » comme dit la chanson.

Les deux adolescents, à peine plus âgés qu'Augusta, racontent qu'ils ont, en effet, tous les trois grimpé aux cerisiers et qu'ils se sont un peu gavés de cerises, plus ou moins mûres d'ailleurs. Puis ils disent avoir quitté Augusta car celle-ci venait de déclarer qu'il fallait qu'elle rentre chez elle où sa mère l'attendait.

Le lendemain, les recherches reprennent et, cette fois-ci, à la lumière du jour, dans un champ en friche envahi de hautes herbes, sous un arbre, on découvre, hélas ! le corps sans vie d'Augusta. Elle est là, morte, couchée sur le ventre. Autour de son cou, une manche de sa chemise fait un nœud grossier. A l'autre manche du vêtement un autre nœud tient un morceau de branche brisée, détachée de l'arbre sous lequel se trouve la pauvre gamine.

Les parents en larmes ne peuvent que constater le décès. Le médecin légiste et les gendarmes, au vu du corps, déclarent qu'il n'y a eu ni lutte ni violences sexuelles. De toute évidence la petite Augusta s'est suicidée. Pourquoi ? Son dernier carnet scolaire, qui était loin d'être brillant, fournit un motif tout à fait plausible. La petite s'est suicidée par honte de ses mauvais résultats. L'affaire semble simple et il paraît qu'elle va être classée dans les « faits divers » malheureux.

Pourtant un certain nombre d'éléments ne concordent pas avec cette « solution ». Tout d'abord, on ne peut pas vraiment déclarer que les vêtements de la fillette ne présentent aucun « désordre ». Le simple fait d'avoir une manche de sa chemise nouée autour du cou est rien moins que normal. D'autre part, Jacinto, le père, en regardant, malgré ses larmes, le pauvre visage de la jolie brunette, ne peut s'empêcher de remarquer que la lèvre supérieure de la fillette est fendue. D'autre part, elle porte les marques d'un gros hématome au niveau de l'œil droit. Bizarre...

Bizarre, se dit de son côté un juge d'instruction en se faisant la réflexion qu'Augusta n'est en aucune manière un enfant de type « suicidaire ». Ses notes, un peu plus déplorables que d'habitude, n'ont pas eu l'air de la « catastropher » particulièrement. D'autre part, on a certainement autre chose en tête que d'aller joyeusement chaparder des cerises avant de mettre fin à ses jours. De plus, Augusta est catholique, on lui a bien appris, au catéchisme, que le suicide est un péché mortel... Le juge, une femme logique, décide de reprendre l'enquête et confie cette mission à quelques « grosses têtes » de la Brigade criminelle.

Patiemment, longuement, avec un soin du détail, les policiers reprennent l'enquête à zéro. Les voisins, les amis, les professeurs d'Augusta sont interrogés les uns après les autres. Bien évidemment on s'intéresse plus spécialement aux deux gamins qui l'ont vue pour la dernière fois : ceux qui l'ont accompagnée pour cueillir les cerises. Ahmed mène une vie tranquille. Il raconte pour la vingtième fois qu'ils ont tous les trois mangé des cerises et qu'Augusta, voyant l'heure tourner, les a quittés pour rentrer chez elle, ce qui l'amenait à traverser des terrains vagues jouxtant la cité où elle logeait. Christian, celui-là même qui s'est évanoui pendant la messe d'enterrement, semble avoir beaucoup moins bien supporté la mort d'Augusta que son camarade maghrébin.

Ses parents révèlent qu'il est, depuis cette tragédie, très affecté. Il a perdu l'appétit, il passe de longs moments près de l'arbre auquel Augusta s'est « pendue ». Il semble, d'autre part, depuis ce triste jour, s'être pris d'une passion pour sa petite sœur et, lorsqu'il va la chercher à la sortie de l'école, il ne la lâche pas d'une semelle, comme s'il craignait pour elle un sort analogue à celui de la pauvre Augusta... Les enquêteurs s'intéressent de près au déroulement des minutes qui ont suivi les « adieux » entre Augusta et ses deux copains. Ils constatent bientôt que Christian ment. Il déclare qu'il est allé chez un ami avant de récupérer sa petite sœur. Mais, soudain, Christian est incapable d'expliquer pourquoi il a mis une heure entière pour accomplir un trajet qui, normalement, ne lui prend que vingt minutes. L'adolescent de treize ans se trouble. Il finit par avouer...

Christian avoue que, en quittant Augusta et Ahmed, il a rencontré un autre garçon qui fréquente la même école qu'eux. Daniel, un grand de seize ans, est déjà en cinquième. Il possède un physique un peu disgracieux, avec son menton fuyant qui escamote sa mâchoire et lui donne un profil ridicule. Ça ne facilite pas sa vie amoureuse... Car Daniel est amoureux, et justement d'Augusta, la petite brunette portugaise. Ce soir-là, il rencontre Christian qui lui dit qu'Augusta vient de partir. D'ailleurs « regarde, elle est là-bas ». D'un bond, Daniel se précipite vers Augusta, l'attrape par le bras. Surprise, la gamine se dégage. Daniel, malgré son menton fuyant, essaie de l'embrasser. Ils se chamaillent avec vigueur quand Christian les voit qui s'éloignent alors qu'il se met lui-même en route pour aller récupérer sa petite sœur.

Les enquêteurs ont vite fait d'aller demander des explications à Daniel. Celui-ci tente de se défiler, mais bientôt il n'a plus de force à opposer aux questions pièges des inspecteurs. Il avoue que, devant la résistance d'Augusta, devant son refus de l'embrasser, il a été pris de rage. Elle lui a dit, paraît-il, « qu'elle n'aimait pas les handicapés » ; il l'a alors saisie par le cou et l'a étranglée. Puis il avoue qu'il a essayé, avec succès dans un premier temps, de camoufler le meurtre en suicide, en nouant la chemise de la petite Portugaise autour de son cou, en y attachant une branche brisée.

Christian, quant à lui, à nouveau pressé de questions, s'effondre. Quand on lui demande pourquoi, en apprenant la mort d'Augusta, il ne s'est pas précipité pour tout raconter à la police, Christian explique que Daniel, après avoir tué leur petite camarade, est venu tout lui avouer, disant : « J'ai fait une bêtise, j'ai tué Augusta... Si tu dis quelque chose à quelqu'un, je tue ta petite sœur. »

Daniel est dans de bien sales draps... Quel avenir pour lui quand il sortira de prison ? Les parents d'Augusta, quant à eux, se disent que leur fille, au moins, ne s'est pas suicidée. Triste consolation...

Tueuse d'enfants

Les tueurs en série sont généralement des hommes. Il y a une explication simple à cela, les tueurs en série sont des « malades » à la sexualité perturbée, qui s'attaquent aux femmes ou aux enfants. L'homme a, semble-t-il, des pulsions sexuelles beaucoup plus compliquées que celles de la femme. Ainsi, il y a plus de criminels masculins que féminins dans les statistiques. Lorsqu'une femme tue, le public s'en étonne davantage. On attribue aux femmes plus de douceur, moins de violence, elles ignorent en grande majorité le maniement des armes à feu.

Bref, le crime n'est pas réellement une spécialité féminine. Bien sûr, il y a les empoisonneuses, les jalouses, les voleuses d'héritage ; il y a quelques tueuses de leur propre enfant : on se souvient de cas célèbres, comme celui de Denise Labbé qui noya jadis son enfant dans une lessiveuse, ou d'une certaine ogresse dite de la « Goutte d'or », qui étranglait systématiquement les bébés confiés à sa garde.

Heureusement rarissime chez la femme, le crime d'enfants est toujours un sujet de stupéfaction. Une femme est maternelle par définition.

C'est pourquoi le cas de Beverley, vingt-quatre ans, infirmière, anglaise, a tant frappé l'opinion britannique. Quelle pulsion provoquait chez cette jeune fille, qui avait de plus choisi un métier d'aide à la souffrance humaine, le besoin de tuer des enfants en série ?

Vingt-quatre ans, boulotte, grosse même selon la gravité momentanée de sa boulimie, visage sans éclat, mais sourire étonnamment sympathique, Beverley n'est pas en réalité tout à fait infirmière. Elle a prétendu l'être pour se faire embaucher à l'hôpital municipal de Grantham. En fait, elle a raté ses examens au bout de deux années d'études. Difficile d'obtenir un diplôme en étant malade quasiment un jour sur deux, ce qui était officiellement son cas. Pendant ces deux années-là, ses arrêts maladie sont incessants, cent quatre-vingts jours en tout. Elle est régulièrement hospitalisée, dans ce même établissement de Grantham, une vingtaine de fois, et il s'agit toujours du même genre de « maladie ». Des blessures, des plaies aux mains, au ventre ou dans le dos. Le corps de Beverley est couvert de cicatrices. Ces blessures ont une origine évidente pour les médecins : automutilation. Cela porte le nom bizarre de « syndrome de Münchhausen ».

Le célèbre baron dit baron de « Crac » en français, aux aventures multiples, vantard, fanfaronnant et exhibant ses nombreuses blessures, a donné son nom à ce besoin d'automutilation qu'éprouvent certains malades. Il y a ceux qui réclament sans arrêt des interventions chirurgicales inutiles et font le tour de toutes les cliniques et hôpitaux en se plaignant de douleurs imaginaires. Il y a ceux qui pratiquent eux-mêmes, au couteau ou au rasoir, des blessures de toutes sortes, afin de réclamer des soins et d'orner leurs corps du maximum de cicatrices apparentes.

Beverley fait partie de ce dernier cas de figure ; elle entre à l'hôpital de Grantham pour cela une bonne vingtaine de fois, durant ses études ratées d'infirmière. Et pourtant elle a la vocation, elle désire plus que tout au monde s'occuper des autres, c'est en tout cas le discours qu'elle tient alors.

Autre maladie dont souffre Beverley : l'anorexie mentale et la boulimie. Ce double trouble du comportement provoque des crises de fringale incoercibles ; le malade avale d'énormes quantités de nourriture, jusqu'à la nausée, et se fait vomir volontairement la plupart du temps. A d'autres périodes, il refuse toute nourriture.

Ce comportement n'a pas réellement d'explication. On parle de problèmes relationnels entre la mère et l'enfant, de facteurs biologiques, de dépression, et la boulimie est extrêmement difficile à traiter, surtout lorsque le malade en fait un secret honteux. Beverley arrive à peser cent kilos pour une taille très moyenne. On dira plus tard que son enfance a pourtant été normale, entre des parents affectueux, deux sœurs et un frère. Mais la « normalité » n'est qu'un mot.

L'individu demeure un mystère. A dix-neuf ans, elle perd à la fois le respect de son corps et toute possibilité de trouver du travail dans le métier qu'elle a choisi. Alors, elle s'intitule toute seule infirmière et trouve du travail dans un service de pédiatrie, là où elle-même fut hospitalisée à plusieurs reprises.

Personne ne s'en aperçoit. En fait, personne au niveau de l'administration de l'hôpital ne fait la relation entre la nouvelle jeune infirmière et la malade sur laquelle il existe pourtant un dossier conséquent. Certaines des infirmières la reconnaissent, l'une d'elles signalera même son cas à la direction, mais on ne l'écoutera pas.

Sa vie privée est à l'avenant. Beverley a un fiancé, Stephen, qui racontera plus tard les étranges rapports qu'il a entretenus avec la jeune fille : bagarres, coups et blessures, rapports sexuels entre eux quasiment absents — il la découvre même un jour dans le lit d'une autre jeune fille. Et lorsqu'il décide de rompre, Beverley l'assomme carrément d'un coup de genou !

Cette jeune fille curieuse, qui ne brille ni par la tendresse ni par le dévouement — ni par l'équilibre mental —, pénètre cependant dans la salle 4 du service de pédiatrie de l'hôpital de Grantham. Un fauve dans la bergerie. Elle va y exercer ses talents durant presque deux mois, cinquante jours exactement dans le service d'urgence pédiatrique.

Quatre jours après son embauche, lors de sa première nuit de veille, elle s'attaque à sa première victime. Nous sommes au printemps 1991. Il se prénomme Liam. Un tout petit bébé, un nourrisson de neuf semaines, admis en urgence pour une bronchite, affection grave à son âge. Il est sous respirateur artificiel. Normalement, il devrait s'en sortir.

Liam meurt dans la nuit. Les parents apprennent que le bébé est mort d'une crise cardiaque. Une forme de mort subite du nouveau-né. On leur explique qu'il a brusquement cessé de respirer dans la nuit, que l'alarme n'a pas fonctionné, et que tous les efforts des médecins comme ceux de l'infirmière de garde ont été vains. L'infirmière de garde, Beverley, admirable de dévouement, est restée jusqu'au matin. Elle raconte elle-même aux parents effondrés combien elle a lutté pour que leur bébé vive ; elle console, elle est formidable cette jeune femme.

En réalité elle a tué le nourrisson à l'aide d'une piqûre d'insuline, indétectable sur le moment. Elle est restée près du corps minuscule le temps qu'il fallait pour être sûre de son fait. Et, avec un sang-froid incroyable, elle a fait comme les autres, participé aux soins d'urgence, et consolé le père et la mère le lendemain.

La tueuse est dans son antre, elle n'a qu'à choisir lequel, parmi les tout-petits confiés à ses mauvais soins, sera le suivant de la liste.

Timothy, onze ans, est atteint d'épilepsie. Une crise particulièrement violente oblige ses parents à l'hospitaliser quelques jours, en mars 1991. Il ne passera qu'une journée dans le service de Beverley, car lui aussi étouffe, lui aussi devient tout bleu, lui aussi meurt d'une crise cardiaque.

Cette fois Beverley a utilisé une piqûre de sodium, tout aussi invisible pour les médecins qui ne songent absolument pas à examiner le corps d'aussi près.

Et Beverley joue toujours la tristesse auprès de ses collègues. Il est dur de voir mourir des enfants. Un bébé et un petit garçon en l'espace de deux semaines... Bonne comédienne cette Beverley !

Le 10 mars 1991, cinq jours plus tard, Beverley reprend du service de nuit. Elle était encore de repos à l'heure où l'on a admis en pédiatrie une petite fille de quatorze mois, Kayley, atteinte d'une infection pulmonaire sans grande gravité. L'enfant se rétablit déjà, elle babille dans son lit, réclame sa maman, un jouet. Tout va bien dans la journée. Mais dans la soirée, c'est Beverley encore qui alerte ses collègues et les médecins. Elle vient de découvrir, en faisant sa ronde, l'enfant inerte, dans le coma mais toujours vivante. Le visage bleui, ranimée à deux reprises, Kayley est, pour des raisons uniquement techniques, transportée en réanimation à l'hôpital central de Nottingham et sauvée d'extrême justesse. Mais elle gardera des séquelles graves et, au cours des examens, une radio montre cette fois quelque chose de tout à fait étrange : une bulle, indice d'une injection d'air par voie intraveineuse.

Or, il ne se passe toujours rien au Grantham's Hospital. Rien. Rien, c'est-à-dire que les médecins de l'hôpital central de Nottingham n'avertissent pas leurs collègues de Grantham, ne préviennent pas la police, n'avertissent pas les parents... Il semble que l'on préfère supposer une maladresse, il semble que le secret médical soit à ce point impérieux que les parents de Kayley, quatorze mois, n'aient pas le droit d'être informés de ce qui a rendu leur enfant infirme, handicapée à vie à présent.

Beverley n'est donc inquiétée par personne, elle continue de promener sa silhouette alourdie et son sourire attendri sur les berceaux, les lits, les parents en visite, qui la trouvent si gentille, si dévouée et si compréhensive... On ne dit que du bien d'elle.

Voici venir aux urgences un autre nourrisson de neuf semaines, Becky, dont la jumelle Kate n'est heureusement pas malade. Becky est prise soudain de convulsions terribles, l'équipe médicale la sort de là, elle rentre chez elle, les convulsions reprennent, on la ramène à l'hôpital, où elle meurt inexplicablement. Mort subite du nourrisson, déclarent les médecins. Encore !

La malheureuse mère reçoit le soutien et la consolation de Beverley. Elle lui confie même la petite jumelle survivante, Kate, et une belle photographie de famille immortalise la confiance, l'affection qui existent entre les deux femmes.

Kate souffrira brutalement d'un mystérieux problème cardiaque ou respiratoire ; sauvée *in extremis*, elle est, elle aussi, handicapée à vie. Mais Beverley devient sa marraine... Beverley qui a simplement tenté de l'étouffer avec un oreiller.

La quatrième victime, Claire, quinze mois, hospitalisée pour une crise d'asthme, étouffe elle aussi dans la salle 4 de l'hôpital de Grantham. Beverley est la première sur le coup, la première à alerter les médecins, comme d'habitude. Quatre-vingt-dix minutes de combat acharné ne ramèneront pas la petite fille à la vie.Plus tard on découvrira une injection mortelle de potassium.

Dans le couloir des urgences Beverley regarde la mère en larmes. Droit dans les yeux, avec une sincérité dans la compassion qui fait peur *a posteriori.* Car l'administration de l'hôpital n'a toujours pas bronché au bout d'un mois de cette série mortelle. Et entre-temps, forcément, une « malédiction » s'est abattue sur le service de pédiatrie. Outre les quatre victimes, d'autres enfants ont subi des accidents graves. Il y a eu coup sur coup : Chris, huit mois, qui survivra à un étouffement d'oreiller, handicapé. Un autre petit Chris, qui gardera un cerveau endommagé à vie. Et aussi Patrick, Bradley, Michael, Henry...

Treize victimes en tout. Dont quatre meurtres « réussis », trois tentatives ratées, six « essais non transformés ».

Enfin, la police se mêle de l'affaire, enfin, les résultats des autopsies sont connus, enfin Beverley est arrêtée dans son service, au bout de cinquante jours d'horreur. Nous sommes en août 1991. L'Angleterre est sous le choc.

Et elle nie. Tout en bloc.

Mais le service parle, le dossier médical personnel de l'inculpée surgit enfin des classeurs de l'hôpital. Plus aucun doute n'est possible sur la culpabilité de cette grosse jeune femme souriante de vingt-deux ans à la poitrine accueillante, au sourire affectueux — le type même de la « nounou » à qui l'on confierait sa progéniture en toute sérénité.

La police découvre à l'hôpital que des pages ont été arrachées sur le livre de garde, concernant les enfants morts. Une perquisition à son domicile met au jour un petit carnet noir, que le *Daily Express* ne se prive pas de publier en partie et où elle a noté ceci :

Asphyxie : Quand ? Arrêt de la respiration.

Les moyens : Etranglement, crise cardiaque, blocage de la respiration, état de choc.

Les lésions : Intoxication au CO_2. *Altération des poumons et du système nerveux.*

Souffrance, fièvre, choc à la tête, épilepsie + diabète sont des raisons de coma.

Les stades de la conscience sont au nombre de six

Numéro 1 : Normal.

Numéro 2 : Répond à des questions directes.

Numéro 3 : Répond vaguement aux questions.

Numéro 4 : Répond après stimulation.

Numéro 5 : Répond à la douleur.

Numéro 6 : Plus de réponse.

Beverley a utilisé, pour étouffer, un oreiller, puis ses propres mains pour bloquer la bouche et le nez, des piqûres d'insuline, de potassium ou bien d'air...

Mais Beverley nie toujours. Elle ignore plutôt les accusations. La seule référence à son cas dont elle sera capable devant un médecin psychiatre est celle-ci : « Je me déteste. »

Pour le reste, rien. Comme si les morts ne la concernaient pas.

Beverley détient en Angleterre le triste record des *serial killers* femelles.

L'enquête va durer deux ans, le procès plusieurs semaines. Beverley s'y présente le premier jour en tenue décontractée, jean et tee-shirt à fleurs. Avant d'entrer dans la grande salle du tribunal de Nottingham, elle fume tranquillement une cigarette, assise sur un banc. Aucune émotion, aucune marque d'anxiété visible, du moins au début. En prison, elle a reçu régulièrement la visite de sa famille et a écrit de nombreuses lettres à des amis. Elle y parle de tout et de rien, de l'ambiance de la prison où on la laisse se lever à n'importe quelle heure, de son poids — elle a maigri de plusieurs dizaines de kilos, soudain anorexique. Elle réclame de nouveaux vêtements « sympas » à ses parents. Elle y parle aussi d'une liaison homosexuelle avec une autre détenue.

Les parents des victimes, eux, sont dans un état de rage bien compréhensible. On hurle dans la salle : « Tu mérites d'être pendue, salope ! J'exige que tu meures ! » « Elle doit brûler en enfer ! »

Harry Watson, le père du petit Liam assassiné à huit semaines, déclare, désabusé, aux journalistes : « Elle n'aura jamais ce qu'elle mérite, puisque la peine de mort n'existe plus chez nous. »

Sous la vindicte, Beverley mord nerveusement ses lèvres, ses yeux noirs épient la salle dans toutes les directions, sauf celle des parents.

Cinquante et un jours de procès, c'est long. Vers la fin, l'accusée tombe malade et n'y assiste plus. On la transfère dans le service psychiatrique de la prison, un endroit où les meubles sont en carton, où rien ne peut servir d'arme ou de bâton, ou de moyen quelconque d'attaque, où les ampoules électriques sont isolées et où la surveillance s'exerce en permanence, d'une part pour éviter un suicide, d'autre part pour que les autres détenues ne l'attaquent pas à mains nues.

Beverley ne se sent toujours pas coupable et continue d'écrire qu'elle a « hâte de sortir d'ici pour retrouver les copains ». Le procès la concerne à peine, les conséquences qu'il suppose non plus.

La défense explique au tribunal le syndrome particulier dont elle souffre. Il est double, et rare de ce fait. En général, les malades de cette sorte se contentent d'opérer sur eux-mêmes, pour attirer l'attention sur eux. Un nombrilisme mortel. Beverley pratique l'automutilation, mais hélas ! elle est aussi capable de l'exercer par procuration, et ce jusqu'à la mort et sur des enfants. Les cas répertoriés du syndrome de Münchhausen ne sont pas rares, dira un expert, une quarantaine par an en moyenne. Mais le double cas de Beverley représente l'exception. Tuer des enfants pour attirer l'attention sur son cas...

A ce propos, une réflexion de parent durant le procès : « On l'a baptisée malade, ça ne m'étonnerait pas qu'on l'utilise maintenant comme une sorte de hamster sauvage, une bête de laboratoire ! Mon fils a survécu, mais il est handicapé à vie, nous aussi. »

Le jour du verdict, Beverley doit se présenter à la cour pour l'entendre, c'est la loi. Le juge de la cour de Nottingham fait une déclaration préliminaire : « Etant donné le danger que vous représentez, même s'il n'y avait qu'une seule tentative, qu'un seul cas, j'aurais pu vous condamner à vie. Je reconnais que vos crimes sont le résultat d'un grave désordre de la personnalité, mais vous êtes et demeurez un grave danger pour les autres. Vous êtes hypocrite et manipulatrice, vous n'avez montré aucun remords pour l'horrible œuvre de destruction que vous laissez derrière vous. Etant donné tout ce que j'ai entendu, les preuves contre vous, il n'existe aucune probabilité pour que vous soyez jamais remise en liberté un jour. Vous venez d'être condamnée à vie, pour les crimes les plus horribles qui soient au monde. »

Condamnée à vie, plutôt treize fois qu'une, Beverley en effet ne sortira jamais de prison, ou de psychiatrie pénitentiaire. Son cas est pour l'instant totalement inguérissable. Le spécialiste qui a exposé sa maladie et ses conséquences devant le tribunal a fait ce commentaire : « Depuis son plus jeune âge, elle se faisait mal pour se rendre intéressante. Se taper sur les mains avec un marteau ou sur les pieds, augmenter sa température, inventer des maladies. En 1991, elle a fait une découverte : faire du mal aux autres pour pouvoir les soigner ensuite, ou consoler les parents, lui procurait des satisfactions émotionnelles. Le syndrome de Münchhausen se retrouve essentiellement chez les femmes, et chez celles qui exercent une profession médicale. 20 % des femmes atteintes ont été soit infirmières, soit mères de famille, selon les statistiques. Mais il ne faut pas confondre avec le cas extrême de Beverley qui présente deux symptômes à la fois : s'infliger des blessures et en infliger aux autres. Il est malheureusement impensable d'espérer la soigner. L'âge pourra peut-être améliorer sa personnalité, mais le désordre mental est si grave qu'un traitement est éminemment douteux. »

Après cette déclaration, après ce verdict, reste une grande question dont les parents des victimes aimeraient bien obtenir la réponse : pourquoi engage-t-on du personnel destiné aux soins intensifs des nourrissons sans se préoccuper de l'état de santé mental et physique des postulants ?

Autres questions : pourquoi a-t-on tardé tellement — jusqu'à atteindre la quatrième mort et des enfants handicapés à vie — avant de déclencher une enquête dans le service ? Pourquoi s'est-il écoulé cinquante jours avant l'enquête de la police ? Pourquoi ne pas avoir écouté une employée de l'hôpital qui avait parlé de la maladie mentale de Beverley dès son entrée ?

A cela, les patrons du service de santé répondent qu'ils ont fait faire une enquête interne par une agence privée... Alors que l'administration dispose de fonctionnaires payés et affectés à plein temps pour ce faire ! Pourquoi une enquête privée interne et non pas une enquête publique ? Réponse : le prix en serait trop élevé !

En août 1993, l'hôpital de Grantham annonçait un déficit de sept cent cinquante mille livres pour l'année. Deux services doivent être fermés, y compris celui des soins intensifs, et soixante-dix emplois supprimés. L'éventualité d'une véritable enquête publique sur l'affaire de l'hôpital de Grantham demeure donc incertaine actuellement. Mais les parents des victimes, regroupés en association avec, à leur tête, une jeune avocate mère de famille et décidée à aller jusqu'au bout, continuent de la réclamer à cor et à cri, ce qui doit causer bien du souci au Premier ministre de Sa Majesté, ainsi qu'à son collègue le ministre de la Santé. « Ces gens protègent ceux qui ont quelque chose à cacher au public, lequel pourtant paie leurs salaires. » Voilà ce que l'on entend dans des meetings. Voilà ce que l'on entend toujours lorsqu'une administration prise en défaut refuse d'endosser ouvertement une responsabilité.

Treize victimes, cela suppose des indemnisations. Beverley, effectivement, ne paiera jamais réellement le prix de ses crimes. Plus préoccupée par son poids que par le moindre remords, à l'abri derrière le monstrueux désordre mental qui l'habite, elle se considère toujours comme innocente, dans sa cellule meublée de carton. Les pulsions mortelles qui l'habitent représentent effectivement un cas d'école.

Treize petites victimes ont payé cher pour que des médecins s'en aperçoivent.

Vie privée

Ceci est le récit d'une nuit d'horreur, qu'il fallut bien entendre dans le détail, puisqu'un jury d'assises doit se faire une intime conviction, juger et condamner en toute connaissance de cause. Ce récit a été fait au printemps 1993, par les deux survivants d'une famille, des enfants. Une adolescente et un petit garçon de dix ans.

En face d'eux, dans le box des accusés, leur grand frère, l'aîné. Disons qu'il se prénomme Jean. Disons que ce tribunal se trouve dans une province de France, où le soleil ne brille pas souvent. Disons que ces deux enfants rescapés d'un massacre se prénomment Anne et Paul. Ainsi pourra-t-on préserver le peu qui leur reste de calme et d'anonymat dans la terrible solitude de leur vie actuelle.

Jean a maintenant vingt et un ans. Il était déjà majeur, depuis peu, la nuit du 21 mars 1990, celle du massacre. Dix-huit ans, lycéen, un garçon d'apparence classique, cheveux courts, traits réguliers, l'air sportif, la mèche un peu rebelle, juste ce qu'il faut. Bon genre. Famille de Français moyens, absolument rien du révolté ou du « loubard » de banlieue. Le fils de presque tout le monde, plutôt beau garçon, plutôt séduisant, qui va passer son bac et devenir un homme.

Mais, dans la nuit du 20 au 21 mars 1990, première nuit de printemps, nuit de lune noire, Jean fait le mur du lycée où il est pensionnaire. Ce n'est pas l'amour qui l'a fait sauter par la fenêtre. C'est une pulsion de mort. Et la haute idée qu'il se fait de certaines choses, comme s'il était le seul à détenir la vérité sur tout.

Une haute idée de sa mère, qui s'est suicidée alors qu'il n'avait que treize ans. Une haute idée du secret qu'il a dû garder vis-à-vis de sa sœur et de son frère. On lui a demandé de ne pas parler de suicide aux petits. Pour ne pas les traumatiser en leur apprenant le désir de mort de leur mère. Alors qu'il l'a vécue, lui, cette mort, d'autant plus intensément qu'une première fois il a sauvé sa mère du suicide.

Souvenir traumatisant pour un gamin que d'avoir découvert cette mère, la tête enfouie dans un sac de plastique, abrutie de tranquillisants, cherchant à mourir obstinément, affreusement, pour des raisons qui échappent totalement à la compréhension d'un enfant. La peur de voir mourir sa mère est la pire des expériences pour un jeune garçon. Et, s'il la sauve, il n'a qu'une peur permanente, angoissante : qu'elle recommence et qu'il ne soit pas là, lui le héros, pour l'empêcher de disparaître.

A partir de cette époque, Jean ne vit que dans cette hantise-là et, le jour où le même scénario se reproduit, et où cette fois il n'est pas là, le jour où sa mère réussit son suicide, Jean se sent coupable et en veut à la terre entière.

La terre entière c'est son environnement immédiat. Son père, sa grand-mère, peut-être la sœur et le frère aussi, épargnés par la culpabilité, alors que lui ne l'est pas.

Non loin de la maison de Jean, à portée de regard, le cimetière où *elle* est enterrée. Et dans la maison, en permanence, les responsables de *sa* mort. A divers degrés, réels ou non. Le père d'abord, l'homme qui n'était jamais là, qui travaillait trop et peut-être s'intéressait à d'autres femmes que sa mère. La grand-mère, autoritaire et possessive, inquisitrice, toujours prête à prendre sa belle-fille en défaut.

Faire le deuil de sa mère est impossible pour Jean. Il

refuse l'oubli, les objets et les meubles qui changent de place, la vie qui continue, il veut son holocauste à lui tout seul, alors que les autres s'efforcent au contraire à l'oubli. Cela, c'est insupportable. Alors il va tuer, exterminer sa famille. Et, pour cela, il a mis au point un plan très simple. La veille il a acheté un billet de train pour se rendre en ville. Il a pris soin de laisser ouverte, dans la maison familiale, une fenêtre de toit qui donne sur un petit débarras au premier étage. Contre le mur de la villa, il a disposé une brouette et un bidon, afin de pouvoir grimper jusqu'à cette ouverture. Le couteau qu'il a sur lui a été emprunté à un copain, il y a déjà plusieurs mois. Une fois à l'intérieur, et son forfait accompli, il n'aura plus qu'à simuler une effraction et à rejoindre son internat par le même chemin.

Le plan se déroule comme prévu. Jean est chez lui dans le noir, son couteau à la main, un vrai poignard, une lame de vingt-six centimètres. Son père est endormi, la grand-mère également, sa sœur et son petit frère aussi.

Anne, qui a dix-sept ans, entend soudain un cri et pense aussitôt que sa grand-mère est malade. Elle se lève, descend les escaliers des chambres et, en arrivant au rez-de-chaussée, aperçoit la vieille dame en larmes et en sang, tenant une serviette autour de son cou. Prise de frayeur, elle n'a même pas le temps d'intervenir, un autre bruit à l'étage lui fait tourner la tête, et horreur ! elle voit maintenant son père sortir de sa chambre à coucher poursuivi par son frère, son frère qui frappe, frappe sans discontinuer, dans la nuque, dans le dos.

Anne se met à hurler : « Arrête ! »

Jean n'entend rien, il a les yeux hors de la tête, ce n'est plus son frère, c'est un fou furieux, muet, un automate qui ne lâche pas son arme, frappe encore, alors que la jeune fille se précipite vers son père pour lui venir en aide. Elle ne peut rien, et le couteau se retourne contre elle, la lame la frappe en pleine poitrine. Pendant ce temps, le père ensanglanté cherche à fuir. Jean s'en aperçoit, alors il abandonne sa sœur blessée pour le poursuivre, le rattrape dans la rue et se remet à frapper, tandis que le père s'est effondré à terre.

Vingt-sept coups de couteau, au point de casser la lame dans le crâne de son père. La grand-mère a reçu, elle, vingt coups de la même lame.

Anne, bien que blessée, cherche à fuir elle aussi dans la rue, pieds nus et en chemise de nuit, pour demander du secours. Elle court, elle sent son frère courir aussi derrière elle. Enfin elle parvient jusqu'à la maison voisine, sonne à la porte, mais on ne répond pas. Alors elle reprend sa course affolée, vers une autre maison, mais Jean, forcené, est toujours derrière elle, il la rejoint et frappe à nouveau à trois reprises. Elle s'effondre. Jean la retourne une dernière fois, il plante encore sa lame dans le corps de sa sœur, sur le flanc. Anne est à terre, elle ne bouge plus. Avec un courage et une présence d'esprit remarquables, car elle est grièvement blessée, elle fait la morte. Quelques secondes passent.

Le fou furieux se laisse prendre à cette ruse ultime et court à nouveau dans la maison familiale, car il lui reste quelqu'un à tuer : son petit frère de treize ans.

Le gamin n'a rien vu et rien entendu de ce massacre, il dort à poings fermés dans sa chambre, innocemment. Jean prend sa ceinture pour étrangler l'enfant, lorsque le petit Paul ouvre des yeux surpris et regarde son frère tranquillement : « Qu'est-ce qu'il y a ? » L'innocence de cette réaction le protège miraculeusement. Soudain, Jean ne peut pas aller au bout de son geste, il bafouille une explication à l'enfant : « Papa a dit qu'il y avait des voleurs dans la maison, je croyais qu'il y en avait un dans ta chambre... » Et il se sauve dans sa propre chambre. Il semble qu'à ce moment-là le voile sanglant qui l'aveugle, cette furie de tuer aient disparu, se soient éteints aussi brutalement qu'ils avaient commencé.

Il prend le temps de se débarrasser de ses vêtements car il est couvert de sang, cache le poignard, casse une vitre pour faire croire à un cambriolage, et file dans la rue. Mais son plan a raté, il lui faut vite inventer autre chose, car la police arrive, il entend les sirènes des voitures. Des voisins ont donné l'alerte, grâce à Anne qui a eu le temps de leur dire avant de s'évanouir : « C'est mon frère, il a un couteau, il me croit morte. »

Jean l'ignore, à cet instant précis, et il affronte la police avec aplomb, en short, torse nu, dans la rue, en débitant son histoire : « Des voleurs masqués sont entrés dans la maison... » Peine perdue, Anne n'est pas morte, les voisins savent, la grand-mère agonise et va mourir pendant son transfert à l'hôpital. La veine jugulaire tranchée, elle a perdu trop de sang.

Du sang, il y en a partout. Dans la chambre du père, car il semble que l'assassin ait commencé par le père, que la grand-mère soit sortie de son lit en entendant les cris, et qu'il se soit ensuite attaqué à elle ; puis à nouveau à son père, puis à sa sœur, pris d'une folie meurtrière incompréhensible pour sa famille.

Folie. Voilà le grand mot lâché, et l'on a tendance à y croire car, sinon, comment expliquer un pareil carnage ?

C'est Anne qui a répété sobrement en avril 1993, devant les assises, le déroulement du massacre. Elle a survécu, le petit Paul aussi, ils n'ont plus de père ni de grand-mère paternelle. Ils n'avaient déjà plus de mère depuis 1985. Maman s'était suicidée à trente-quatre ans.

Après avoir entendu la déposition du médecin légiste qui a procédé à l'autopsie des corps, relevé vingt-sept coups de poignard sur le père, vingt sur la grand-mère et sept sur la jeune fille blessée, le président demande à Jean s'il reconnaît les faits. « Oui, mais je ne voulais pas tuer ma sœur et mon frère. Je suis atterré de ce que j'ai fait, je ne sais pas pourquoi j'ai fait tout ça. Depuis trois ans j'essaie de comprendre en prison, mais tout se mélange, c'est comme dans un brouillard. »

Folie. Mais préméditation puisqu'il a reconnu lui-même qu'il pensait à supprimer son père et sa grand-mère depuis un mois et demi au moins. Et folie surajoutée puisqu'il s'en est pris à sa sœur, dans « le feu de l'action », alors qu'il n'en avait pas l'intention. Seul l'enfant, le petit qui n'a pas eu peur, puisqu'il ne savait pas, a échappé à la bête fauve qu'était devenu l'aîné.

Folie. Mais lucidité puisque Jean a pensé à emprunter

un poignard, pensé à acheter son billet de train la veille, prévu le vasistas ouvert et de quoi grimper sans être vu.

Folie n'est d'ailleurs pas le mot utilisé par le psychiatre. « Il s'agit d'une personnalité névrotique. Ce garçon souffre d'un trouble de l'affectivité mal maîtrisé, mais les symptômes ne sont pas très apparents. Il n'existe par ailleurs aucun trouble mental pathologique ; ce crime est une énigme, dont il faut chercher l'origine dans l'histoire familiale du sujet. »

Jean ne relève donc pas de l'article 64 du Code pénal, il n'était pas en état de démence au moment des faits, ce qui fait protester son avocat : « De nos jours, il faut être en camisole de force pour bénéficier de l'article 64! »

Rechercher donc une explication à l'énigme dans l'histoire familiale de ce garçon au-dessus de tout soupçon, jusqu'à cette nuit de lune où quelque chose a craqué, c'est à cela que s'emploiera cette première journée d'assises.

Il semble bien que tout remonte au suicide de sa mère. Jeune encore, mais dépressive, cette femme se serait sentie abandonnée par un mari trop occupé par son travail et, semble-t-il, par d'autres femmes. La dépression s'installe, d'autant plus forte que l'abandon semble réel. Il est vrai qu'il ne rentre pas souvent, il est vrai que la maison est perpétuellement inachevée, en travaux, que rien n'est stable autour d'elle. Il est vrai que sa belle-mère est unanimement considérée comme une femme acariâtre, autoritaire, et qu'elle supporte mal la cohabitation avec sa belle-fille. Il est vrai aussi que Jean, l'aîné de ses enfants, est très attaché à elle. Lors de la première tentative de suicide, c'est lui qui la sauve et, lorsqu'il raconte cet épisode d'avril 1985, on sent la peur ineffaçable : « J'étais seul avec elle dans la maison, elle a dit qu'elle allait faire des courses, il faisait beau, et elle a enfilé un gros anorak... C'était bizarre. Je savais qu'elle voulait mourir, je la surveillais. J'ai attendu qu'elle sorte, en guettant la porte par la fenêtre de ma chambre, mais elle n'apparaissait pas. Puis j'ai entendu des bruits bizarres, je suis descendu en courant dans le salon, j'étais pétrifié de terreur, j'ai allumé la télévision, la chaîne hi-fi, la machine à laver, je faisais du bruit, du bruit... Après, je suis descendu au garage... j'ai arraché le sac de plastique... »

Souvenir traumatisant pour ce gamin. Après cette tentative, il a perpétuellement peur que sa mère ne recommence. De plus, c'est lui qui l'a sauvée de la mort, il se sent responsable d'elle, mais il veut aussi que son père la surveille, que sa grand-mère la surveille. Car s'il n'était pas là pour l'empêcher de disparaître, si les autres n'étaient pas capables de la protéger ?

A partir de cette époque, Jean ne vit que dans cette hantise-là et, le jour où le même scénario se reproduit, et où cette fois il n'est pas là, le jour où sa mère réussit son suicide, lui, le grand, l'aîné, ne doit pas dire la vérité aux deux petits. Officiellement, pour Anne et Paul, maman est morte de maladie. On tait le suicide, plus personne n'en parle dans cette maison. Sauf une fois, où le père se laisse aller à une confidence terrible : « Je suis responsable à quatre-vingt-dix pour cent de la mort de ta mère... »

L'homme qui n'était jamais là, et qui est cause de la mort de sa mère, fait défiler les petites amies sans aucun scrupule. Pour le garçon, ce comportement est insupportable. Il lui interdit de remplacer « maman ». Il refuse que son père veuille refaire sa vie.

Quant à la grand-mère, autoritaire et possessive, elle qui était toujours prête à prendre sa belle-fille en défaut, Jean la déteste. Elle appartient comme son père à la branche de la famille qui « a tué sa mère », du moins qui l'a poussée au suicide. Tout ce qui est paternel est coupable.

Faire le deuil de sa mère est impossible pour Jean. Pourtant il n'en laisse rien paraître. Il se contente de refuser que l'on change les objets de place, contemple le cimetière depuis sa fenêtre jour après jour, et installe dans sa chambre les portraits et les souvenirs de maman, vit avec elle encore, sans réussir à l'enterrer réellement. Sans accomplir le deuil nécessaire à son équilibre.

Autour de lui, peu de gens s'apercevront de cette

souffrance morbide. Ni au lycée où il prépare son bac E, ni dans la famille — il est seul avec son obsession, sa colère, durant cinq ans. Autrement dit, toute son adolescence se passe à ruminer l'idée que sa mère est morte par la faute des autres. Il est le seul à l'avoir sauvée un jour, le seul à l'aimer, le seul à préserver une haute idée de celle qui dort dans le cimetière à côté de cette maison maudite.

Le déclic, bien qu'il ait de toute évidence envisagé de supprimer la famille bien plus tôt, s'est peut-être produit vingt-quatre heures auparavant. Le dimanche matin, il a vu entrer à l'heure du petit déjeuner, dans la cuisine, une femme en robe de chambre sortant manifestement de la chambre de son père. Détail important, il la connaît cette femme, elle est la mère de sa propre petite amie... Et cette petite amie ne veut plus de lui, elle lui a annoncé la rupture de leurs relations la veille... La veille de ce dimanche matin décisif.

Double, triple sacrilège, il lui est terrible d'avoir à supporter la présence de cette femme, l'intruse, dans le lit où a dormi sa mère, dans la cuisine où elle préparait les repas.

Cette femme, qui déposera devant le tribunal, affirmera que Jean, ce dimanche matin-là, était calme et parfaitement normal, qu'il a répondu à son bonjour très gentiment. Mais le garçon, blême, s'écriera : « Ce n'est pas vrai ! Je suis parti en claquant la porte ! »

Cette rencontre, la certitude que, malgré ses « interdictions », son père a décidé de remplacer sa mère, qu'il est acculé, qu'il ne pourra plus rien pour maintenir vivant, intouchable, éternel, le souvenir de celle qu'il aime, déclenche le passage à l'acte.

Nous aurions là l'explication de l'énigme, qui a transformé un jeune homme intelligent en assassin fou furieux de sa propre famille. Du moins peut-on comprendre qu'il s'en soit pris à son père et à sa grand-mère. Une façon, comme disent les « psy », d'éradiquer la branche responsable. Mais pourquoi la sœur, pourquoi son frère ? Il dit qu'il ne voulait pas — mais il a tenté, et il s'en est fallu de peu qu'il réussisse. Sur ce point précis, les psychiatres sont muets. Pas d'explication. La partie civile en a une, elle est simple : « Il voulait tout simplement éliminer les témoins. » Ne jamais perdre de vue, en effet, que Jean a des capacités intellectuelles largement au-dessus de la moyenne.

Pourtant, il dit à l'audience qu'il aime sa sœur, qu'il ne lui voulait pas de mal, qu'il espère la retrouver plus tard, lorsqu'il aura compris, et lorsqu'elle aura compris.

Compris quoi ? Anne refuse de comprendre. Refuse de pardonner. Elle est partie civile contre son frère, il n'existe plus en tant que frère, il existe uniquement en tant qu'assassin.

Après trois journées d'audience, l'avocat général, dans son réquisitoire, admet lui-même que Jean était prisonnier de la mort de sa mère, que sa vie affective s'est arrêtée là, que le père est coupable de ne pas lui avoir parlé, coupable d'obstination à remplacer ce qui était pour Jean irremplaçable. Cinq années de silence sans aucun soutien psychologique. Puis le déclenchement mortel.

Pour un double parricide et deux tentatives d'assassinat avec préméditation, Jean, qui était majeur, pourrait être condamné à perpétuité. L'avocat général ne demande que quinze ans de réclusion. Il s'adresse aux jurés ainsi : « Vous ne pouvez pas juger une affaire comme celle-là sans comprendre. » La défense ajoute : « On ne condamne pas une énigme. »

Comprendre... énigme... Le coupable lui-même répète inlassablement qu'il ne comprend pas, qu'il voudrait comprendre... qu'il cherche à comprendre, qu'il veut que sa sœur comprenne...

Les jurés ont-ils compris ? Après trois heures de délibéré, ils suivent l'avocat général. Quinze ans de réclusion pour Jean, assortis des circonstances atténuantes.

C'est donc qu'ils ont compris. Mais les survivants ?

Anne, qui n'oubliera jamais le couteau et le sang ; Paul, qui regarde peureusement ce grand frère, au visage fermé en entendant le verdict : eux ne peuvent pas comprendre.

Eux sont marqués à vie. C'est la condamnation des survivants.

Le tour de France du crime

10 juillet 1993. Le capitaine de gendarmerie Michel B. franchit les portes de la prison de C. A le voir, il n'est pas évident qu'il exerce ces fonctions, car il est en civil. Et pourtant, il est en service. Il est même en train d'accomplir la démarche la plus importante de toute sa carrière : il va interroger Raymond V. dans sa cellule.

Les instructions qu'il a reçues, à ce sujet, des enquêteurs qui l'ont précédé, juges et policiers, étaient formelles : pas d'uniforme, V. n'en supporte pas la vue ; lui parler doucement, poliment ; éviter absolument de prononcer les mots de « sexe » et de « meurtre » et peut-être, au bout d'une longue conversation, l'homme passera-t-il aux aveux. Si c'est le cas, ceux-ci commenceront toujours par la même petite phrase, la phrase fatidique...

Il y a deux ans que le capitaine de gendarmerie attend cet instant : celui de faire aboutir l'affaire Gisèle G., dont il est chargé, une des plus importantes affaires criminelles de ces dernières années...

Le mardi 7 mai 1991, Gisèle, quatorze ans, demeurant dans la banlieue d'une grande ville de l'Est, annonce à ses parents qu'elle va dîner chez un ami de son âge. En fait, il s'agit d'un mensonge, elle a décidé de se rendre à la fête foraine de la ville. Le lendemain matin, son père retrouve son lit non défait et va voir le camarade qui lui avoue le mensonge. L'alerte est donnée et, malheureusement, il est trop tard.

On retrouve d'abord le cyclomoteur de la jeune fille en bordure d'une route déserte et, le lendemain, son corps dénudé, dans un bois des environs. Elle a été poignardée dans la nuit du 7 au 8 mai. Ses vêtements seront découverts sur une aire de l'autoroute, ses sous-vêtements sur une autre. Le meurtrier a pris soin de brouiller les pistes et il n'y a aucun indice.

Il y a bien des témoignages, mais s'ils sont nombreux, ils sont loin d'être dignes de foi. En raison de l'émotion suscitée par le meurtre, la police est submergée d'appels téléphoniques et de lettres. Devant une telle masse d'informations, les gendarmes utilisent pour la première fois des ordinateurs portables sur le terrain.

Par la suite, ils continueront à avoir recours à l'informatique, ce qui leur permettra de contrôler dix mille personnes, de vérifier quinze mille Renault 18, voiture qui, selon plusieurs témoins, aurait suivi la jeune fille. Pendant six mois, trente gendarmes seront mobilisés à temps plein sur le meurtre, puis dix, puis deux encore après deux ans. Et au moment où on n'y croyait plus, voilà que vient de surgir la piste Raymond V. !...

Le capitaine B. entre dans la cellule... Raymond V. n'a certes pas un physique ordinaire. Trente-trois ans, un mètre quatre-vingt-dix, longiligne, il paraît plus grand encore que sa taille : on dirait un géant. Il est très myope et porte des lunettes aux verres épais, qui lui donneraient l'air inoffensif s'il n'y avait ses mains, des mains larges, énormes...

Le capitaine prend un air bonhomme. « Je vais vous parler du mois de mai 1991. Vous étiez à M. à ce moment-là...

— Vous croyez ? Je devais faire le tour de France.

— Non. Vous étiez entre deux tours de France. Vous vous êtes arrêté quelque temps chez votre compagne. Elle l'a noté dans son journal.

— Si vous le dites...

— Et, dans la nuit du 7 au 8, vous avez été à la fête foraine, car il y avait la fête, ce soir-là... »

La conversation s'engage. Raymond V. finit par admettre qu'il a bien été à la fête foraine de M., puis qu'il a rencontré la jeune Gisèle. Le capitaine de gendarmerie B. prend soin de ne parler ni de sexe ni de meurtre. Il l'interroge comme témoin de la disparition de cette adolescente. Il parle aussi calmement qu'il le peut et soudain, dans la cellule, résonne la petite phrase fatidique : « Il faut que je vous dise : il y a eu un pépin. »

Cette fois, ça y est : Raymond V. va avouer un nouveau meurtre...

Il y a un an et demi que Raymond V. a été arrêté pour meurtre. On était loin de se douter, à l'époque, que ce n'était que le début d'un incroyable feuilleton criminel et judiciaire.

Le 7 janvier 1992, à B., Bas-Rhin, les gendarmes appréhendent un vagabond très grand, portant lunettes, aux allures d'échalas. Il est recherché pour le meurtre, en mai 1989, d'une aide-soignante sur une plage de Bretagne. Un témoin avait fourni de lui une description très précise et, comme il était connu des services de police, il avait été identifié. Encore fallait-il le retrouver...

Raymond V. commence par nier. Il reconnaît sa présence dans les environs au moment du meurtre, mais il prétend avoir un alibi. « Ce jour-là, j'étais hospitalisé. Vous pouvez vérifier. »

Renseignements pris, c'est parfaitement exact, quoique la raison de son admission à l'hôpital soit étrange : une blessure sur laquelle il n'avait pas pu fournir d'explication. Le personnel médical avait pensé alors à une automutilation. Les enquêteurs insistent : il a parfaitement pu quitter l'hôpital en cachette la nuit du crime. Ils savent se montrer patients et leur persévérance est récompensée. Raymond V. leur déclare soudain : « Il y a eu un pépin... » Et il se lance dans des aveux détaillés. C'est bien lui qui a tué la jeune aide-soignante à coups de couteau. Sur les raisons de son acte, il ne peut rien dire. Il affirme avoir cédé à « une pulsion ». Et il est vrai que la victime n'a pas été violée. Il s'agit, en apparence, d'un crime gratuit.

Les enquêteurs se penchent alors sur la personnalité de Raymond V. et ils découvrent qu'elle n'est pas ordinaire. Il est né en 1959, dans le bassin minier lorrain. Son père, alcoolique, le maltraite ; sa mère, au contraire, l'entoure de toute sa tendresse, mais elle meurt prématurément d'un cancer. Il reporte alors son affection sur sa jeune sœur, mais quand elle se marie, il part à la dérive. Il boit beaucoup et commence à voyager. Ce sont alors les tours de France qui commencent.

Raymond V. fait une fois par an le tour de France, toujours dans le même sens, celui des aiguilles d'une montre. Il n'a pas de villes-étapes privilégiées, mais il parcourt successivement tous les départements périphériques du pays. Comme il n'a pas d'argent, il resquille dans le train ou s'allonge sur la route, simulant un accident pour qu'on le prenne en voiture. Lorsqu'il a terminé son périple, il s'arrête quelque temps chez sa compagne, dans la grande ville de l'Est dont il est originaire.

Tout cela n'est déjà pas commun, mais bientôt, les divers enquêteurs, gendarmes, policiers, juges d'instruction vont découvrir avec effarement que la route de Raymond V. est jonchée de cadavres et que ses tours de France sont des tours de France du crime !

C'est quelques mois plus tard que, au cours d'un banal entretien avec le juge, il déclare soudain : « Il faut que je vous dise. C'était en juillet 1989, près de E. Il y a eu un pépin... »

Il s'agit là d'une affaire restée inexpliquée. Une jeune femme, Sophie G., avait été retrouvée nue dans un champ, près de E., dans la Marne. Le crime était aussi sauvage que déroutant : elle avait été battue à mort et n'avait pas été violée.

Raymond V. fait le récit du crime avec un grand luxe de détails, sans toutefois pouvoir donner d'explications à son geste. Il déclare encore « avoir obéi à une pulsion ». Il est à noter que, cette fois aussi, il avait été hospitalisé suite à une blessure au moment des faits. Et il conclut ses aveux par cette phrase : « Après sa mort, je me suis agenouillé et je lui ai longuement tenu la main pour lui demander pardon de l'avoir tuée. »

Dès ce moment, les enquêteurs ne le lâchent plus et, régulièrement, Raymond V. annonce, au détour d'une conversation : « Il y a eu un pépin... » Il s'accuse ainsi du meurtre, au mois d'août 1989, d'un agriculteur de C. dans le Vaucluse : « Il me reprochait de regarder les prostituées. Je n'ai pas apprécié. J'ai pris une pierre et je lui ai éclaté la tête... » Il s'accuse peu après du meurtre d'un autre cultivateur dans l'Hérault, au mois de septembre de la même année. Mais, vérification faite, il n'y est pour rien. Il faut donc être prudent : c'est aussi un affabulateur.

Quelque temps plus tard, c'est une grosse affaire : un meurtre qu'il aurait commis avec la complicité de Didier G., condamné à perpétuité pour le meurtre et le viol d'une petite fille. G. et lui faisaient leur service militaire à M., une ville du Sud-Ouest. Raymond V. raconte, avec toujours le même luxe de détails, comment, en juillet 1988, ils ont torturé et tué un de leurs camarades de régiment, Didier R., pour lui voler quelques centaines de francs.

Tels sont les faits au moment où le capitaine recueille les aveux de V. pour le meurtre de la jeune Gisèle. Depuis plusieurs années, semble-t-il, il tue au hasard sur sa route. Il le fait avec une grande violence, fracassant le crâne de ses victimes à coups de pierre, les criblant de coups de couteau ou les battant à mort. Il agit sans préméditation ni raison, au gré des rencontres, tuant aussi bien des hommes que des femmes, des jeunes que des vieux. Dans plusieurs cas, il s'est fait hospitaliser dans la région à la suite d'une blessure qu'il s'est infligée. Il affirme que c'était pour s'empêcher de tuer, mais selon certains enquêteurs c'était, au contraire, pour se constituer un alibi.

Et dans le cas de Gisèle, ses aveux créent la stupéfaction, car il met en cause le propre cousin germain de la victime, Raoul P., que personne n'avait soupçonné jusque-là. C'est avec lui qu'il aurait violé et tué l'adolescente.

Selon Raymond V., les choses se seraient passées ainsi : il rencontre l'adolescente à la fête foraine et sympathise avec elle, ainsi qu'avec son cousin, qui les rejoint peu après. Mais elle doit rentrer à vingt-trois heures et les quitte sur son vélomoteur. V. s'adresse alors au cousin, qui a une voiture et le persuade de la suivre.

La malheureuse est interceptée par eux, alors qu'elle se trouvait tout près de chez ses parents. Ils s'emparent d'elle, lui enlèvent ses vêtements et la tuent de dix coups de couteau. Tous deux se séparent ensuite et ne se sont jamais revus.

Arrêté, le cousin germain reconnaît la tentative de viol, mais pas le meurtre. Ce dénouement fait évidemment sensation et le procureur chargé de l'enquête peut parler de « victoire historique ».

A partir de ce moment, Raymond V. fait les gros titres des journaux, qui se demandent combien de crimes il va encore revendiquer.

A l'heure où nous écrivons, il en a encore avoué deux après celui de Gisèle. Il s'agit de deux retraitées de C., dans le nord de la France, en juin 1988. Cette fois-ci, il y avait un mobile. Sa première victime était une femme de quatre-vingt-six ans qui l'avait surpris en train de voler dans sa cuisine en rentrant de ses courses. Il l'a frappée de quatre coups de couteau dans le cœur. Une voisine, alertée par le bruit, a fait irruption : il l'a tuée de cinquante coups de couteau. Cela porte à sept le nombre des meurtres qu'il a avoués à ce jour.

Il faut préciser que, à l'exception d'un seul, il est revenu sur ses aveux. Mais il a donné à chaque fois de tels détails qu'il a été possible de l'inculper. Dans le cas de Gisèle, il a modifié ses déclarations, sans nier sa participation aux faits. Il n'aurait blessé la jeune fille qu'en voulant la défendre contre son cousin.

On se demande où cela va s'arrêter. Raymond V. est en passe de devenir un des plus grands, sinon le plus grand criminel français de ce siècle, qui reste le docteur Petiot, condamné à mort et guillotiné pour vingt-quatre meurtres. C'est également, toujours à la lumière de ses aveux, un criminel hors normes, puisqu'il a reconnu un meurtre à caractère sexuel, celui de Gisèle, et un crime crapuleux, les autres n'ayant aucun motif. Or, normalement, les pervers sexuels ne commettent que des crimes sexuels, tandis que les autres criminels n'en commettent pas. Raymond V. échappe, semble-t-il, à toutes les catégories.

Du coup, tous les policiers et les gendarmes de France rouvrent leurs vieux dossiers, pour voir si V. ne serait pas par hasard le coupable dans telle ou telle affaire restée inexpliquée. Et il est loin d'être exclu que, dans les mois qui suivent, il déclare à l'un d'entre eux, venu le trouver avec son dossier « Il y a eu un pépin... »

Au pays des cueilleurs de pastèques

Au début de l'histoire, maman est à Las Vegas, Nevada, papa est à Rush Spring, Oklahoma. Autrement dit presque à l'autre bout de la planète Amérique. Maman est partie un jour de 1989, en ayant assez de recevoir des coups d'un mari toujours saoul, et laissant au foyer de Rush Spring ses trois petits garçons et sa petite fille. Herman a maintenant quinze ans, James douze ans, Jack a huit ans, et la petite sœur Sissy dix ans.

Maman travaille au service de sécurité d'un casino, depuis son divorce, et à Rush Spring personne ne s'est demandé pourquoi elle n'avait pas obtenu la garde de ses enfants. Elle est partie ailleurs, point. Les gens dans cette petite ville perdue, entourée de champs de pastèques, ont la vue courte, à force de ramasser des pastèques. C'est dur le ramassage de la pastèque, et Rush Spring est la capitale de la pastèque. C'est dur et on paye mal. Donc les gens vivent mal. Donc les enfants vivent mal. Il y a un shérif à Rush Spring, il y a des maisons, des vraies en bois avec des terrasses, et des fauteuils de rotin, une vraie école. Herman, James, Sissy et Jack vont à cette école. Ils sont sages, ils apprennent bien, ils sont silencieux, et les deux aînés surveillent particulièrement les deux plus petits. Lorsque le bus vient les prendre au bout du champ de pastèques, ils font monter d'abord Sissy, puis Jack, les installent et ne leur lâchent pas la main jusqu'à Rush Spring. Pareil au retour. Personne n'a rien à dire à leur propos. Et pourtant. Tout le monde sait qu'ils habitent un morceau de terrain vague coincé entre les pastèques. Que leur père est alcoolique, brutal, ignorant et imbécile. Qu'il a pour principale activité de liquider un stock de boîtes de bière, de tirer sur tout ce qui bouge au ras du sol, chiens et chats errants, souris et mulots, de foncer dans la barrière du voisin s'il a un différend avec lui.

Le foyer des quatre enfants est un mobile-home. Une caravane à l'américaine, munie en principe du confort essentiel. Réfrigérateur, couchettes, télévision. Un style de vie que nombre d'Américains moyens affectionnent. Il suffit de trouver un terrain, pour l'installer, et les déménagements sont rapidement faits lorsque les nécessités du travail contraignent une famille à vivre ailleurs. Les parents de Lonnie ont généreusement donné à leur fils un bout de terrain vague, il y a installé un mobile-home, mais... n'a pas jugé utile d'y faire installer, comme les autres, le téléphone et l'électricité, ainsi que l'eau courante. Si bien que le réfrigérateur marche sur une batterie approximative, et que les quatre enfants se lavent dans des seaux d'eau puisés à la fontaine principale.

Le terrain est clos par une barrière de bois hérissée d'os et de têtes de cerfs morts, une porte d'accès est ornée de deux têtes de poissons-chats desséchées et sinistres. Ceci est l'univers de Lonnie Dutton. Et l'univers de Lonnie Dutton est réservé à Lonnie Dutton. Personne n'a le droit d'y pénétrer.

Alentour les voisins entendent régulièrement des coups de carabine, ils entendent aussi les enfants pleurer. Pourtant nul n'intervient. L'homme fait peur. Il a toujours été violent. Même enfant, il se battait avec tout le monde, sa propre sœur aînée le raconte volontiers. A l'école, le directeur n'a même pas tenté d'interroger les enfants après avoir repéré sur un bras ou une jambe des traces d'ecchymoses. Il n'a rien deviné, rien senti, d'ailleurs les enfants ne se plaignent jamais, ils sont d'une extrême tranquillité.

Lorsqu'une assistante sociale anonymement alertée est venue « traîner » dans le secteur, elle n'a rien pu obtenir d'eux. Ils étaient sales, mal habillés, le terrain vague et le mobile-home lui ont paru repoussants, l'homme agressif et déplaisant, mais les enfants ne l'accusaient de rien. Et le shérif n'avait rien à déclarer sur la famille. D'autre part la propre famille du père, grands-parents, frères et sœurs n'avaient rien à déclarer non plus. Et l'appel anonyme ne s'est pas renouvelé.

C'est simple, « on » n'a jamais vu Lonnie battre sa femme, on ignore pourquoi elle a abandonné son foyer, le père a demandé la garde des enfants, et n'a guère eu de peine à l'obtenir légalement. Son comportement est pourtant celui d'un alcoolique brutal, et la tendresse ne lui a pas été donnée en héritage. Il a l'habitude d'appeler ses enfants « crétins ou abrutis », aux lieu et place de leurs prénoms respectifs, ce qui ne choque pas outre mesure la famille et les voisins.

Alors l'assistante est repartie, pour expliquer à son administration que les « preuves » de mauvais traitements n'étaient pas solides...

L'Oklahoma c'est l'Amérique profonde. Pauvre. A Rush Spring les commerçants vivotent, les habitants sont pauvres, ici point de drugstore gigantesque, point de McDonald's à tous les coins de rue. La pastèque est l'unique fleuron du coin, et à l'entrée du village une pancarte le dit fièrement : « CAPITALE MONDIALE DE LA PASTÈQUE. »

En dessous on peut lire aussi : « ÉTRANGERS, ENTREZ ET ACHETEZ-NOUS N'IMPORTE QUOI, NOUS VOUS EN SERONS RECONNAISSANTS. »

Et lorsque mûrissent les pastèques dans les champs de Rush Spring, tout le monde s'y met, un travail harassant. On soulève l'énorme cucurbitacée, d'un mouvement de reins, on lance à son voisin, qui lance à son voisin, et ainsi de suite jusqu'au camion. Une pastèque qui tombe est une pastèque invendable. Cela sur des hectares et des hectares dans la poussière et en plein soleil.

En juillet 1993, Herman, James, Sissy et Jack ne vont pas à l'école. Papa est toujours assoiffé de bière, et les voisins entendent crier et pleurer chaque jour dans le mobile-home de Lonnie Dutton. Pour faire taire ses enfants, le père a une méthode simple, il enfonce un doigt dans le nez ou la bouche de l'enfant jusqu'à ce qu'il cesse de pleurer. Sans emploi, fainéant, il se contente d'élever une batterie de poulets, de dindes, de pigeons et un cochon, pour nourrir la famille. La cour devant le mobile-home est une véritable porcherie, où traînent tous les détritus possibles. Lonnie dispose d'une aide sociale et de bons d'alimentation. Les enfants n'ont le droit d'aller nulle part, sauf à l'école, interdiction de fréquenter les voisins, ou d'aller jouer ailleurs. Seul un cousin de la famille, Wayne, du même âge que Herman l'aîné, est autorisé à l'emmener à la pêche, histoire d'améliorer l'ordinaire.

Le 12 juillet 1993, Wayne approche du terrain vague repoussant où vivent ses cousins, il siffle : « Herman ? James ? Oh ! On y va ? »

Les deux garçons apparaissent, avancent lentement dans la cour encombrée de bouteilles de bière vides, de pneus, de ferrailles diverses au milieu desquels courent les poulets. Herman, quinze ans cheveux blonds, et James, douze ans cheveux blonds, arrivent jusqu'à la sinistre barrière ornée de têtes de poissons morts.

« Je crois que papa est mort.

— Oncle Lonnie ? Mort ? Comment ca ?

— Je sais pas. Je crois qu'il est mort. »

Wayne court chercher son père, oncle Mumm, pénètre dans la caravane, en ressort aussitôt pour foncer dans la sienne téléphoner à Rush Spring.

Lonnie Dutton, ses cent kilos de graisse nourrie de bière, est affalé en travers de son lit, une balle de carabine en pleine tête. Le shérif fait évacuer le corps, et interroge les enfants.

« Qui a fait ça ? »

Les quatre gosses pleurent, l'aîné parvient à sangloter : « Un type est entré, un rôdeur, il a tiré. »

Les deux petits sont terrorisés, muets, et s'accrochent à leurs frères, comme s'ils avaient peur de les voir partir avec le shérif.

L'histoire du rôdeur ne tient pas. Herman ne peut pas

le décrire, James se trompe d'heure, puis de description, et rapidement les deux gamins abandonnent le pauvre mensonge qu'ils cherchaient à inventer.

Herman a pris la carabine, l'a appliquée sur le front de son père, bien dans l'axe, et James a appuyé sur la gâchette. Et ils racontent, ils racontent, eux qui n'ont jamais rien dit, même devant l'assistante sociale ou le directeur d'école, qui ne se plaignaient jamais de rien, travaillaient bien en classe, obéissaient à tous les ordres du père.

Des coups, toujours des coups, assortis de violences sexuelles. Herman a servi de souffre-douleur et de prostitué à domicile. James a suivi. Du temps de leur mère, ils avaient déjà vécu l'enfer, mais c'était sur elle que pleuvaient les coups et les sévices sexuels. Un jour elle a profité d'une absence du monstre et a filé avec ses quatre enfants. Hélas ! pas de travail, pas de logement, l'errance a duré trop longtemps, et Lonnie Dutton n'a pas eu de mal à réclamer la garde des gosses. Lui avait un « foyer », lui pouvait leur donner à manger... maman a dû obéir à la loi, et rendre les enfants. Lorsqu'elle a trouvé un travail à Las Vegas, il était trop tard pour les récupérer. L'abandonneuse c'était elle. Et elle n'imaginait pas que la violence du père se retournerait contre eux. Or, depuis deux ans, les deux garçons subissaient tout, à sa place. Et le père menaçait de les tuer s'ils en parlaient à qui que ce soit. Qu'une voisine tente d'alerter les services sociaux, qu'une assistante vienne inspecter le taudis, ce qui ne s'est passé qu'une seule et unique fois, et ils prenaient une trempe de plus.

Trop terrorisés pour parler, les deux aînés supportaient donc en hurlant et en pleurant les ignominies paternelles, bouche cousue au-dehors.

Jusqu'au jour où ils ont vu le père s'attaquer à leur petite sœur de dix ans, Sissy. Ça ce n'était pas supportable. Sous leurs yeux, sous les yeux du plus petit, que faire ?

Lorsque les enfants sont ainsi acculés, ils n'ont d'autre solution que la mort. La leur ou celle du bourreau. Herman et James, les « crétins » de leur père, ont décidé que ce serait lui le mort. Ils se sont persuadés qu'ils agissaient bien. Pour sauver Sissy et le petit Jack, pour qu'ils ne subissent pas les mêmes horreurs.

Monsieur le shérif de Spring Falls n'a rien à déclarer aux autorités. L'enquête est tenue secrète, les journalistes ne sauront pas pourquoi il n'est pas intervenu avant. Sachant que Lonnie avait définitivement perdu son emploi, qu'il buvait de plus en plus, se comportait comme un porc avec tout le monde, il n'a pris aucune décision pour protéger les enfants.

Le service social estime avoir fait son travail en expédiant une jeune femme dans ce taudis, sous le regard d'un colosse de cent kilos, interroger ses enfants devant lui. « Ils ne se sont pas plaints de leur père, je ne pouvais rien faire. »

Les voisins, qui entendaient pleurer et crier tous les jours, avaient trop peur de Lonnie pour se « mêler » de ses affaires. Une seule a eu le culot de prévenir les services sociaux, et Lonnie a enfoncé sa clôture avec sa vieille voiture, en écrasant tout sur son passage. Elle n'a ni récidivé, ni porté plainte.

La sœur aînée de Lonnie reconnaît que son frère est un vulgaire taureau brutal, et qu'il a toujours été ainsi. Elle ne s'est pas préoccupée du sort de ses neveux, avant le drame.

Les grands-parents avaient donné le terrain en 1984, lorsque leur fils avait divorcé en affirmant que la mère des enfants était une garce qui avait abandonné le domicile conjugal. Après quoi, ils ont regardé ailleurs. Le grand-père répond ainsi à la presse : « On me demande sans arrêt pourquoi je n'ai rien fait, à cela je réponds : j'aime la vie, pas vous ? Je voulais que mon grand fils et mes autres enfants vivent, j'espérais qu'un jour les choses seraient différentes, que Lonnie réaliserait, comprendrait enfin la vie et qu'il changerait... » Dans ces conditions, vers qui pouvaient se tourner Herman et James ? En charge à quinze et douze ans de la sécurité de leurs frère et sœur plus petits, ils sont allés au bout de leur tâche.

D'ailleurs depuis l'assassinat de leur père, toute la

région est pour eux. Les maisons se sont ornées de rubans bleus, des bannières de soutien flottent aux antennes de télévision, une collecte a été organisée pour payer les frais de justice, et tout l'argent reçu en excédent servira plus tard à leur éducation. Plus de 2000 dollars ont déjà été collectés. Deux cabinets d'avocats se sont proposés pour assurer la défense des deux garçons, et un conflit s'est installé entre la mère et la famille du père à propos de la garde future des quatre gamins.

En attendant, Herman et James ont été emmenés dans un centre de détention pour mineurs. Solidaires, ils s'accusent alternativement, l'un d'avoir pris la carabine, l'autre d'avoir tiré, ou les deux ensemble, ou vice versa. Ils ont révélé que leur petite sœur était violée par leur père depuis des mois, mais, traumatisés par leur geste, ils se demandent maintenant s'ils ont bien agi. Leur mère répond pour eux aux journalistes : « Je suis heureuse qu'il soit mort ! J'aurais dû le faire avant de partir ! Il s'est montré violent bien avant la naissance des enfants, en fait depuis notre mariage en 1975. Il travaillait alors comme couvreur, comme son père, qui disait souvent en riant : "Avec Lonnie tout ce qui porte une jupe devrait se méfier, sauf sa mère !"

» Puis il a cessé de travailler, il s'est mis à boire et à se droguer, et à me battre. Il me violait, je voulais avorter, et il me battait, à coups de bâton, de tuyau, ou en se servant de son arme. Plus tard il a voulu apprendre aux enfants à me tirer dessus avec des fléchettes, comme sur une cible. Je savais que si les enfants ne lui obéissaient pas, il allait les battre, alors je les laissais faire, et ensuite ils venaient me demander pardon. Le cercle était infernal. Si quelqu'un voulait intervenir dans le voisinage, il menaçait de le tuer. Son propre frère porte des blessures au couteau ou par balles qu'il lui a faites. Et il ne voulait pas le dénoncer, de peur d'être tué ! Un jour j'ai vu un téléfilm sur une femme, violentée et battue, qui tuait son mari à la fin. Mais j'avais peur d'aller en prison, peur de ce que deviendraient mes enfants. J'ai pris la fuite, un soir où il était trop saoul, je suis allée chez ma mère avec les enfants, à Palacio au Texas. Il s'est arrangé pour persécuter les deux aînés au téléphone, et les obliger à revenir. Ensuite il a demandé la garde des deux autres, en m'accusant de tout ! Je n'avais aucune preuve matérielle contre lui, personne ne m'a aidée, c'était sa parole contre la mienne, il a gagné, puisque les deux aînés étaient déjà avec lui ! Sous la menace évidemment, mais trop effrayés pour dénoncer leur père. C'est effrayant de penser que l'on n'a aucun recours, que tout le monde se tait, je n'avais aucune arme légale pour récupérer les enfants. »

Marie Dutton, petite femme boulotte et blonde, faisait donc partie de ce régiment de femmes battues qui n'obtiennent pas de la justice américaine une aide suffisante. Lorsqu'elle a décidé de fuir en 1989 avec ses enfants, qui l'a écoutée ? Il a suffi que son époux réclame la garde des enfants, en affirmant que son ex-femme était une mère incapable et violente. Il a gagné son procès. Personne alors ne s'est posé la question de savoir s'il était lui-même brutal, alcoolique et obsédé sexuel. Alors qu'il suffisait d'interroger sa propre famille. Et durant presque trois années, les quatre enfants ont dû lutter pour survivre dans un univers abominable.

Les journaux du comté de Rush Spring clament bien haut et bien fort que la société a failli à tous ses devoirs. L'affaire prend valeur d'exemple. Carence des services sociaux, carence de la loi, carence de la protection infantile aux Etats-Unis dans les milieux défavorisés. Alors que les stars font elles aussi la une des journaux en s'arrachant leurs enfants à coups d'avocats et de dollars, en invoquant des sévices dont plus personne ne sait en fin de compte s'ils sont réels ou imaginaires.

Mais toute la ville savait. C'est là aussi où le bât blesse. Toute cette petite ville de cueilleurs de pastèques, et son shérif en tête. Tous ces gens qui maintenant brandissent des banderoles bleues, avec des inscriptions du genre : « ON EST AVEC VOUS, HERMAN ET JAMES ! »

Herman et James sont sous la responsabilité du département social, confiés à une équipe de médecins et de thérapeutes qui décidera quand psychologiquement ils seront en état d'être jugés.

S'ils sont condamnés pour meurtre, les deux enfants seront mis en probation dans un centre pour adolescents jusqu'à l'âge de dix-neuf ans. Entre-temps, ils auront droit à une thérapie, destinée à leur faire comprendre que l'on ne doit pas tuer, tout en leur expliquant qu'ils ne sont pas coupables d'avoir tué, car : « Lorsqu'un enfant tue un parent, c'est qu'il estime que personne ne peut le sortir de cette situation, et qu'il est donc en état de légitime défense... »

Pas simple.

Justice est faite !

Madrid, 17 avril 1993. Il y a foule, comme tous les jours aux alentours de treize heures, dans ce restaurant rapide appartenant à une chaîne américaine et situé au centre de la ville. Les clients, pour la plupart des employés des nombreux bureaux et magasins alentour, viennent y avaler sur le pouce un hamburger avant de retourner au travail.

Avec l'animation qu'il y a, comment remarquerait-on ces deux hommes qui se lèvent juste l'un derrière l'autre et sortent de l'établissement ? Dans la rue, le dernier sorti aborde le premier et l'accoste. Il a une cigarette à la main. L'autre lui donne du feu, il le remercie d'un signe de tête et s'en va d'un pas rapide. C'est alors que quelque chose attire l'attention de plusieurs passants. L'homme resté seul ne bouge pas. Il fait un quart de tour sur lui-même, comme s'il semblait désorienté, puis il s'appuie à la vitrine du restaurant et, brusquement, s'effondre de tout son long. Des cris éclatent...

L'homme, d'une quarantaine d'années, est affalé sur le trottoir dans une pose grotesque. Il a les yeux révulsés, la bouche ouverte. Une large tache de sang s'étale sur le côté gauche de sa chemise. Il n'y a pas besoin d'être médecin pour comprendre qu'il est mort et qu'il a été poignardé. Des exclamations fusent de toutes parts : « Je le reconnais : c'est M. N. Il travaille à la banque d'en face ! » « J'ai vu l'assassin. C'est un type qui lui a demandé du feu. Il est parti par là ! »

Une poursuite s'engage, mais elle ne donnera rien. Le meurtrier a eu le temps de se fondre dans la foule très dense et il reste une affaire criminelle à éclaircir pour la police madrilène... Elle n'est pas au bout de ses peines.

Une semaine plus tard, les enquêteurs ont bien du mal à s'y retrouver. En l'absence de tout indice à propos de l'assassin, ils ont épluché tous les renseignements concernant la victime et les résultats sont pour le moins décourageants.

L'homme, Federico N., trente-neuf ans, employé dans une grande banque nationalisée, menait une vie désespérante de platitude. Bon père, bon époux et employé modèle. Ses voisins n'ont signalé aucune dispute entre lui et sa femme Carmen. L'idée même que l'un ou l'autre ait pu avoir une liaison leur a semblé tellement absurde que, lorsqu'on leur a posé la question, ils ont éclaté de rire.

A la banque, même son de cloche. Le directeur n'a rien trouvé à dire à son sujet. Federico N. faisait son travail discrètement et efficacement. Ses collègues sont tout aussi désorientés. Comment pouvait-on en vouloir à Federico ? C'est absolument incompréhensible !

Car — et c'est là le point le plus déroutant de cette affaire — on en voulait à Federico N. On a en effet retrouvé dans sa poche gauche une bande de papier sur laquelle était écrit en lettres découpées dans un journal : JUSTICE EST FAITE. Le meurtrier l'a, de toute évidence, glissée en même temps qu'il portait son coup de couteau...

« Justice est faite » : cela signifie une vengeance, un règlement de comptes et rien n'est moins en rapport avec la personnalité de la victime... Alors, s'agit-il d'un fou, qui a frappé au hasard et qui se vengerait du genre humain dans son ensemble sur la personne du premier venu ? C'est possible. C'est même probable. Et c'est ce qui ennuie le plus la police espagnole et le commissaire

Felipe Lopez, chargé de l'enquête. Ce genre de maniaque recommence à tuer dans neuf cas sur dix. Il est à craindre qu'on se trouve au début d'une série de meurtres, qu'il s'agisse d'un *serial killer*...

2 mai 1993, quatorze heures. A bord d'une voiture sirène hurlante, le commissaire Felipe Lopez arrive devant l'entrée d'un grand jardin public de la capitale espagnole. Les policiers écartent l'attroupement qui s'est formé pour lui laisser le passage... Le crime a eu lieu sur un banc. La victime est un jeune homme de vingt-cinq ans environ. D'après ses papiers, il s'appelait José F. et il était étudiant.

Les policiers n'ont pas touché au corps. Il est dans la position où la mort l'a surpris : la tête penchée sur le côté gauche, une large tache sur la chemise à hauteur du cœur. A terre, un journal plié en quatre et un stylo-bille. Il est ouvert à la page des mots croisés. Le commissaire peut voir la grille inachevée et maculée de sang : un détail tragique et dérisoire...

Un agent s'approche du commissaire, une bande de papier à la main. « Voici ce qu'on a trouvé dans sa poche droite. » Un rapide coup d'œil suffit : les lettres découpées dans un journal composent la phrase JUSTICE EST FAITE...

L'enquête qui suit est plus désespérante encore que pour le premier meurtre. José F. était aussi transparent que Federico N. Au cours de sa brève existence, il n'a rien fait, semble-t-il, qui puisse attirer l'attention. Fils de paysans modestes, mais doué pour les études et travailleur, il a obtenu une bourse pour aller à l'université de Madrid. Dans sa vie privée, il n'y a rien d'extraordinaire non plus. Ce jeune homme sage était fiancé depuis un an et allait se marier.

Manuela J., la fiancée en question, ne comprend rien à ce drame. Pourtant, c'est elle qui connaissait le mieux le disparu. « Voyons, mademoiselle, réfléchissez. Vous êtes sûre qu'il ne se droguait pas ?

— José ? Quelle horreur !

— Il aurait pu le faire sans que vous le sachiez. Vous ne l'avez jamais trouvé bizarre ?

— Absolument pas.

— Est-ce que, par hasard, un autre garçon aurait été jaloux de vos fiançailles ?

— Je ne vois vraiment personne.

— Est-ce que votre fiancé faisait partie d'une bande comme il y en a à Madrid ?

— Jamais de la vie !

— Est-ce qu'il faisait de la politique ?

— Pas du tout. Il s'en désintéressait complètement.

— Alors, vous n'avez aucune idée ?

— Aucune... Pourquoi lui ? Je ne comprends pas ! »

« Pourquoi lui ? » La police madrilène se pose inlassablement la question, en même temps qu'une autre, qui vient de surgir avec ce nouveau meurtre : les deux victimes ont-elles un point commun ? Et cette seconde interrogation est peut-être plus irritante encore que la première. A part leurs vies rangées, rien, en apparence, ne rapprochait Federico N. de José F. : ni leur âge, ni le quartier qu'ils habitaient, ni leurs fréquentations, rien ! Alors, l'hypothèse d'un tueur fou, qui frappe n'importe qui, n'importe quand, n'importe où, uniquement pour tuer, est de plus en plus probable. Et il est malheureusement plus que probable qu'il va recommencer...

Samedi 8 mai 1993, quinze heures. Le commissaire Felipe Lopez regarde avec consternation la silhouette blanche allongée sur le sol. Sur le polo blanc de tennisman de la victime, le sang ressort particulièrement bien. Antonio G. était loin d'être un professionnel mais, à trente-cinq ans, il voulait conserver la forme. Il allait tous les samedis disputer une partie ou deux dans le club d'une banlieue résidentielle de Madrid. Ce samedi-là aura été le dernier.

Le crime a eu lieu dans les vestiaires. Antonio G. venait de jouer une partie de double dans le cadre d'un tournoi de bienfaisance et c'est dans son sac de sport qu'on a retrouvé la bande de papier, avec la phrase JUSTICE EST FAITE... Le commissaire Lopez est devenu fataliste. A quoi bon se renseigner sur le passé de la victime ? Il va être irréprochable, comme celui des deux autres... Et même s'il ne l'est pas, quelle importance ? Même s'il avait un rival assoiffé de sang, un concurrent professionnel prêt à tout, même si la pire organisation terroriste du pays avait juré sa mort, tout ce monde-là devrait être mis hors de cause. C'est l'assassin fou qui a frappé, lui et personne d'autre !

A défaut de mobile, le commissaire Felipe Lopez cherche un témoignage. Mais les partenaires d'Antonio G. étaient trop occupés par le jeu et le directeur du club de tennis n'est pas plus utile à l'enquête. « Malheureusement, n'importe qui ou presque aurait pu faire le coup.

— Vous avez suivi la partie ?

— Oui.

— Vous n'avez remarqué aucun suspect ? Quelqu'un qui aurait rôdé ?

— C'est difficile à dire... Comme le court est visible de la rue, il arrive que des gens s'arrêtent quand la partie est de qualité. C'était le cas. Il y avait un petit attroupement.

— Et n'importe qui, de la rue, pouvait entrer dans les vestiaires ?

— Oui. La grille n'est pas fermée à clé. »

C'est désespérant : il n'y a pas d'autre mot ! Dans la presse, ce ne sont que des gros titres exprimant à la fois la peur et la colère. L'assassin fou sème la panique à Madrid, en ces beaux jours de printemps. Et la même question revient sous la plume de tous les journalistes : « Que fait la police ? »

La police cherche, et Felipe Lopez avec plus d'acharnement que quiconque. Avec le temps, il est parvenu à deux conclusions, ou plutôt deux intuitions. Premièrement, l'homme est bien fou ; il tue des gens qu'il ne connaît pas, qui ne lui ont rien fait. Mais deuxièmement, il ne frappe pas au hasard. S'il voulait tuer vraiment n'importe qui, il l'aurait fait à des intervalles plus rapprochés et dans des conditions plus faciles pour lui : au milieu d'une foule très dense, dans le métro aux heures d'affluence, par exemple ; ou, au contraire, il aurait attaqué des personnes isolées, comme des promeneurs la nuit.

Au lieu de cela, il a pris des risques réels pour tuer ses trois victimes. Et s'il l'a fait, c'est qu'il avait une raison, une raison folle, mais une raison quand même. Autrement dit, le client du restaurant, l'étudiant sur son banc et le joueur de tennis avaient un point commun qui n'a pas encore été découvert et c'est ce point commun qui a déclenché la folie meurtrière de l'assassin.

C'est en regardant une photo d'Antonio G. en train de jouer au tennis, un des innombrables clichés qui figurent dans le dossier, que le commissaire Lopez a une illumination... Il vient de repenser à la grille de mots croisés tachée de sang tombée aux pieds de la deuxième victime et les deux choses, si incroyable que cela paraisse, ont un rapport entre elles.

Il a les coordonnées de Manuela J., la fiancée de l'étudiant, et il l'appelle aussitôt. « Excusez-moi de vous déranger, mademoiselle, mais votre fiancé était-il gaucher ?

— Oui. Mais je ne comprends pas...

— Je vous remercie, mademoiselle. Nous venons de faire un grand pas.

— Vous ne voudriez tout de même pas dire... qu'on l'a tué pour cela ?

— Si, mademoiselle, on l'a tué pour cela ! Le meurtrier l'a vu remplir sa grille de mots croisés de la main gauche. C'est comme cela qu'il l'a su.

— Mais c'est fou !

— Vous avez raison, il s'agit bien d'un fou. Mais à présent, je pense que nous sommes en mesure de l'arrêter... »

La photo d'Antonio G. le montrait tenant sa raquette de la main gauche. C'est cela qui a permis de soupçonner la vérité. Le tueur a agressé trois personnes qui exécutaient une action de la main gauche. Le premier tenait dans cette main son couteau, le second son stylo, le troisième sa raquette. Le tueur de Madrid est un tueur de gauchers ! Reste à savoir pourquoi et qui.

A ce stade de l'enquête, c'est l'informatique qui prend

le relais. Il s'agit d'éplucher toutes les affaires des dernières années, tous les dossiers de déséquilibrés mentaux, en cherchant un élément en rapport avec un gaucher.

La réponse ne tarde pas... En 1990, une jeune femme, Francès M., a été poignardée et violée dans un bois des environs de la capitale. L'assassin n'a jamais été retrouvé, mais l'expertise a prouvé que le coup avait été porté par un gaucher. Le mari de la victime, Agapito M., avait été un moment soupçonné. Le personnage était déséquilibré et se relevait d'une dépression. Mais il avait été mis hors de cause du fait, justement, que l'assassin était gaucher et qu'il ne l'était pas.

La police madrilène décide de monter un piège de grande envergure pour éliminer le tueur de gauchers... Agapito M., ancien cadre commercial au chômage, habite une banlieue déshéritée de la capitale. Renseignements pris, il ne sort pratiquement pas de chez lui, un pavillon délabré, dans une rue peu passante et assez sinistre. C'est donc là qu'aura lieu la mise en scène.

Le 25 juin 1993, au matin, un ouvrier en bleu de travail s'installe sur la chaussée en face du pavillon avec des pots de peinture et des panneaux de signalisation indiquant un chantier de voirie. Puis il prend un pinceau et entreprend de repeindre les bandes blanches du passage pour piétons. Il tient évidemment son pinceau de la main gauche...

Pour le commissaire Felipe Lopez et ses hommes, qui sont cachés dans une camionnette banalisée, l'attente est longue et, les heures passant, l'inquiétude grandit. Ils ne s'en font pas pour l'agent chargé de servir d'appât : il est ceinture noire de judo et saura sans peine maîtriser son agresseur. Ils craignent que leur homme n'ait flairé le piège et ne sorte pas de chez lui. Car on peut être fou et remarquablement rusé...

Il faudra trois jours et un nombre incalculable de couches de peinture sur les bandes blanches de la chaussée pour que le piège fonctionne enfin. Sans doute, effectivement, le tueur se méfiait-il, mais la vision de ce gaucher maniant allégrement son pinceau sous ses fenêtres a dû finir par lui être trop insupportable.

On le voit sortir de son pavillon, profitant d'un moment où la rue est complètement déserte. Agapito M. est de petite taille. Il a le crâne dégarni. Il regarde à droite et à gauche et se dirige vers le chantier de voirie. Il s'arrête. « Pardon, monsieur, est-ce que vous auriez du feu ? »

Le faux peintre se relève et se jette brusquement sur lui, tandis que le commissaire Lopez et ses hommes bondissent hors de la camionnette. Immobilisé par une clé au bras, le tueur a lâché son couteau. Il vocifère : « Arrêtez-le ! C'est l'assassin de ma femme !... »

Agapito M. a été conduit dans un établissement psychiatrique et le juge chargé de l'instruction a rendu, comme on s'y attendait, un non-lieu pour démence. Les Madrilènes pouvaient respirer : l'affaire du tueur fou était élucidée.

Quant à l'autre, la première affaire, celle qui avait déclenché la folie meurtrière d'Agapito, on n'en sait pas plus aujourd'hui. Aucune information nouvelle n'est parvenue sur le meurtre de sa femme Francès, il y a trois ans de cela. Et il est malheureusement probable qu'on ne saura jamais qu'une chose à ce sujet : l'assassin était gaucher.

Jeu de piste

18 juillet 1993. Nous sommes dans un faubourg de Florence, une jolie banlieue résidentielle que traverse l'Arno. Il est cinq heures du matin et le jour se lève à peine. C'est alors que, en contrebas d'un pont qui enjambe la rivière, un cantonnier aperçoit une forme allongée : une jeune femme. Il est tenté de poursuivre son chemin sans aller voir, car il arrive souvent que des touristes passent à cet endroit la nuit à la belle étoile,

mais il s'approche tout de même. C'est qu'il y a le Monstre...

Car, le Monstre de Florence, dont il est question dans un autre chapitre de cet ouvrage, est encore dans tous les esprits en cet été 1993, même si, au mois de janvier précédent, le présumé coupable, Pietro P., a été arrêté. Mais ce n'est justement que le « présumé coupable » et beaucoup de Florentins se refusent à voir dans ce paysan grossier et violent l'assassin qui les a terrorisés pendant des années. Le Monstre, pensent-ils, est d'une autre trempe. C'est un grand bourgeois ou, mieux, un aristocrate, qui sort la nuit de sa luxueuse demeure, pour assouvir ses instincts démoniaques... Voilà pourquoi, au lieu de continuer son travail, le cantonnier pose son balai et descend en contrebas du pont.

« *Signorina... Signorina !...* »

Mais la *signorina* ne lui répond pas. Elle ne répondra jamais plus à personne. Lorsqu'il lui secoue l'épaule pour la réveiller, elle se met à rouler sur la berge en pente, aussi molle qu'une poupée de chiffon, et elle s'immobilise quelques mètres plus bas, tout près de l'eau. Elle a une horrible plaie, rouge et bleu, au front.

Le cantonnier se signe et s'enfuit, épouvanté, à la recherche d'un carabinier. Les rues désertes du faubourg résidentiel de Florence se mettent à résonner de ses cris épouvantés : « Le Monstre est revenu !... Le Monstre ! »

La presse, qui a toujours, s'agissant du Monstre de Florence, privilégié les hypothèses les plus sensationnelles, est du même avis. Elle fait ses gros titres sur l'assassinat des bords de l'Arno : « Le Monstre de retour ? », « Un nouveau crime du Monstre ? » La seule différence avec le cantonnier est que, plus prudente, elle termine par des points d'interrogation...

La police, elle, est beaucoup plus réservée. L'enquête est confiée au commissaire Armando Alfaro, responsable du faubourg où le corps a été découvert, et non à la célèbre « Brigade anti-Monstre », la *Squadra anti-Mostro*, qui a traqué le meurtrier en série depuis des années, sous la direction du commissaire Ruggero Perugini. S'il s'avérait que les deux affaires sont liées, il serait toujours temps d'aviser, mais les premières constatations ne vont nullement dans ce sens.

D'abord l'identité de la victime. Il s'agit de Fernanda V., vingt-trois ans, bien connue dans le quartier pour ses mœurs légères. Il ne s'agissait pas d'une prostituée au sens strict du terme, mais d'une fille facile, vendeuse au supermarché local, qui arrondissait ses fins de mois avec quelques aventures. Cela ne concorde pas avec les victimes du Monstre de Florence, qui étaient toutes des jeunes filles irréprochables. D'ailleurs, elles étaient en couple quand elles ont été agressées par le Monstre et leur compagnon a été tué lui aussi. Reste que Fernanda aurait pu avoir un galant qui aurait réussi à échapper au meurtrier. Mais malgré tous les appels à témoins, personne ne se manifeste : il semble bien que la victime était seule quand elle a été attaquée.

D'ailleurs, rien ne concorde avec la grande affaire criminelle qui a défrayé la chronique. La jeune fille a été tuée d'un coup de couteau, alors que le Monstre tuait par arme à feu ; elle ne présente aucune mutilation — celle du sein gauche, par exemple ; elle était à pied et non en voiture ; enfin, elle a été violée, alors que le Monstre n'a jamais violé ses victimes.

Mais l'opinion publique est tellement passionnée par le mythe du Monstre que l'assassinat des bords de l'Arno vaut à la police un flot de lettres et de coups de téléphone anonymes. Le commissaire Armando Alfaro, qui est, de plus, harcelé par les journalistes, ne cesse de tempêter contre ce battage médiatique fait autour d'une banale affaire et qui lui fait perdre un temps précieux au détriment des choses sérieuses... Ce en quoi il a tort : le meurtre de Fernanda V. n'est pas du tout une banale affaire et c'est justement à cause des lettres et des coups de fil anonymes qu'elle va sortir de l'ordinaire.

« Allô ? C'est à propos de la fille au bord de l'Arno... Je vais vous donner des précisions sur la Fiat Uno.

— Quelle Fiat Uno ?

— Eh bien, celle dont je vous ai parlé dans ma lettre...

— Qui êtes-vous ?

— Je ne peux pas vous le dire... »

Le policier qui tient le standard du commissariat hausse les épaules. C'est le cinquième appel anonyme depuis le début de la journée. Le correspondant — une voix d'homme d'âge moyen, sans caractéristique particulière — fait sans doute allusion à une lettre anonyme qu'il a envoyée. Comme s'il s'imaginait qu'il a été le seul à écrire. Le courrier s'entasse dans une armoire. Mais il faut répondre, cela fait partie du service.

« Je vous écoute...

— Elle est blanche. La Fiat Uno est blanche.

— C'est tout ?

— Pour aujourd'hui, oui. Je vous en dirai peut-être plus une prochaine fois... »

Et le correspondant raccroche... Comme le policier est consciencieux, il note scrupuleusement le contenu de l'appel, qui va rejoindre dans l'armoire le contingent des lettres anonymes...

Deux jours plus tard, le policier du standard reconnaît la même voix. « Voilà, c'est pour la Fiat Uno blanche. Je vais vous donner le début du numéro : FI 3... »

Cette fois, le policier s'énerve. « Vous n'avez rien d'autre à faire ?

— Parce que vous ne me prenez pas au sérieux ?

— Vous êtes dans un commissariat. Nous pouvons localiser votre appel et vous faire avoir de gros ennuis !

— Bien... Sous sa robe, la fille avait un maillot deux pièces avec des papillons imprimés. »

Au bout du fil, le policier reste muet. Ce détail n'avait pas été divulgué par la presse... Il n'a plus du tout le même ton lorsqu'il reprend la parole. « Vous avez donné le début du numéro de la voiture. Vous pouvez nous dire la suite ?

— Une autre fois, peut-être. »

Et le correspondant anonyme raccroche.

Instantanément, c'est le branle-bas au commissariat. D'abord, on va rechercher dans l'armoire la lettre anonyme à laquelle l'homme avait fait allusion et dont on ne s'était pas soucié jusqu'à présent. Elle est manuscrite. L'auteur y annonce que le meurtrier était à bord d'une

Fiat de type Uno. Il s'est arrêté à la hauteur de Fernanda V., qui racolait près du pont, et, après une brève discussion, il s'est jeté sur elle et l'a tuée... Un graphologue, appelé en hâte, indique que, selon lui, l'écriture est celle d'un homme et que ce dernier possède une certaine culture. Il refuse de s'engager davantage.

C'est évidemment bien peu. Il ne reste plus au commissaire Armando Alfaro et à ses policiers qu'à attendre que l'homme veuille bien en dire plus, car une Fiat Uno blanche dont l'immatriculation commence par « FI 3 », ce n'est évidemment pas une précision suffisante...

Aussi, lorsque l'agent de service au standard reconnaît, quelques jours plus tard, la voix du correspondant anonyme, c'est l'effervescence. Le commissaire, prévenu, écoute la communication par le haut-parleur qui vient d'être branché.

« Je vois que vous n'avez rien fait. Alors, je vais vous donner le numéro complet de la Fiat : FI 36337.

— Et vous, qui êtes-vous ? »

Mais la tonalité caractéristique résonne dans la pièce : le correspondant a raccroché.

La vérification du numéro minéralogique a lieu immédiatement à l'aide du fichier central et c'est une cruelle déception pour les policiers. La voiture en question appartient à un de leurs collègues ! Il s'agit de Marco F., officier de police à Florence, un père de quatre enfants et un homme au-dessus de tout soupçon. Il ne peut s'agir que d'une calomnie faite par vengeance. Le commissaire décide de ne pas ennuyer son collègue en allant l'interroger, mais cela ne l'empêche pas d'être troublé. Car il y a la précision donnée par le corbeau sur les sous-vêtements de la victime, précision qui n'était pas dans la presse. Le commissaire en avait déduit tout naturellement que l'homme était l'assassin, mais maintenant, ce n'est plus aussi évident. Il peut s'agir d'un policier qui a eu connaissance du dossier et qui se venge ainsi d'un de ses collègues. L'affaire ressemble à un règlement de comptes au sein de la police et c'est très déplaisant. Le commissaire décide de s'en tenir là et poursuit son enquête sur le meurtre de Fernanda V., sans résultat malheureusement...

C'est dans les premiers jours de septembre que le corbeau de Florence se manifeste de nouveau par téléphone. Cette fois, son appel ne se limite pas à quelques mots. Furieux, semble-t-il, que ses dénonciations n'aient abouti à rien, il parle longuement, mettant en cause nommément Marco F. Il parle même si longtemps que les services spécialisés peuvent localiser l'appel. Il provient d'une cabine en bordure de l'Arno, non loin du lieu du crime.

L'homme finit par raccrocher, mais il termine par ces mots : « Je rappellerai au début du mois d'octobre. »

Cette fois, le commissaire Alfaro décide d'agir. Il ne va pas laisser l'individu continuer éternellement son manège. S'il a dit vrai et s'il appelle de nouveau du même endroit, il n'y aura qu'à le cueillir à la date annoncée par lui...

Vendredi 1er octobre 1993. De nombreux carabiniers ont pris discrètement position sur les bords de l'Arno, à proximité de la cabine d'où a eu lieu l'appel. Il y a une longue attente et puis, on voit arriver un homme à la démarche lourde, qui entre dans la cabine et compose le numéro. Les carabiniers se précipitent et lui mettent la main au collet. « Fini de rire ! Qui es-tu ? »

L'homme les regarde, semble hésiter, puis lance d'un trait : « Marco F. ! »

Les carabiniers contemplent ahuris leur supérieur. « Mais pourquoi as-tu... ? Enfin... pourquoi vous êtes-vous dénoncé ?

— Parce que c'est moi le coupable ! »

L'épilogue de cette déroutante histoire, du moins sur le plan de l'enquête, a lieu peu après dans le bureau du commissaire Armando Alfaro. Ce dernier est tout aussi abasourdi que ses hommes. Pas un instant il n'avait pensé que les accusations contre son collègue puissent être vraies.

« Que s'est-il passé ? Expliquez-moi ! »

Marco F. parle sans réticence. Il semble comme soulagé que la comédie ait pris fin.

« Je rentrais chez moi en voiture après le service. J'habite tout près de l'endroit où... a eu lieu le drame. J'ai vu la petite qui racolait près du pont. Je la connaissais. Elle était connue dans le quartier. Je ne sais pas pourquoi, je me suis arrêté. Peut-être pour lui faire la morale, mais je ne peux pas l'affirmer... Je lui ai dit quelques mots et je me suis jeté sur elle. Comme elle se débattait, je l'ai assommée avec une pierre. »

Le commissaire Alfaro dévisage son collègue, cet officier et ce père de famille irréprochable. « Qu'est-ce qui vous a pris ?

— Je ne sais pas ! C'était comme si une force avait agi à ma place. C'était la première fois. Je n'avais jamais eu de problème. Je me suis dit que cela allait recommencer. Et cela, il ne fallait pas. Alors, j'ai imaginé ce moyen pour me dénoncer.

— Pourquoi ne pas vous être constitué prisonnier : Pourquoi ce jeu de piste ?

— Je n'ai pas eu le courage. A cause de mon métier, sans doute. C'était une telle honte. Je voulais que cela vienne de vous, je voulais me faire arrêter. Mais vous n'avez pas voulu suivre la piste. Il a fallu qu'à chaque fois j'en rajoute un peu plus... »

Marco F. est aujourd'hui derrière les barreaux, tout comme Pietro P., le Monstre de Florence présumé. L'un est soupçonné d'être un meurtrier en série, l'autre a tout fait pour qu'il n'y ait pas de deuxième fois.

Hélène et les salauds

Extérieur nuit, grande banlieue parisienne plutôt cossue, pavillons bourgeois, quelques piscines qui luisent sous la lune du mois de mai. Tout est calme, ce n'est pas un quartier de « zonards ». Bourgeois, reposez en paix ! Devant un joli pavillon bien calme, une Suzuki toute neuve, impeccablement astiquée, repose sur sa béquille, au milieu de la bande de gazon qui sépare l'avenue en deux... Pourtant une grosse chaîne interdit, en principe, que l'on mette l'engin en marche. Sage précaution.

A l'intérieur du pavillon, Arnaud, le propriétaire de la moto, dix-sept ans, est en conversation aimable avec une camarade du lycée, Hélène, dite « la Belle Hélène », pratiquement le même âge que lui. Ils écoutent le dernier succès de Phil Collins, bien installés sur le lit, non défait, de la jeune fille. Bien sûr, de temps en temps leurs lèvres se rejoignent, pour un baiser encore maladroit. Ils ne se posent pas trop de questions, leurs cœurs battent un peu plus fort et, en échangeant des paroles un peu folles, ils se demandent tous les deux si, par hasard, ça pourrait être le grand amour, s'ils vont un jour se marier, avoir des enfants, finir leurs jours ensemble. Ça les inquiète un peu...

Arnaud se demande si ce baiser maladroit vaut vraiment tous les embêtements qui lui tombent sur le dos depuis quelque temps... Comme par exemple les agressions verbales de Patrick Z., membre comme lui de l'équipe de base-ball du lycée. Un garçon qui, lui aussi, est amoureux de la Belle Hélène.

Il faut dire que la Belle Hélène est vraiment jolie et que tous, enfin presque tous les garçons qui la côtoient au lycée sentent leur pouls s'accélérer en voyant passer cette jolie blonde aux yeux clairs et au regard innocent. Sa poitrine naissante aussi fait de l'effet. Hélène, flattée, ne voit pas trop de raisons de repousser ces hommages encore innocents. Elle teste son pouvoir de séduction, en se disant qu'un jour elle aura l'occasion de s'en servir pour arriver à ce que toute jeune fille souhaite : un mari beau, riche, amoureux et tout le reste...

Parmi les amoureux d'Hélène, on compte Patrick, dix-huit ans, un caractère assez affirmé, au sang chaud, dont les sourcils ombrageux qui se rejoignent au-dessus du nez disent assez qu'il est d'un tempérament jaloux... Patrick ne déplaît pas à Hélène et celle-ci se laisse approcher d'assez près. Suffisamment près pour que, au bout de quelques semaines, Patrick le jaloux se sente un instinct de propriétaire. Son discours, relativement

« macho », ne laisse plus beaucoup de doute : « Puisque nous sommes ensemble..., répète-t-il à Hélène... Je suis ton mec, donc tu dois... tu ne dois pas... » Bientôt Patrick donne à Hélène l'autorisation d'adresser la parole à tel ou tel, ou bien il la refuse, sans explications, ou plutôt si, une seule : c'est lui le mec, le maître...

Hélène commence à ne plus apprécier du tout. Hélène se dit, à juste raison, qu'elle est libre de donner son cœur et de le reprendre si bon lui semble. D'autant plus que les candidats ne manquent pas, qui ne rêvent que de la combler d'attentions charmantes. Parmi ceux-ci, Arnaud et ses grands yeux de velours, un gentil garçon, sportif, bien élevé... Il ne demande qu'à être encouragé. Hélène l'encourage... dans les limites de la bienséance bourgeoise.

C'est pourquoi ce soir, tard dans la nuit, Arnaud et Hélène, vautrés sur le lit de la jeune fille, échangent des paroles un peu informes et quelques baisers mouillés...

Soudain un bruit de métal brisé les sort de leur début d'extase. Dehors, devant le pavillon, on dirait qu'on casse quelque chose : on entend toute une série de coups, comme si on martelait de la tôle. Arnaud bondit sur ses pieds. Il pense à sa moto, toute neuve, dont il est si fier, le cadeau de sa mère pour son dernier succès scolaire et pour remplacer la moto qu'on lui a récemment volée. Et si par hasard c'était elle, sa chère moto, qui était la victime de cette attaque, qui était en train d'encaisser les coups...

Après un dernier baiser à Hélène, Arnaud sort précipitamment et silencieusement du pavillon de sa petite amie. Et là, une fois franchi le portillon qui sépare la haie de thuyas de la rue, il prend conscience de la catastrophe : en effet sa belle Suzuki est là, réduite à un tas de ferraille. Trois garçons, parmi lesquels Arnaud n'a aucune peine à identifier Patrick, son rival, tapent sur la moto à grands coups de batte de base-ball. De toute évidence l'engin est déjà irrécupérable. Arnaud, pris entre la colère et la peur, ne sait que faire devant la violence déchaînée des trois garçons. Il s'avance pourtant vers eux. Erreur fatale...

En voyant le propriétaire de la moto sortir du pavillon, les trois vandales se concertent rapidement et sautent dans une voiture rouge qui démarre et disparaît. Ils comprennent qu'ils ne se sont pas trompés de cible en pulvérisant la Suzuki. C'est bien la moto d'Arnaud qu'ils avaient l'intention de réduire en miettes, pour le punir de s'intéresser à Hélène de trop près. Ce soir, après le dîner, Patrick n'a pas hésité à demander à ses parents l'autorisation d'emprunter leur voiture : une Ford d'un rouge éclatant. Autorisation accordée. Les parents auraient dû se méfier pourtant car Patrick, en sortant, les clés de contact à la main, ne leur cache pas son intention. Il veut, avec ses deux camarades, « retrouver Arnaud ». Avec la voiture ils auront plus vite fait le tour des endroits où ils risquent de rencontrer le « rival » ou sa moto, facile à repérer... Ce qu'ils ont l'intention de faire si leur « traque » est couronnée de succès, ils ne le précisent pas.

Pour l'instant, Arnaud, devant sa moto réduite en miettes, est perplexe. Que doit-il faire ? Aller à pied jusqu'au commissariat pour porter plainte ? Essayer de traîner son épave jusque chez lui ? Il n'a guère le temps de résoudre son dilemme. Dans un bruit de pneus qui crissent au virage de l'avenue, la Ford rouge apparaît à nouveau et freine tout à côté de lui. D'un bond, deux des trois garçons, dont Patrick, sautent du véhicule. Ils sont armés des mêmes battes de base-ball qui ont fracassé la moto. Avant d'avoir eu le temps de comprendre, Arnaud en reçoit un coup en plein visage, puis un second. Il tombe à terre, mais il a encore la force de hurler « Au secours ! » Les coups continuent de pleuvoir, coups de pied chaussés de lourds brodequins, coups de casque de moto, coups de batte. La voix d'Arnaud devient plus faible, presque inaudible.

Déjà, les fenêtres des pavillons voisins s'illuminent, déjà des têtes ébouriffées de sommeil se penchent pour voir ce qui se passe. Il faut dire que le massacre de la moto, quelques instants plus tôt, en a réveillé plus d'un. Déjà, certains téléphonent aux gendarmes pour leur dire qu'il se passe quelque chose de grave, qu'on est en train de « casser la figure » d'un jeune à coups de batte. Un militaire de carrière, plus courageux que les autres, sort même de son pavillon, il apparaît dans la rue en criant aux énergumènes de cesser leur comportement indigne. En le voyant, les deux « casseurs » cessent le massacre et sautent à nouveau dans la Ford. Leur copain qui attend au volant démarre sur les chapeaux de roues, pas assez vite cependant pour que le militaire ne note certains détails.

En s'éloignant, les trois jeunes gens espèrent pourtant qu'on ne les aura pas repérés. C'est justement pour ça qu'ils sont revenus après avoir saccagé la moto. Certains d'avoir été reconnus par Arnaud, ils sont revenus dans l'intention de le tuer, pour le réduire définitivement au silence, pour éloigner d'eux tout soupçon. Dans leurs petites têtes, ils ont même commencé à construire un scénario : après avoir assassiné leur collègue de lycée, Patrick et ses camarades se sont imaginé pouvoir disposer le corps et la moto de telle manière que l'on croie à un accident de la circulation causé par un chauffard inconnu... Ils ont « tout faux » car, après avoir interpellé et gardé à vue une autre bande de jeunes, possesseurs eux aussi de battes de base-ball, la police va mettre rapidement la main sur Patrick, ses deux camarades, le « massacreur » et le chauffeur, et sur un autre de leurs amis, plus âgé, qui, inconscient, leur a permis de venir cacher chez lui leurs battes de base-ball et leurs vêtements encore tout sanglants...

Quand la police arrive sur les lieux, Arnaud est mort depuis longtemps. Sa mère et sa sœur n'ont plus que leurs yeux pour pleurer. Hélène, étant donné son jeune âge, n'aura pas à exposer ses amours en public devant le jury d'assises. Heureusement pour elle...

Roland R., quarante-six ans, une grosse moustache à la gauloise, bâti comme un athlète, tenancier de bar, est dans une rage blanche. Pendant les vacances, en l'absence de son fils Michael, quelqu'un, un voyou qui n'a pas laissé de carte de visite, est venu cambrioler l'appartement du jeune homme. Le cambrioleur n'a pas fait dans le détail. Il faut dire qu'il a pris tout son temps : tout y est passé. Au retour de Michael, celui-ci constate l'effraction de la porte, les tiroirs dévastés, les armoires ouvertes. Tout est parti : la chaîne hi-fi, les livres, les bibelots, les souvenirs de vacances et les petits cadeaux qui jalonnent toute une vie, les vêtements. Il y en a au moins pour cent mille francs de perte... Roland accompagne Michael pour porter plainte à la gendarmerie du coin. Il ne leur reste plus qu'à faire confiance à la sagacité des pandores savoyards. Et à se débrouiller pour se faire rembourser, plutôt mal que bien, par les assurances.

Mais le lendemain, c'est encore pire. Michael constate qu'on lui a, dans la station-service où il travaille, volé en plus les deux motos qu'il s'était offertes et auxquelles il tenait plus qu'à la prunelle de ses yeux. Pas de doute, c'est un coup monté par quelqu'un qui le connaît bien, quelqu'un qui lui en veut personnellement.

Nadia, vingt-trois ans, la sœur de Michael, compatit au malheur du garçon. Et elle joint ses promesses de vengeance à celles du père. Comme le père tient un bar, il ne manque pas de parler des malheurs du petit à ses clients habituels. Tout le monde y va de sa marque de sympathie. On émet des hypothèses plus ou moins étayées sur l'identité du voleur. Quelqu'un lance le nom de Gilbert T., un freluquet qui doit bien avoir dans les vingt-trois ans et dont on ne sait pas trop d'où il tire son argent... Un long silence suit cette affirmation. Effectivement, quelques jours après le cambriolage, tout le monde, dans la petite communauté, peut constater que Gilbert semble avoir gagné le gros lot. On le voit qui se promène avec une garde-robe flambant neuve. De quoi réfléchir...

Les gendarmes, sur la foi des racontars, ne se privent pas d'aller interroger Gilbert sur son emploi du temps, sur ses revenus, sur sa nouvelle garde-robe. Gilbert, qui vit avec sa maman dans un appartement spacieux et gentiment meublé, donne des réponses satisfaisantes. On ne peut donc rien lui reprocher. On le laisse en paix... Ça agace Roland, Michael, Nadia et leurs amis. Parmi ces amis il y a, dans le genre « gros bras », Sébastien C., vingt-huit ans, sans profession mais propriétaire d'une carrure de rugbyman, Carlo F., vingt-trois ans, videur dans une discothèque, et son jeune frère Paco, vingt-deux ans, plâtrier... L'alcool aidant, tout ce petit monde s'excite et prend des décisions. A chaque fois que Michael croise son « cambrioleur », les deux garçons s'apostrophent et échangent des insultes. Un jour, excédé, Gilbert crache au visage de Michael.

C'est alors que toute l'équipe des amis de Roland décide de harceler Gilbert, de le suivre partout, jour et nuit, de lui ôter sa joie de vivre, de le faire craquer, de lui faire avouer son forfait. Malgré leur équipement de C.B. qui leur permet de se relayer pour leurs filatures, les résultats sont décevants. Gilbert, loin de se laisser démonter, nargue sa « victime » et ses amis. Il arbore en toutes circonstances un petit sourire narquois qui leur tape sur les nerfs. Il réplique par des insultes aux menaces du groupe. Il interpelle même les « gens du bar » du plus loin qu'il les aperçoit. Il leur fait quelques bras d'honneur extrêmement vexants.

Roland, au bout du compte, revient chez les gendarmes pour leur enjoindre de mettre Gilbert sous les verrous, mais ceux-ci répondent qu'ils ne possèdent aucun élément pour ce faire, que l'enquête continue et qu'il faut attendre des résultats plus concrets.

Alors, Roland, dont la moustache change presque de couleur sous l'effet de la colère, décide et annonce que « puisque c'est comme ça, il va se charger lui-même » du travail.

Ce soir-là, la maman de Gilbert, au moment où il

annonce « qu'il va faire un tour » avec son AX, se montre plus inquiète que d'habitude. « Qu'il fasse bien attention, qu'il ne rentre pas trop tard. » Il l'embrasse et sort en sifflotant pour aller rejoindre sa petite amie. Mais il ne va pas loin dans ses projets : à peine est-il dehors dans la nuit d'été, à peine a-t-il introduit sa clé dans la portière de sa voiture qu'il se sent entouré de présences menaçantes. Il reconnaît tout de suite Roland, Nadia, petite blonde bien roulée mais pas moins inquiétante, et les frères F. et Sébastien le balèze. Tout ça fait trop de monde pour résister. Les autres lui intiment l'ordre de monter dans leur Renault. Gilbert prend peur, mais obéit en protestant à nouveau de sa bonne foi, sans bras d'honneur évidemment.

La voiture chargée à craquer s'éloigne de quelques kilomètres. Arrivés dans un endroit désert de la montagne, les amis du bar obligent Gilbert à descendre, le bousculent et lui répètent sans cesse la même affirmation désobligeante : « Avoue que c'est toi qui as cambriolé Michael. » Gilbert n'avoue pas : « Mais puisque je vous dis que je n'y suis pour rien. » Le cercle des ennemis se rétrécit : de plus en plus menaçant. Sébastien, qui a plus de muscles que de cervelle, a alors une idée géniale. Il va dans la voiture chercher un bidon d'essence, l'ouvre et en asperge complètement Gilbert. Puis l'interrogatoire reprend. Gilbert, comprenant le danger, terrorisé, persiste à nier le forfait qu'on lui reproche. Sébastien, suivant son idée, sort son briquet, l'allume et le promène tout près de Gilbert que les autres entourent et maintiennent. De plus en plus près.

Trop près sans doute car, soudain, d'un seul coup, surprenant de toute évidence la bande d'imbéciles, Gilbert s'enflamme comme une torche. De la tête aux pieds. Il hurle. On ne distingue déjà plus son visage, ou ce qu'il en reste, derrière les flammes. Sébastien, l'homme au briquet, mû par l'horreur de son geste, se rue sur Gilbert, lui arrache ses vêtements qui viennent avec la peau, essaie d'étouffer les flammes, se roule au sol avec sa victime. Les autres, ramassant du sable par terre avec leurs mains nues, tentent d'éteindre les flammes. Ils y parviennent enfin et, une fois le feu éteint, continuent leur interrogatoire : « Avoue que c'est toi qui as cambriolé Michael ! », comme s'ils étaient inconscients de l'horreur de leur acte. Gilbert supplie qu'on l'emmène à l'hôpital. Il ne répond plus aux questions, la douleur monte en lui par longues saccades de toutes ses plaies à vif.

Roland et les autres l'entraînent vers la Renault qui démarre en trombe. En quelques minutes ils parviennent, non pas à l'hôpital, mais à l'AX qui stationne non loin de chez lui, et l'abandonnent là. Gilbert s'installe au volant de son propre véhicule et, on se demande comment, parvient à démarrer.

C'est avec effarement que le service d'accueil de la clinique privée du Bon Secours voit, quelques minutes plus tard, un homme dont la chair est à vif, seulement vêtu de son caleçon et de ses chaussettes. Il peut simplement articuler : « Ils sont fous, ils m'ont arrosé d'essence » et tomber évanoui.

Aujourd'hui à Lyon, dans le service des grands brûlés, il est maintenu dans un « coma médical » qui, espérons-le, lui permet de ne plus ressentir l'intolérable souffrance de ses brûlures qui couvrent quatre-vingts pour cent de son corps. Roland, Nadia et les autres, ayant renoncé à leurs « méthodes personnelles », sont derrière les barreaux.

Père à double face

Dans la banlieue de Paris, Karine est avec son père, dans le jardin de la villa. Ils jardinent gentiment. Lui a bonne réputation dans le quartier, elle a bonne réputation dans son établissement scolaire, un des meilleurs de la cité : douce, calme, appliquée, une charmante élève et une bonne camarade. Lui, un ingénieur informaticien, est un homme gentil, doux... Ils jardinent tous les deux et les voisins les regardent avec sympathie. Quel dommage ! La mère est partie, voilà déjà plusieurs années, pour suivre un amant. Peut-être avait-elle de bonnes raisons pour ça. Toujours est-il qu'elle n'est pas revenue et la famille s'est trouvée brisée. En partant elle dit à Karine, qui a alors quatorze ans : « Ecoute, reste avec lui. Il est malheureux. » Puis elle s'en va, comme guidée par le destin d'une tragédie antique vers un autre homme qui lui assure seuls les dieux savent quoi...

Karine aime sa mère. Elle aime son père et, une fois qu'ils se retrouvent seuls, elle s'applique à remplacer du mieux qu'elle peut la maman partie. Elle prépare les repas, attend le retour du père, fait les courses, console le pauvre cocu. Elle n'est pas la première dans l'histoire des familles à remplir cette mission. La famille, au bout de quelques mois, s'inquiète un peu : Karine a les traits tirés. La grand-mère, qui vient aider au repassage, les tantes, maternelle et paternelle, admirent la petite mais lui conseillent d'en faire « un peu moins ». On ne peut pas être bonne écolière et en même temps assumer toutes les charges ménagères d'une maison... On ne peut pas, le dimanche, tenir compagnie, même au plus gentil des papas, en jardinant avec lui sous le ciel de l'Ile-de-France.

Mais Adrien, le père, adore sa fille. « Le seul bien qui lui reste, comme dirait Racine, des jours anciens. » Il l'aime tendrement. L'été, il l'emmène dans leur jolie villa des bords de la Méditerranée. L'hiver, il lui offre tout ce qu'elle veut dans la mesure de ses moyens. Karine ne demande pas la lune. D'ailleurs, plus les mois passent, moins elle a envie de demander quoi que ce soit à ce père, si affectueux... Si différent en fait de ce qu'il semble être... La cousine Martine, pourtant, jalouse un peu Karine. Combien de filles ne rêvent-elles pas de posséder leur père rien que pour elles, d'être seules à la maison avec lui... Combien n'ont pas rêvé de l'absence définitive de leur mère « chérie »... Mais la réalité n'a pas toujours les couleurs idylliques du fantasme.

A l'époque des quatorze ans de Karine, Adrien, conscient (ou inconscient) des réalités de la vie, se donne un peu de courage en avalant quelques verres supplémentaires de vin au moment du repas du soir, préparé gentiment par la petite. Puis il s'assied sur le canapé du living-room et lui déclare, la voix un peu pâteuse : « Viens t'asseoir à côté de moi, il faut que je te parle, il faut qu'on parle un peu des réalités de la vie, tu as l'âge maintenant. Si ta mère n'était pas partie, c'est elle qui devrait te dire ce que je vais te dire, mais puisqu'elle n'est plus là, tu vas la remplacer, non, je veux dire, je vais la remplacer... » Karine ôte son tablier de cuisine et, un peu émue, s'assied à côté de son père qui entame son discours éducatif.

Adrien choisit ce soir-là de raconter la vie, non pas dans ce qu'elle a de plus naturel et de constructif, mais dans ses aspects les plus marginaux. Il ne se lance pas dans de grands discours sur les amours des papillons ni celles des petits lapins. D'ailleurs, au jour d'aujourd'hui, il en est certain, Karine doit en savoir assez sur la vie sexuelle des mammifères supérieurs. Même dans les institutions les plus huppées, les jeunes savent beaucoup de choses sur ce sujet. Non, la vie qu'Adrien fait découvrir à Karine est une vie qui est bien loin de celle des petits lapins roses.

Il y est question de liberté sexuelle, « comme celle que ta mère a prise en allant refaire sa vie avec son amant ». Il y est question de couples « modernes » qui n'hésitent pas à mettre un peu de piquant dans leur existence en « échangeant » leur conjoint pour une soirée, une nuit ou plus. Il parle des « portes de Paris » où l'on peut d'un coup de voiture « trouver chaussure à son pied ». Il parle des besoins sexuels d'un homme normalement constitué, d'un homme que sa femme a abandonné depuis de longs mois. Il parle de la prostitution, qu'il réprouve. Il parle, il parle. Karine en a les larmes aux yeux. Elle ne sait ce qu'elle doit comprendre. Elle monte se coucher dans sa chambre décorée d'images enfantines comme celle de milliers de jeunes filles bourgeoises choyées par leur papa...

Est-ce ce soir-là ? Est-ce un autre ? Toujours est-il qu'une nuit, Adrien, une fois sa fille chérie couchée, monte jusqu'à sa chambre. Il s'assied sur le bord du lit et commence à embrasser la petite. Sans méfiance, elle se laisse aller à la douce étreinte paternelle, celle qui manquera pour toujours à tant d'enfants perdus. Mais soudain la main paternelle devient moins paternelle. Elle glisse vers la poitrine naissante de Karine qui rougit, tout étonnée de ce geste. Puis la main glisse sur les cuisses de l'adolescente qui, choquée, se dit que son père ne devrait jamais boire le soir. La main saisit le bas de la chemise de nuit, remonte le vêtement tout en poursuivant l'inquiétante caresse qui n'a plus rien de paternel... Mauvais soir...

Une autre fois, Karine, sortant de la cuisine où elle vient de faire la vaisselle, découvre son père entièrement nu. Comme le « naturisme » ne fait pas partie du programme éducatif auquel elle est habituée, Karine ouvre de grands yeux, ne sachant ni que dire ni que faire. Elle court se réfugier dans sa chambre.

Un autre soir elle découvre son père plongé dans un livre. Un coup d'œil à la couverture suffirait à définir la littérature dont il se repaît. Mais Karine ne voit pas la couverture : elle ne voit que la main de son père, que son pantalon largement ouvert, elle voit le mouvement de va-et-vient et comprend qu'il se donne du plaisir. Pourquoi est-il justement installé au milieu du salon, un endroit où elle ne peut manquer de le voir ? Pourquoi ? Déjà son père, avec un drôle de regard, a refermé sa braguette. Est-ce encore son père ? Karine se pose la question en courant se réfugier dans sa chambre. Qui est cet homme, ce maniaque sexuel qui bouleverse toutes les valeurs de notre société ?...

Adrien est déjà dans la chambre, il l'enlace, d'un geste tendre, comme plein de regrets, comme s'il demandait pardon. Karine, le souffle court, est prise entre deux pulsions : l'enlacer pour lui dire qu'elle est sa petite fille, qu'elle l'aime, qu'elle lui pardonne ce moment de folie ; et le repousser violemment avant d'aller vomir... Mais Adrien, lui, n'a plus qu'un seul visage. Ses mains, de douces, se sont faites violentes. Karine pleure, supplie. Rien n'y fait. Au bout d'interminables minutes l'irréparable est accompli... Karine est marquée à jamais. A jamais dégoûtée de ce qui, en d'autres circonstances, aurait dû, avec un autre, être un moment de bonheur...

Mais, hélas ! ce moment répugnant est suivi de bien d'autres. Avec des variations dans le scénario, mais toujours la même conclusion. Parfois Adrien, pour emporter la « décision » de Karine, joue le grand jeu. Il va chercher la carabine qui repose dans un placard. Il en appuie le canon sur sa tempe et hurle : « Si tu refuses, je me tue. » Karine ne veut pas que son cher papa, celui qui jardine gentiment le dimanche, disparaisse de sa vie... Elle accepte l'inacceptable en pleurant.

Parfois, pour résister avec ses faibles forces, l'innocente, en larmes, se couche sur le ventre, pour protéger sa poitrine de caresses qui lui font horreur. Le remède est pire que le mal. Son père, que rien n'arrête, la sodomise... Une autre fois, il lui impose de regarder en sa compagnie une vidéocassette pornographique qui montre un homme d'âge mûr dans ses ébats avec une presque adolescente. Adrien commente et précise qu'il s'agit d'un « père et de sa fille ». Karine, les yeux pleins de larmes, sait ce qui l'attend. A présent, lorsqu'elle fait les courses, elle évite d'acheter des saucissons car elle sait ce que son père est capable d'en faire...

Lorsqu'elle regagne l'école le lendemain, personne ne comprend son air hagard, ses mauvais résultats scolaires. Ecrasée par la honte, Karine ne pense pas pouvoir en parler à qui que ce soit. La situation est irréversible.

Pourtant, quand il a assouvi son désir bestial, Adrien redevient le tendre père, celui que seul Karine voudrait connaître. Elle passe son CAP d'esthéticienne. Il lui offre des leçons de conduite automobile. C'est Emmanuel, le moniteur, qui va bouleverser la vie saccagée de Karine. Il est joli garçon, patient, séduisant. Il fait bientôt une cour discrète à Karine. Enfin elle a une épaule sur laquelle s'appuyer. Mais elle reste bloquée. Aucune confidence, même après des mois. Les deux jeunes gens, en dehors des leçons, continuent à se fréquenter. Karine, douce et comme refermée sur elle-même, n'accepte qu'après de longues hésitations un baiser pourtant chaste d'Emmanuel.

A la maison, Adrien, suivant le rythme infernal de ses pulsions sexuelles, continue ses sévices. Parfois la carabine menace Karine. « Si tu refuses, je te tue ! », parfois il mime sa propre mort. Toujours Karine cède, éperdue... Un soir, après avoir subi les violences sexuelles de son « papa », après avoir vécu une fois de plus le sketch « prémonitoire » de la carabine sur la tempe, après avoir, une fois de plus, entendu son père lui dire : « C'est la dernière fois que je te fais ça », Karine, hébétée, comme un zombie, saisit la carabine.

Elle avance jusqu'à la chambre où, déjà, Adrien, assommé par le vin et le sexe, est endormi. Elle appuie la carabine contre la tempe de son père, comme elle l'a vu faire de nombreuses fois... Voilà huit ans qu'elle doit subir ce martyre, il faut que ça cesse. Elle appuie. Adrien s'en va rejoindre le lieu où, peut-être, on rend des comptes...

La police trouvera Karine, en pyjama, assise devant la villa dont les fenêtres brillent dans la nuit. Elle explique, comme dans un rêve, qu'il y a eu un coup de feu, que son père ne bouge plus. On aura tôt fait de dénouer l'écheveau naïf de son histoire, des tiroirs renversés comme par un cambrioleur. Karine est conduite en prison. La « parricide » est prise en charge. On interroge la famille effarée, la grand-mère horrifiée, les tantes bouleversées, Emmanuel tout étonné.

Mais aujourd'hui, après avoir abandonné toute activité professionnelle, Karine qui comparaît, menottes aux mains, devant un tribunal, Karine qui, entre-temps, a appris que, selon la loi française, le « parricide » est « inexcusable », doit revivre toute sa triste histoire. La grand-mère avoue son aveuglement, la mère regrette de lui avoir simplement demandé, lorsqu'elle voyait sa petite fille : « Ça va ? », sans vraiment écouter la réponse. La tante maternelle s'évanouit en pensant à son manque d'intuition.

La tante paternelle, munie d'un avocat, essaie de défendre la mémoire d'Adrien, son frère. De plus elle s'est portée partie civile, car, selon le Code, sa nièce, la « parricide », ne peut hériter de la villa fleurie des environs de Paris, pas plus que de celle des bords de la Méditerranée. Mais la mémoire d'Adrien, le violeur au saucisson, est encore plus entachée lorsque Mélanie, une amie de Karine, plus jeune encore qu'elle, révèle qu'à l'occasion d'une visite chez Karine, Adrien, à sa grande surprise, a commencé à se déshabiller devant elle. Une autre fois il la poursuit et elle doit prendre la fuite, sautant par-dessus le portail de la villa fleurie pour rejoindre la rue... A partir de ce jour, il la guette, l'attend à la sortie des cours...

Le réquisitoire est clément. Tout le monde sait bien qui est le vrai coupable, qui est la vraie victime. Karine est acquittée. Au fond de la salle, ses camarades de classe applaudissent bruyamment. On les rappelle à l'ordre sèchement.

La visiteuse

Février 1987. A trois kilomètres de Bruges, la vieille cité médiévale aux somptueuses couleurs ocre et rouge, un village charmant et vieillot nommé Zedelgem. Une jeune femme de trente ans, mince, roule à vélo, un petit carton dans son porte-bagages. Jolie comme le serait un oiseau. Un grand front, surmonté de cheveux courts noirs et drus, un long nez, des pommettes creuses, un regard doux et candide. Françoise roule vivement, ses longues mains aux doigts fins bleuies par le froid d'hiver.

Françoise est employée dans une association de la ville, Aide aux familles. Son mari travaille en usine. Ils sont mariés depuis onze ans, sans enfants ; leurs deux salaires sont corrects, ils habitent une jolie maison à Zedelgem et possèdent une BMW jaune d'or.

Mais Françoise roule à vélo. Et, en ce 23 février 1987,

en quittant son mari, elle a dit : « J'ai des visites à faire, pour les vieux.

— Prends la voiture, il fait froid.

— Non, je préfère le vélo ! »

Patrick a regardé sa femme avec inquiétude. Le ton est agressif, les traits tendus. Depuis quelques jours, il ne peut dire un mot sans qu'elle l'envoie sur les roses. On dirait que quelque chose la tourmente. Mais elle n'en parle pas. Et il n'ose pas pousser plus loin. Après onze ans de mariage, une crise est toujours possible. Et il connaît bien sa femme, justement. L'image du couple tranquillement heureux qu'il donne à l'extérieur est faite de silences, de non-dits. Françoise a eu beaucoup de dépressions nerveuses en onze ans, le tiroir de sa table de nuit est le royaume des médicaments : somnifères, tranquillisants, antidépresseurs...

Patrick l'a regardée partir en soupirant. Que pourrait-il faire pour elle ? Comment l'aider à vivre, comment effacer ce sourire triste qu'elle affiche toujours ? Françoise se donne à fond dans son métier d'assistante sociale. Personne ne l'oblige, un soir de février, à courir les routes pour visiter les personnes âgées, après son travail. Elle s'investit trop.

Françoise arrête son vélo devant une petite maison, l'appuie contre le portail et sonne. Ici vit Emma Coob, quatre-vingt-trois ans, veuve, et solitaire. Il est sept heures du soir, on n'y voit goutte.

Emma tire le rideau, inspecte avec méfiance cette jeune femme frileusement enveloppée dans son anorak, voit le vélo et se décide à ouvrir sa porte. « Qu'est-ce que c'est ? » Emma n'a pas très bon caractère. Au fond, les visites l'embêtent.

La voix douce de Françoise, un peu voilée par le froid, explique gentiment : « Je suis assistante sociale, je travaille pour l'association Aide aux familles.

— Et alors ?

— Je viens visiter les personnes âgées, leur proposer l'aide de la commune. Je peux entrer ? »

Emma grommelle que la visiteuse peut entrer et qu'elle peut ranger son vélo dans la cour si elle ne veut pas qu'on le lui vole. On vole tout de nos jours. Ah, quelle époque !

Françoise s'installe devant la petite table de la salle à manger, recouverte d'une nappe en plastique, et pose un joli savon devant Emma. « C'est pour vous !

— J'ai pas besoin de savon ! Pourquoi vous me donnez ça ? Ça coûte, le savon parfumé comme ça !

— J'en donne à toutes les personnes âgées de la région. Et ça aussi. Vous voulez goûter ?

— Un yaourt ? Qu'est-ce que vous voulez que j'en fasse ? Si je voulais un yaourt, j'irais me l'acheter, j'ai les moyens. Mais j'aime pas les yaourts ! Et d'abord, j'ai fini de dîner !

— Goûtez-le au moins ! Si le produit vous plaît, nous vous en ferons parvenir tous les mois gratuitement.

— J'ai pas besoin d'aumône, et j'aime pas les yaourts. »

Bon. La vieille dame a l'air courroucée, Françoise range ses cadeaux dans son carton et s'en va. Emma la suit des yeux derrière son rideau, toujours méfiante. Cette manie des services sociaux de considérer les vieux comme des pauvres, ça l'agace. Elle est fière, Emma. Sa retraite ne va pas loin, mais un yaourt, tout de même !

Françoise disparaît dans la nuit sur son vélo, dans le brouillard froid du soir. Une dizaine de minutes plus tard, elle s'arrête devant un petit café dont les volets clos disent qu'il est en train de fermer.

Jaira et Paula, les deux sœurs propriétaires de ce bistrot, n'ont que ce revenu pour vivre, et pour vivre il faut travailler, même à quatre-vingt-six ans et soixante-dix-neuf ans. Et c'est dur de tirer les volets le soir.

Françoise cale son vélo et pénètre *in extremis* dans le café, où Jaira et Paula astiquent le zinc et rangent les chaises. Aimables sourires accueillants. « Qu'est-ce qu'elle veut la petite dame ? On va fermer, vous savez ? »

Françoise sort les yaourts de son sac et explique sa mission ; Jaira va chercher deux petites cuillères à café, et Paula, gourmande, goûte avec délice le petit pot tout blanc. Jaira se dépêche de la rattraper.

Ni l'une ni l'autre n'a le loisir de demander si ce goût

un peu étrange est de la vanille, quelle est la marque du petit pot. En cinq minutes elles sont prises de vertiges, les yeux se révulsent, et le coma est immédiat. Jaira s'écroule sur une table, Paula s'effondre à terre.

Alors très vite, Françoise regarde autour d'elle ; nerveuse, les mains tremblantes, elle se précipite derrière le comptoir, ouvre le tiroir-caisse, rafle les billets sans même les compter. Il y en a pour soixante mille francs belges, environ dix mille francs français. Elle sort du café en courant, saute sur son vélo et disparaît dans la nuit glaciale.

La nuit du 23 au 24 février, Françoise dort mal aux côtés de son mari. Malgré les cachets, elle est agitée. Elle n'a presque rien avalé au dîner, et Patrick s'inquiète. Elle n'a jamais été agressive de cette manière-là. D'habitude, Françoise est triste, douce et parle peu. Mais, en rentrant ce soir, elle a fait claquer les assiettes dans la cuisine, sorti la poubelle en rageant et, lorsque Patrick lui a demandé gentiment : « Mauvaise journée ? », elle a rétorqué : « Pourquoi ? Ça t'intéresse ? »

Le lendemain matin, à l'hôpital de Bruges, Jaira meurt sans être sortie du coma, et Paula s'en tire de justesse. Dès qu'elle peut parler, elle raconte la visite étrange de la veille. Il était dix-neuf heures trente, c'était une jeune femme brune, mince, jolie, elle avait un vélo.

« Qu'est-ce qu'elle nous a fait avaler ?

— De toute évidence, un mélange mortel de somnifères et de médicaments mélangés au yaourt. »

24 février 1987, Yvonne Dannaes, quatre-vingt-sept ans, arrive en urgence à l'hôpital de Bruges, dans le coma. Chez elle on a trouvé les restes d'un pot de yaourt, on lui a volé des bricoles. Une somme modique, un petit coffret ancien... Mais Yvonne meurt le lendemain. Empoisonnée au yaourt.

25 février 1987, alerte générale. La presse raconte l'affaire, publie la description de la visiteuse au yaourt donnée par Paula, la survivante. La radio s'en mêle, et Emma Coob se retrouve en train d'expliquer à la police comment elle a échappé de justesse à l'empoisonne-

ment. « Vous voyez bien qu'il faut se méfier ! Elle n'avait pas l'air très catholique cette assistante sociale... »

Pourtant, Françoise travaille effectivement au sein d'une association catholique caritative, Aide aux familles. Mais elle n'est pas assistante sociale, et nul ne l'a chargée, bien sûr, d'aller empoisonner les vieillards avec des pots de yaourt.

Le signalement de l'empoisonneuse est diffusé régulièrement dans les journaux et à la radio, avec des appels à témoins... et à la prudence. Et la police de Bruges a une idée sur la visiteuse. Grâce à un élément.

Il existe en effet, dans les fichiers de la police, le dossier d'une ancienne infirmière déjà condamnée pour empoisonnement dans un hospice de vieillards.

La journée du 25 février est cruciale. Il faut faire vite, l'hécatombe est à craindre. On recherche Maria X activement. Son signalement correspond : âge, cheveux, silhouette. Mais l'ex-infirmière, radiée de la profession en 1980, arrêtée en 1982 pour empoisonnement, n'est pas à son domicile. La presse donne son nom, la radio aussi ; c'est la curée autour de Maria X, dont on rappelle les horreurs — tentatives d'empoisonnement sur des vieillards pour leur voler leurs économies.

Pendant ce temps, l'empoisonneuse, qui elle aussi a entendu la radio à son réveil, se dit qu'il vaut mieux abandonner la bicyclette — elle serait trop repérable. Elle prend donc la voiture et va travailler comme d'habitude. Mais elle se montre toujours aussi nerveuse et agressive. A tel point que Patrick se demande tout à coup : « Et si c'était elle, cette jeune femme dont on parle à la radio ? Mon Dieu, pourvu que ce ne soit pas ça ! Je déraille. Françoise est incapable de tuer quelqu'un. Brune, mince, à vélo... »

Le dernier communiqué de la radio diffuse à ce moment-là une nouvelle importante : « Maria X, l'ex-infirmière empoisonneuse, vient d'être localisée par la police, elle se trouvait chez sa fille, elle est en garde à vue depuis ce matin. »

Patrick a un soupir de soulagement. Il se faisait des idées...

Pendant que Maria X répond à un interrogatoire serré et ne donne comme alibi que son séjour chez sa fille puis chez sa mère, de telle heure à telle heure, ce qui ne convainc pas immédiatement les enquêteurs... l'empoisonneuse rend visite à une ancienne assistante sociale à la retraite. Andea Gekiere et Françoise sympathisent, discutent du métier, et soudain Françoise demande : « Il me faudrait un carnet d'adresses des personnes âgées de la région. Je serais plus efficace. Vous avez dû garder ça sur vous ? »

Andea adorait son métier, elle est restée en relation avec beaucoup de gens, et elle a effectivement un petit carnet noir, avec les adresses des vieillards nécessiteux de la commune. Elle hésite à peine à le confier à cette jeune femme, jolie et douce, au regard si compatissant. Françoise la remercie, et les deux femmes se disent au revoir devant la maison d'Andea. Celle-ci regarde partir la BMW couleur or, avec Françoise au volant. Elle regarde, mais dans un petit coin de sa tête, elle se dit : « Je n'aurais pas dû lui confier mon carnet. Je suis une idiote. Si jamais... »

La BMW démarre et file sur la route. Andea note instinctivement le numéro : CBA 122. Jaune d'or. On ne sait jamais...

25 février, vingt et une heures, Julien Declercq, quatre-vingt-huit ans, assis dans son fauteuil devant la télévision, rajuste ses bretelles pour aller ouvrir la porte. Il ôte sa casquette, et salue la jeune et jolie dame dont la voiture est garée devant chez lui.

Il a déjà dîné, Julien, mais une visite avec un petit yaourt et un sourire gratuits, c'est sympathique.

Il engloutit le yaourt avec bonne humeur, trente-six chandelles l'illuminent, et il retombe inanimé dans son fauteuil.

La visiteuse s'empare de deux chandeliers anciens et disparaît.

Nuit du 25 au 26 février 1987. Françoise avale des barbituriques et s'endort aux côtés de son époux, bouche close, visage fermé sur sa souffrance.

Pendant ce temps, Andea Gekiere, l'ancienne assistante sociale, tourne en rond dans son salon. Elle a entendu les nouvelles à la radio. On a arrêté une certaine Maria X, mais voilà, ce soir au journal de vingt heures, il est dit que Maria X a un alibi, qu'elle a justifié tous ses déplacements, et il n'est dit nulle part qu'elle roule en BMW jaune d'or.

Andea ne dort pas de la nuit et, au petit matin, elle saute sur son téléphone pour raconter son histoire à un ami. « Appelle la police immédiatement ! »

26 février, la police de Bruges enregistre l'appel d'Andea et la convoque au commissariat pour prendre sa déposition.

Vendredi 27 février. Françoise range la voiture devant chez elle. Son mari l'attend pour dîner. Il est tard, l'alerte a été donnée dans toute la région ; il est conseillé de se méfier d'une jeune femme brune aux cheveux courts, mince, vêtue d'un anorak et proposant des yaourts empoisonnés aux vieillards. Tout le monde a dû fermer sa porte. Et d'ailleurs, elle n'a plus de yaourts.

Ce qui reste de sa décoction mortelle est dans un laboratoire de la police, où l'on a raclé le fond des petits pots pour analyser plus précisément le dosage et les différents composants utilisés.

Dîner plutôt coincé devant la télévision. Patrick se demande ce qu'il pourrait proposer comme détente à sa femme pour le week-end. Elle a les yeux cernés, le teint gris, on la dirait plus maigre, plus agressive que jamais. Même sans lui parler, il devine la tension nerveuse qui la tient debout. Il la regarde avaler ses médicaments, aller se coucher, et il reste seul, à écouter et à regarder le monde, auquel Françoise ne s'intéresse pas. Le sida, le Liban, le vote en Angleterre pour l'ordination des femmes...

28 février, dernier jour du mois, un samedi comme les autres. La radio annonce, dans la cuisine où Françoise et Patrick prennent leur petit déjeuner, qu'un vieux monsieur de quatre-vingt-huit ans, Julien Declercq, a été sauvé de la mort, *in extremis*, par son fils venu lui rendre visite inopinément. Il a découvert son père dans le coma, le vieillard a été transporté à l'hôpital de Bruges. Julien

Declercq s'en sortira, il a été victime de la visiteuse aux yaourts, qui sème la terreur dans la région depuis quelques jours ; à ce sujet, le journaliste rappelle que Maria X, ex-infirmière, est toujours retenue dans les locaux de la police et que la psychose créée par cette série d'empoisonnements devrait bientôt prendre fin, grâce au témoignage d'une personne dont la déclaration est en cours de vérification.

Dimanche 1er mars. La même radio annonce la libération de Maria X, apparemment lavée de tout soupçon malgré son lourd passé d'empoisonneuse. Maria X n'a pas souhaité faire de déclaration à la presse, l'enquête reprend à zéro, la prudence est plus que jamais conseillée aux personnes âgées et seules ; il leur est recommandé de boucler leur porte et de ne laisser entrer chez eux aucune personne se présentant comme assistante sociale.

Lundi 2 mars, quatorze heures. Dans la gentille petite maison de Françoise et Patrick, le déjeuner est fini. Françoise fait la vaisselle rapidement. Patrick s'apprête à repartir à l'usine.

Une voiture de police s'arrête devant chez eux, on sonne, un officier demande poliment : « Vous êtes M. Patrick C. ?

— Oui.

— La BMW jaune immatriculée CBA 122 est à vous ?

— Oui.

— Votre femme est-elle chez vous ?

— Oui.

— Veuillez nous suivre, s'il vous plaît. »

Patrick se sent glacé. Il regarde Françoise, sa femme depuis onze ans, sans oser lui demander : « C'est toi ? » Il espère encore. Après tout, la police doit se renseigner auprès de tous les travailleurs sociaux de sexe féminin, âgés d'une trentaine d'années et circulant dans la région.

Françoise avoue au bout de trois heures d'interrogatoire. A bout de nerfs et de résistance. « Je ne voulais pas leur faire de mal, seulement les endormir.

— Pour les voler ?

— Oui.

— Vous avez besoin d'argent ?
— Non... mais...
— Votre mari n'est pas au chômage, vous non plus, alors pourquoi ?
— Je ne sais pas. Pour les voler. Mais je vous jure que je ne voulais faire mourir personne. »

Un éminent spécialiste de Gand a procédé à une expertise psychiatrique de Françoise avant sa comparution devant le tribunal correctionnel pour empoisonnements mortels et tentatives d'empoisonnement. Deux morts et trois rescapés.

Pourquoi un tribunal correctionnel et non pas les assises ? Parce que Françoise est quelqu'un de particulier. Ce n'est pas une meurtrière. Elle n'avait pas l'intention de tuer, mais de voler. Françoise est victime de pulsions irrépressibles s'apparentant à la cleptomanie. Elle vole sans pouvoir résister à ces pulsions, malgré une lutte terrible et anxieuse avec sa conscience morale. La psychanalyse explique que dans l'objet volé est investie symboliquement une grande valeur érotique, le vol signifiant alors la réparation d'un deuil, d'une séparation, d'un conflit dont souffre le patient.

Mariée depuis onze ans, Françoise a dû expliquer au psychiatre qu'elle était toujours vierge. Qu'elle vivait un enfer, toujours entre deux dépressions, sans parvenir à résoudre son problème.

Elle s'est mariée à dix-neuf ans, elle en a trente lorsqu'elle comparaît devant le tribunal correctionnel. Tête basse, serrant ses longues mains fines et maigres contre son ventre, tirant sur les bords de son manteau comme si elle voulait protéger son corps des regards, protéger sa vie intime devant les juges, elle ressemble à un oiseau blessé. Absence de désir et de plaisir sexuels, refus du devoir conjugal, cela s'appelle « anaphrodisie ». Cette frigidité primaire, relativement courante chez la jeune fille, ne dure pas, en principe. Mais lorsqu'elle dure, lorsqu'il s'agit d'une névrose de type angoisse de castration, fixation œdipienne sur le père ou homosexualité inconsciente, la femme consulte rarement un médecin. Elle s'enferme dans son problème et la frustration, un jour ou l'autre, fait naître une pulsion irrésistible.

Si Françoise avait volé n'importe quoi dans un grand magasin, elle aurait payé seule le prix de cette pulsion irrésistible. Mais elle travaillait dans le social, elle a choisi de piller au hasard des personnes âgées. Les endormir, ce n'était pas si grave...

Deux morts. Avec sa potion infernale, Françoise a quand même provoqué la mort de deux personnes âgées et naïves. Elle avait tout simplement oublié que des somnifères à hautes doses pouvaient tuer des organismes usés.

Le procureur réclame dix ans de prison, le juge lui en accorde sept.

Patrick a perdu sa femme. Mais était-ce une femme pour lui depuis onze ans ?

Il faut tuer mon fils !

18 septembre 1993. Dans la rue Goethe, à Francfort, le docteur Goebler, neurochirurchien, grand spécialiste et professeur à la faculté, s'apprête à monter dans sa luxueuse voiture. Il est huit heures du soir. C'est alors que quelqu'un le prend par le bras. Il se retourne et découvre une femme élégante d'une cinquantaine d'années. Elle s'adresse à lui à voix basse, d'un ton anxieux :

« Docteur, il faut absolument que je vous parle. Il s'agit d'un cas grave. »

Le docteur Goebler dévisage la femme qui fait des gestes nerveux. Il lui répond sèchement :

« Eh bien, allez à ma consultation à l'hôpital.

— Il ne s'agit pas de moi, docteur, je ne suis pas malade. »

Ouvrant la porte de son cabriolet, le docteur rétorque d'une voix tout aussi sèche :

« Je crois bien que si. »

La dame élégante s'agite de plus en plus. Elle sort des coupures de journaux de son sac à main.

« Je m'appelle Ingrid V., docteur. C'est de mon fils qu'il s'agit. Je n'ai pas voulu aller à votre consultation. Il ne faut pas qu'on sache. »

Malgré lui, le docteur Goebler prend les coupures que Mme V. lui met dans les mains. Il lit : « Attaque d'un pompiste à main armée », « Un chauffeur de taxi attaqué en pleine ville », « Incendie criminel dans la banlieue Ouest »...

Le docteur n'a même pas le temps de réagir, la femme lui parle avec un débit précipité

« Tout ça s'est produit dans notre quartier. Tout ça c'est lui. Il n'est pas responsable. Il ne sait pas ce qu'il fait... J'ai eu un accouchement difficile après terme, avec forceps. Mathias a toujours été un enfant fragile. A huit ans il avait des vertiges. A onze ans, des crampes épouvantables. Les médecins que j'ai consultés m'ont dit que c'était la croissance. C'est à partir de quinze qu'il a eu des maux de tête et des absences. Je l'ai fait opérer du crâne, mais on n'a rien trouvé. Et depuis c'est de pis en pis. Il a vingt et un ans maintenant. Il est très brillant dans ses études... Il fait de la philosophie. »

Le docteur Goebler essaye de mettre fin à ce torrent de paroles.

« Ecoutez, madame, le cas de votre fils m'intéresse effectivement. Il n'a qu'à venir à ma consultation. »

Mais Ingrid V. l'interrompt :

« Vous ne comprenez donc pas ? Mathias est un danger pour lui-même et pour les autres. J'ai réussi à cacher son état à son père... Mon mari est banquier, un homme important. Il n'aurait jamais admis... J'ai installé Mathias dans une petite maison pas loin de chez nous. J'y passe tous les matins. Quand il a eu sa crise la nuit avant, je le retrouve tout habillé sur son lit, les vêtements déchirés, quelquefois blessé. Par terre il y a de l'argent, des portefeuilles et quand je lui demande ce qui s'est passé, il ne se souvient de rien. »

Mme V. regarde le professeur d'un air implorant.

« Et puis après, je lis les faits divers dans le journal. Il faut que vous fassiez quelque chose, docteur ! Tout de suite. Ses crises sont de plus en plus fréquentes. Et si un jour je le retrouvais le matin avec du sang sur les mains et si j'apprenais le même jour que quelqu'un a été assassiné dans le quartier ? »

Le docteur Goebler regarde la femme, qui s'est enfin tue. Des malades, des mythomanes, des excités en tout genre, il en a vu en près de trente ans de carrière. Pourtant, il a une certitude : cette femme n'est pas malade. Elle dit la vérité, une vérité particulièrement grave.

Il ouvre la portière du passager et dit simplement : « Montez. Je vais l'examiner... »

Peu après, ils sont devant un petit pavillon d'une rue tranquille de Francfort. Mme V. a la clé. Elle entre. Mathias est dans la pièce du rez-de-chaussée, penché sur un livre de philosophie. Il se lève en voyant le docteur et le dévisage d'un regard interrogateur, sans hostilité. Il est plutôt frêle de corps, mais son visage a quelque chose de marquant, d'attachant même. Il est empreint à la fois d'intelligence et de douceur.

En quelques mots sa mère le met au courant de sa démarche et le docteur Goebler commence à l'interroger :

« Mathias, je suis ici pour vous aider, mais il faut tout me dire. »

Mathias V. a parfaitement compris et il commence son récit d'une voix posée, douce :

« Cela me prend le soir avant de me coucher... C'est une brusque impulsion, comme une envie de faire du mal, de détruire. A partir de ce moment-là, tout s'arrête. Et je me retrouve le lendemain matin tout habillé sur mon lit. Alors c'est affreux : quelquefois mes vêtements sont déchirés, quelquefois il y a des objets que je ne connais pas, dans la pièce... Je fais l'inventaire de mes poches et j'y trouve des billets de banque, des portefeuilles. Quand il y a des papiers d'identité, je les renvoie par la poste, mais c'est rarement le cas. Je répartis l'argent comme je peux, mais cela ne correspond pas forcément...

— Vous n'avez vraiment aucun souvenir ?

— Aucun.

— Dans les articles, on parle d'attaques à main armée. Avez-vous une arme ? »

Cette fois le jeune homme s'agite, il se prend la tête dans les mains.

« Oui. Je sais qu'il s'agit d'attaques à main armée, avec un revolver. Mais je ne sais pas où il est. J'ai fouillé dans toute la maison et je n'ai rien trouvé. Je dois le cacher quelque part dehors. Dès que la crise commence, le souvenir de la cachette doit me revenir et je vais directement le chercher. Mais le matin, lorsque je me réveille, je ne me souviens plus, je vous le jure, plus de rien...

— Je vous crois, c'est tout à fait vraisemblable dans votre cas. Calmez-vous. »

Mais Mathias V. ne se calme pas, bien au contraire. Il a un regard halluciné :

« Avant-hier, docteur, j'ai trouvé dans ma poche un morceau de corsage de femme. Heureusement, il n'y avait rien dans les journaux : pas question de viol ou de tentative de viol. Mais si un jour cela arrivait ? Si un matin, je me réveillais en apprenant que je suis un violeur ou un assassin ?

— Cela n'arrivera pas. A partir de maintenant, je prends les choses en main. Au besoin, je demanderai l'internement. »

Au mot « internement » Mathias V. a bondi.

« Jamais ! Je ne veux pas qu'on apprenne que je suis fou ! Je ne veux pas que mon père le sache... Non, il n'y a qu'une seule solution, je dois me tuer avant qu'il ne soit trop tard. »

Mme V., qui jusque-là était restée silencieuse, intervient :

« Oui, docteur, je vous en prie, pas d'internement ! Mon mari serait incapable de comprendre. Pour lui ce serait une catastrophe, il croirait que sa carrière, sa vie sont brisées... »

Le médecin ne répond pas, il sort de sa trousse un

appareil perfectionné. C'est un modèle encore expérimental, une sorte de scanner portatif, permettant de faire des observations d'urgence. Il peut ainsi établir rapidement son diagnostic. La pression dans le cerveau du jeune homme est le double de la normale, ce qui est énorme. Seule une opération peut être envisagée, une opération à haut risque, mais elle doit être tentée d'urgence. Sinon effectivement le malade va perdre progressivement le contrôle de lui-même jusqu'à être capable des actes les plus imprévisibles.

Tout en prenant le pouls, le docteur Goebler réfléchit... C'est aujourd'hui samedi, tout à l'heure il prendra contact avec deux de ses collègues et l'intervention pourrait se faire lundi. Avec une chance sur deux de réussite... Il arbore un sourire rassurant.

« Bien. Je pense pouvoir vous opérer rapidement et vous guérir. D'ici là, prenez ceci. »

Il sort un tube de médicament de sa trousse.

« C'est un sédatif puissant. Prenez deux comprimés le soir un peu avant l'heure où surviennent vos crises. A bientôt, monsieur V. »

Et après que Mathias et sa mère l'ont remercié avec émotion, le docteur Goebler prend congé. Rentré chez lui, il ne perd pas de temps. C'est un cas difficile et intéressant. Il téléphone à ses deux collègues avec qui il a l'intention d'opérer. L'un et l'autre sont d'accord sur la nécessité de l'intervention et pour opérer le lundi suivant.

Le docteur Goebler est satisfait, ce sera un des plus beaux cas de sa carrière. Malheureusement, il n'est pas au bout de ses soucis...

Le lendemain matin, dimanche, le téléphone sonne chez lui. Au bout du fil, une voix de femme altérée, haletante :

« Docteur, c'est Mme V., il faut que vous veniez tout de suite... »

Il y a un silence, la femme s'est tue, étranglée par l'émotion et elle continue dans un souffle :

« Docteur Goebler, je vous en supplie, tuez mon fils ! Je suis passée chez lui ce matin. Il était habillé sur son lit, il avait ses vêtements déchirés, le visage et les mains griffés. Votre somnifère n'a pas agi ou bien il ne l'a pas pris. Alors j'ai regardé dans la pièce, j'ai fouillé dans ses poches... Docteur, écoutez-moi bien : il n'y avait rien, pas un billet de banque, pas un objet. Cette fois-ci, il n'a pas volé... Vous avez lu le journal du matin, docteur ? Moi j'ai été l'acheter tout de suite. Regardez en cinquième page. Mathias n'a pas encore repris ses esprits. Je suis avec lui, je vous attends. »

Et elle raccroche.

Le docteur Goebler a bondi dans sa voiture. Après quelques centaines de mètres, il freine en catastrophe devant un kiosque. Il achète le journal, l'ouvre fébrilement à la page cinq, mais il se doute déjà de ce qu'il va lire :

« Hier soir, une jeune femme de vingt-deux ans, Anna Schmidt, a été retrouvée étranglée, dans une rue du quartier ouest de Francfort. La jeune fille sortait d'une surprise-partie et son meurtrier devait l'attendre devant l'immeuble. D'après des témoins, on aurait aperçu dans la rue un jeune homme d'une vingtaine d'années qui guettait. La police enquête. »

En fonçant dans les rues de Francfort, le docteur Goebler s'emporte contre lui-même. Il vient de commettre la plus grave faute professionnelle de sa carrière. Mathias V. était un malade dangereux. Protestation ou pas, il avait le devoir de l'interner hier soir. Il lui a fait confiance, mais on ne peut pas faire confiance à un malade : il est évident qu'il n'a pas pris son sédatif.

Le docteur Goebler pénètre en trombe dans le petit pavillon de Mathias. Le jeune homme est là, avec sa mère. Il est prostré, il ne se lève même pas. Il demande d'une voix faible :

« Ce matin, je n'avais rien dans mes poches. Pourquoi est-ce que je n'avais rien ? Maman me dit qu'il n'y avait pas d'article dans le journal... Vous l'avez lu, docteur ? C'est vrai qu'il n'y avait rien ? Pas de viol ? Pas de... »

Le docteur arbore son air le plus rassurant :

« Rien du tout, Mathias. Je suis simplement venu vous

chercher. Je vais vous opérer demain, mais avant, je vais vous faire une piqûre. »

Le docteur Goebler sort sa seringue de sa trousse et brise une ampoule... Mme V. sort de la pièce.

Lorsqu'elle revient, une minute plus tard, Mathias est en train de s'assoupir. Ingrid V. est d'une pâleur mortelle, mais sa voix ne tremble pas.

« Merci docteur. Vous avez bien fait... »

Le docteur Goebler hausse les épaules :

« Je n'ai pas tué votre fils, je suis médecin et pas bourreau. Il s'agit d'une piqûre de neuroleptique, destinée à le neutraliser. Je ne veux pas qu'il commette d'autres bêtises avant l'opération. Je vais appeler une ambulance pour le conduire à l'hôpital. »

Mme V. a repris brusquement ses couleurs et elle lance avec véhémence :

« Docteur, c'est un assassin ! »

Tout en décrochant le téléphone pour appeler l'ambulance, le docteur Goebler répond :

« Votre fils ne sera pas jugé, il n'était pas responsable au moment des faits. »

Mme V. s'accroche à lui :

« Mais il y a la victime, cette jeune fille, ses parents... »

Le docteur la repousse sans ménagement :

« Je suis médecin, un point c'est tout. Votre fils est un malade et je dois le guérir. »

Lundi 20 septembre 1993. A neuf heures du matin, entouré de deux confrères, le docteur Goebler, neurochirurgien, commence l'opération de Mathias V. L'examen complémentaire qu'il a pratiqué, à l'aide, cette fois, d'un scanner véritable, lui a permis de localiser le lieu de l'intervention.

L'opération est extrêmement éprouvante pour le malade. Elle doit se faire sans anesthésie avec juste une insensibilisation locale sur la peau du crâne, le cerveau, lui, étant un organe insensible. Mais pour que l'opération réussisse, à aucun moment le malade ne doit s'endormir, il faut le faire parler en permanence. Un jeune interne, qui a étudié la philosophie, commence donc à parler avec Mathias, de Descartes, de Platon...

Et tandis qu'ils échangent tous les deux des raisonnements et des opinions, le docteur Goebler entreprend son intervention qui comporte une chance sur deux de réussite ou d'échec. Il découpe dans la boîte crânienne un trou large comme une pièce de cinq francs environ. Juste en dessous, il découvre un conglomérat sanguinolent de la grosseur d'une noix. C'est le résultat de la naissance difficile de Mathias, vingt et un ans plus tôt, et de l'application des forceps. C'est cette masse sanglante qui comprimait le cerveau du jeune homme et causait ses terribles désordres de comportement.

Le reste de l'opération est difficile mais c'est une parfaite réussite. Au bout de trois heures, Mathias V., épuisé, regagne sa chambre d'hôpital. S'il n'y a pas de complication, il est sauvé...

Le docteur Goebler a informé la police le jour même. Il l'a mise au courant en même temps de l'identité de l'auteur des multiples agressions qui avaient eu lieu dans le quartier ouest de Francfort, et de son état, qui excluait formellement toute responsabilité de sa part.

Toutefois, il est resté muet sur l'assassinat de la jeune femme. Après tout il n'avait aucune preuve et les policiers étaient assez grands pour faire le rapprochement eux-mêmes...

C'est trois jours plus tard que Mathias V., qui avait parfaitement supporté l'opération, a vu arriver trois personnes dans sa chambre : sa mère, le médecin et un homme qu'il ne connaissait pas. C'est ce dernier qui a pris la parole :

« Monsieur V., je suis le lieutenant Gründ de la police de Francfort. Je viens vous annoncer que l'instruction est en cours au sujet des diverses infractions que vous avez commises. Mais rassurez-vous, le dossier médical que nous a fourni le docteur Goebler est suffisamment clair. Vous n'étiez pas responsable au moment des faits. Vous ne serez pas poursuivi. »

Le malade a écouté le policier mais cette déclaration n'a pas l'air de l'apaiser, au contraire. Il se met à s'agiter.

« Lieutenant, il faut que je vous dise : le dimanche, le jour avant mon opération, il s'est passé quelque chose... »

Le lieutenant Gründ se rapproche de lui.

« Je sais. Il s'est passé quelque chose. Une jeune femme a été étranglée pendant la nuit du samedi à dimanche. Votre mère et le docteur ont sans doute pensé que c'était vous. Mais si c'est le cas ils se sont trompés. Ce matin, l'assassin s'est constitué prisonnier. C'était le fiancé de la victime. Il a agi par jalousie. Elle voulait le quitter : nous avons vérifié ses aveux. C'était bien lui. »

Et le policier ajoute après un instant :

Vous n'avez jamais tué personne, monsieur V. »

Une grande détente apparaît brusquement sur le visage du jeune homme, mais tout de suite il reprend un air soucieux :

« Alors ces griffures que j'avais sur le visage et sur les mains, mes vêtements déchirés, c'était quoi ? »

C'est au tour du docteur Goebler de prendre la parole :

« Vous n'avez pas pris votre sédatif. La crise a dû arriver plus tôt que prévu. On peut supposer que, sachant que vous alliez être opéré, c'est-à-dire guéri, vous avez retourné votre besoin de destruction contre vous-même parce qu'il fallait qu'il s'exprime sans causer de catastrophe. C'est contre vous que vous vous êtes acharné ce soir-là et vous n'êtes sans doute pas sorti de chez vous... Bien sûr, ce n'est qu'une supposition, mais de toute manière, cela n'a aucune importance, car vous êtes guéri. Vous êtes parfaitement normal. »

Et le docteur Goebler conclut :

« Vous pouvez continuer à étudier votre philosophie, Mathias. Vous réussirez. Maintenant, votre cerveau est à vous, rien qu'à vous. »

Dans l'avion de Charleston, Caroline du Sud, à New York, un jeune homme de vingt ans regarde distraitement par le hublot. Il est seul et personne ne fait attention à lui. Il en a l'habitude : : c'est ainsi depuis qu'il est tout gosse. Ou plutôt cela n'a fait qu'empirer. Enfant, il était quelconque. Maintenant qu'il a grandi, sa disgrâce éclate au grand jour. Il est malingre, boutonneux, myope, avec d'énormes lunettes. Et puis, il y a dans toute sa personnalité quelque chose d'ingrat et de déplaisant qui met mal à l'aise.

Nous sommes le dimanche 17 novembre 1991 et Harry O'T. rentre chez lui, à V., dans l'Etat du New Jersey, pour passer en famille la fête nationale américaine, le *Thanksgiving day*. C'est normal. Le *Thanksgiving day*, qui a lieu traditionnellement le quatrième dimanche de novembre, est la fête familiale par excellence. Les Américains éparpillés dans tout le pays et même à l'étranger se retrouvent à cette occasion pour manger de la dinde et de la tarte au potiron... C'est ainsi qu'Harry va rejoindre son père Harry — dont il porte le prénom, selon une autre tradition américaine —, sa mère Mary et ses deux frères, Gerald et Bill. Mais il n'y a qu'à voir son visage fermé pour comprendre que cette perspective ne l'enchante nullement. Au contraire, elle s'apparente à un drame...

Tout au long de son enfance, puis de son adolescence, Harry O'T. a été persuadé que le monde entier lui en voulait. Il en est résulté une timidité effrayante, en particulier avec les filles. Il n'y en a jamais eu aucune dans sa vie. Pour échapper à ses problèmes, il s'est mis à se droguer au lycée, ce qui n'était pas vraiment une particularité dans son établissement. On pouvait presque dire qu'il était dans la norme.

En fait, il n'y a qu'un domaine où il ait jamais brillé : les armes à feu. Il en possède toute une panoplie et il passe son temps à s'entraîner au tir. Il n'est pas exagéré de dire qu'il est un tireur d'élite.

A l'âge de seize ans, pour compenser son aspect malingre, Harry a pris l'habitude de porter des treillis militaires. C'est cette manie, associée à sa passion pour les armes, qui a fait croire à son père qu'il était attiré par la vie militaire. Quand Harry senior lui a dit qu'il devait devenir soldat, Harry junior n'a pas osé le contredire. Il aurait préféré être vétérinaire, car il aime les animaux bien plus encore que les armes. Mais il est parti pour cette école militaire de Charleston, dans le sud du pays...

Harry n'a jamais su dire non à son père. Il l'impressionne trop. Agé à présent de quarante-quatre ans, Harry O'T. senior est l'image même de la réussite. Il est parti de rien, comme simple représentant en machines à coudre, et il est à présent directeur dans une importante firme automobile. C'est un notable de leur petite ville, membre actif de plusieurs associations pieuses et charitables.

Le jeune Harry a sincèrement tout fait pour obéir à son père. Mais à l'école militaire de Charleston, ce fut tout de suite pire encore qu'au lycée. Avec sa gaucherie, sa timidité, il a vite été rejeté par ses camarades. La vie n'a pas tardé à ressembler pour lui à un enfer. Il a tenu un an et puis, hier, il a craqué. Il est allé trouver le commandant.

« Commandant, je ne rentrerai pas à l'école après le congé de *Thanksgiving.*

— Vous donnez votre démission ?

— Oui, commandant. Je viens d'apprendre que ma mère avait un cancer. Je dois rester auprès d'elle. Elle est condamnée. »

Le commandant a accepté sa démission sans vérifier ses dires. Il se fiait à son « sens de l'honneur militaire »... Pourquoi, d'ailleurs, lui a-t-il fait ce mensonge ? Il lui suffisait de dire qu'il quittait l'école parce qu'il ne s'y plaisait pas ou qu'il ne se sentait pas à la hauteur. Il en avait le droit. Mais il était bien trop lâche pour avoir une telle franchise. Harry a toujours menti par lâcheté.

Pourtant, tout cela n'est rien. Maintenant, il va devoir

annoncer la vérité à son père. Et il ne sait absolument pas comment faire... Harry O'T. junior regarde désespérément par le hublot. Il aimerait que l'avion s'écrase. Cela vaudrait mieux pour tout le monde !

Mais l'avion Charleston-New York ne s'écrase pas et la famille est là pour l'attendre à l'aéroport J. F. Kennedy. Ce sont les embrassades habituelles. Sa mère lui dit combien elle est fière de le voir en uniforme. Son père ne lui fait pas de compliment, car un homme ne dit pas ces choses-là, mais il est visible qu'il pense pareil.

Harry délaisse un instant ses parents pour aller embrasser ses frères, Gerald, quinze ans, et Bill, douze ans. Avec eux, il se détend un instant. Il est très lié avec ses frères, surtout Gerald. Ils ont une grande complicité face à la sévérité de leur père. Mais ils ont à peine le temps d'échanger un mot qu'Harry senior pose la question inévitable :

« Alors, comment ça va à l'école ? »

Harry junior sent la terre s'écrouler. Il bredouille :

« Je vous en parlerai à *Thanksgiving*.

— Quelle idée ! Pourquoi à *Thanksgiving* ? Pourquoi pas tout de suite ?

— Je vous expliquerai... »

M. O'T. n'insiste pas. Peut-être pense-t-il que son fils a une bonne nouvelle à leur annoncer et qu'il préfère le faire au moment de la fête. Harry respire. Mais il sait bien que ce n'est qu'un répit...

Il rentre à la maison, dévoré d'angoisse. Il nettoie ses armes et il va faire un tour en voiture dans les environs, ce qui, d'habitude, le calme un peu, mais qui, cette fois, reste totalement sans effet. Les jours se passent... Il voudrait que la semaine qui le sépare de la fête dure une éternité : le temps s'écoule, au contraire, à toute allure. Il songe à s'enfuir, mais il ne fait rien. Il a toujours été incapable de quelque décision que ce soit. D'ailleurs, à quoi cela servirait-il ? Il faudrait bien rentrer à un moment ou à un autre.

Le soir de *Thanksgiving* arrive effroyablement vite et, devant la tarte au potiron, son père pose l'épouvantable question :

« Alors, qu'est-ce qu'il se passe à ton école ? »
Il s'entend répondre :
« Rien.
— Comment cela, "rien" ?
— Rien de spécial. Tout va bien. Tout est normal, quoi...
— Mais alors, pourquoi as-tu attendu ce soir pour nous le dire ?
— Je ne sais pas. »
Harry O'T. senior insiste encore un peu et finit par changer de sujet...
Plusieurs jours passent. Enfin vient le samedi suivant. Harry est là, à errer, désemparé, dans le jardin, lorsqu'il entend la voix de sa mère.
« Harry, tu as préparé ta valise ? »
C'est vrai : il aurait dû faire sa valise. Normalement, il part demain matin. C'est le moment de parler. Avec sa mère, ce sera plus facile. Elle ira ensuite l'annoncer à son père... Mais Harry ne trouve pas les forces nécessaires. Il rentre dans la maison et va faire sa valise.
Cette fois, il sait qu'il n'a plus aucune issue. Car il ne peut pas changer d'avis et reprendre ses cours au collège militaire. Il a menti au directeur en inventant cette histoire de cancer. Il devrait affronter sa colère et, de toute façon, il ne serait pas repris.
Sa valise faite, il roule en voiture. Il roule des heures, jusqu'à la nuit. Enfin, il se décide à retourner chez lui. Le moment terrifiant est arrivé.

A quatre heures du matin, un policier en patrouille dans sa voiture voit un jeune homme courir dans les rues de V. Il est dans un état d'agitation extrême :
« Vite ! Vite ! Venez chez moi ! Je viens de trouver mon père, ma mère et mon jeune frère morts. Mon autre frère a disparu. »
Le policier le prend à son bord et fonce à l'adresse qu'il lui indique : un coquet pavillon du quartier résidentiel. Une fois arrivé, Harry O'T. s'effondre dans le canapé du salon. Il dit dans un souffle :
« C'est là-haut... »

Au premier étage a eu lieu un carnage ! Dans la chambre des parents, Mary gît sur le lit, le crâne fracassé d'une balle. Dans la chambre à côté, Harry senior repose sur un lit, une balle dans la tête lui aussi. Le jeune Bill gît dans le couloir, au milieu d'une mare de sang. Le policier se rue au rez-de-chaussée.

« Bon Dieu, mais qu'est-ce qui s'est passé ici ? »

Harry O'T. junior fume cigarette sur cigarette (il en fumera huit paquets pendant la journée).

« C'est Gerald... C'est mon frère... »

Il laisse le policier appeler ses collègues en renfort, puis il commence son récit :

« Je suis rentré à la maison hier soir. Il y avait des éclats de voix. Gerald et mon père se disputaient. Gerald se droguait et mon père venait de le découvrir. Il menaçait de le dénoncer à la police et Gerald menaçait de le tuer. Alors je suis parti. Je ne supportais pas cette tension. Et quand je suis rentré, voilà ce que j'ai découvert... »

Une heure plus tard, il y a des dizaines de policiers dans le pavillon. Harry a répété devant eux sa version des faits, qui est plausible et tout à fait prise au sérieux. Le signalement de Gerald est même diffusé un moment dans la région.

Seulement, les investigations continuent sur place et, au petit matin, la piste de Gerald O'T. doit être abandonnée. Son corps est retrouvé dans une malle métallique au grenier. Il a été tué d'une balle dans la tête. Il est exclu qu'il soit l'auteur du carnage et qu'il se soit suicidé ensuite : le couvercle de la malle a été refermé et il n'y a aucune arme à proximité. On a même posé sur le corps des boîtes en carton contenant des guirlandes de Noël, pour le dissimuler puérilement.

Ce « on » n'est autre qu'Harry O'T., bien sûr... Et celui-ci passe aussitôt aux aveux.

Quand il est rentré, tout le monde dormait. Il a pris un de ses revolvers et il est entré dans la chambre de ses parents. Il a arpenté la pièce, ne sachant que faire, espérant peut-être qu'ils se réveilleraient et qu'il se verrait dans l'obligation de s'enfuir. Mais ils ont continué à dormir. Il a pointé l'arme vers la tête de son père et est resté ainsi, un quart d'heure entier, à le viser.

Finalement, il a hurlé : « Je ne peux pas y retourner ! »

Et il a tiré. Son père a été tué sur le coup. Sa mère s'est réveillée en sursaut et il l'a abattue. Il est allé dans la chambre voisine, celle de son frère Gerald. Il était immobile et terrorisé. Il l'a abattu à son tour. Son plus jeune frère, Bill, est le seul qui ait tenté de réagir : il lui a sauté dessus. Mais Harry lui a tiré deux balles dans le visage, puis dans la poitrine. Malgré cela, Bill n'était pas mort et s'est mis à hurler. Il l'a alors achevé d'un terrible coup de crosse à la tête...

Harry O'T. est, bien sûr, arrêté, mais quelques jours plus tard, il modifie ses aveux devant le procureur du comté :

« Je n'ai pas tué ma famille... Enfin, pas toute ma famille...

— Que voulez-vous dire ?

— C'est Gerald qui a tué mes parents et Bill... »

Le jeune homme reprend alors sa première version, celle d'une altercation entre Gerald et son père, qui avait découvert qu'il se droguait. Lui-même s'est enfui. Quand il est rentré, il a découvert Gerald hébété dans le salon. Ce dernier lui a annoncé qu'il venait de tuer ses parents et son frère. Il est allé voir dans les chambres, a découvert les corps et, saisi de fureur, a abattu Gerald.

Mais cette version n'est pas retenue et Harry O'T. junior est bel et bien inculpé des quatre meurtres.

A son procès, qui s'ouvre au mois de janvier 1993, la défense plaide la « folie générale ». Les psychiatres qu'elle a cités présentent l'accusé comme « un psychotique halluciné, pris au piège de l'affection et vivant dans la peur ». Il craignait par-dessus tout son père et il n'osait pas s'adresser à lui.

C'est cette thèse que reprend son avocat, dans sa plaidoirie :

« C'était un malade qui avait besoin d'aide. Torturé à l'idée de regagner Charleston, il a fini par crier : "Je ne *peux* pas y retourner", avant de massacrer sa famille. S'il avait été sain d'esprit, il aurait dit à son père : "Je ne *veux* pas y retourner." »

De son côté, l'accusation a engagé des psychiatres, dont les conclusions ont été diamétralement opposées, et le procureur prononce un réquisitoire implacable.

« Bien sûr que ce garçon est malade ! Il faut être malade pour faire ce qu'il a fait. Mais sur le plan pénal, il est responsable. »

Et il insiste longuement sur la préméditation et sur ses manœuvres pour charger son frère Gerald, qui montrent que son esprit fonctionne parfaitement et qu'il est même particulièrement machiavélique...

Ce sont ses arguments que retiennent les jurés et, à l'issue des débats, Harry O'T. junior est reconnu coupable des quatre meurtres. Il est condamné à quatre fois la prison à perpétuité, peines qui, selon la formulation déroutante de la justice américaine, « doivent être purgées simultanément dans une prison d'Etat ».

A sa demande, le lendemain du verdict, Harry a été conduit sur la tombe des siens au cimetière de la ville, par un froid glacial, en compagnie de l'aumônier. Il a beaucoup pleuré. Sa tante, qui avait tenu à être là, lui a dit, au nom du reste de sa famille :

« Nous te pardonnons et nous t'aimons... »

La presse du pays s'est faite largement l'écho de cette phrase généreuse, mais ne s'est pas posé la question de savoir si la cause première de ce drame n'était pas la possibilité qu'a tout un chacun, aux Etats-Unis, d'acheter des armes.

Cette tuerie aurait-elle eu lieu s'il n'y avait pas eu des revolvers qui traînaient partout dans la maison des O'T. et si Harry n'avait pas été habitué dès son plus jeune âge à s'en servir ? Il y a tout lieu de supposer que non. Harry O'T. n'était pas un être foncièrement mauvais, une graine d'assassin, mais il s'est trouvé dans une situation de tension intolérable, dont il s'est sorti par le meurtre.

Il est arrivé à beaucoup d'entre nous, à nous-mêmes peut-être, d'avoir des pulsions meurtrières. Qui sait vraiment ce qui se serait passé à ce moment-là, si nous avions eu, comme Harry O'T. junior, tout un arsenal à portée de la main ?

Le docteur Jekyll

Comme partout ailleurs dans le monde, on fête le nouvel an 1993, dans cette boîte de nuit assez peu recommandable du port de Hambourg. La nuit est déjà bien avancée lorsqu'un homme seul d'une soixantaine d'années s'installe à une table et commande une bouteille de champagne. Il est en smoking. Aussitôt, une fille blonde vient s'asseoir à côté de lui. Elle est très jeune, aux alentours de dix-huit ans. Elle a des taches de rousseur sur les joues. Elle le regarde, un peu intimidée. Elle n'a visiblement pas l'habitude de voir ce genre de client. L'homme l'interroge :

« Comment t'appelles-tu ?

— Gretel et vous ? »

Pas de réponse.

« Alors, comme ça, vous êtes seul le 1er janvier ? »

L'homme reste toujours muet. Il remplit sa coupe et se sert à son tour. Gretel insiste :

« Qu'est-ce que vous faites dans la vie ? »

Cette fois le client répond. Il dit un seul mot, avant de vider sa coupe d'un trait.

« Médecin... »

Et il se perd dans la contemplation du spectacle qui se donne sur scène, un strip-tease vulgaire qu'il regarde sans voir. Visiblement, il pense à quelque chose, il revit des souvenirs, douloureux sans doute.

Gretel se garde d'insister. Bien que nouvelle dans la profession, elle a déjà remarqué que les hommes, c'est tout l'un ou tout l'autre. Il y en a qui viennent pour s'épancher et ceux-là il n'est pas possible de les arrêter, et d'autres qui sont aussi bavards que des carpes. Elle respectera donc le silence de son docteur, car un client pareil cela se respecte !

La jeune Gretel ne se trompe pas : son voisin de table est bien en train de revivre ses souvenirs. Mais contrairement à ce qu'elle imagine, il ne s'agit pas d'un mari abandonné qui ne supporte pas de passer seul le nouvel an. C'est beaucoup plus compliqué, beaucoup plus grave et, malheureusement pour elle, beaucoup plus dangereux.

Aussi loin qu'il s'en souvienne, Bruno L. a toujours donné satisfaction à ses parents. Il était sage, sérieux, appliqué à l'école.

Son père, un riche armateur de Hambourg, était l'une des personnalités de la ville. Il était certain que son fils aurait un brillant avenir. Il y avait juste une chose qui le chagrinait un peu, c'était le défaut dont était affligé Bruno. Il louchait, ou, plus précisément, il se mettait à loucher chaque fois qu'il était en proie à une émotion violente : la colère ou l'envie très forte de quelque chose.

Mais monsieur L. père ne s'en inquiétait pas outre mesure. Cela lui passerait peut-être en grandissant et, de toute manière, ce n'était pas très grave...

Monsieur L. se trompait. Non seulement cette curieuse infirmité n'est pas passée, mais elle a occasionné à Bruno des souffrances effroyables et il n'est pas exagéré de dire qu'elle a déterminé toute sa vie.

C'est pour cette raison qu'en classe il a été le souffre-douleur de ses camarades. Ils faisaient exprès de le mettre en colère pour le seul plaisir de le voir loucher. Le jeune Bruno s'est réfugié dans l'étude et a obtenu de brillants résultats, mais tout était déjà brisé. Il se sentait dans un monde hostile où il serait toujours persécuté.

Quand est arrivée l'adolescence, ce fut pire encore. Si une jeune fille lui plaisait, lui souriait ou lui parlait gentiment, il se mettait immédiatement à loucher. Alors, rouge de honte, il s'enfuyait sous un prétexte quelconque.

Là encore, l'étude a été son refuge. Il a fait sa médecine, il a passé brillamment son doctorat et il s'est installé dans un cabinet de Hambourg.

Pourtant son infirmité continuait de le persécuter. Le docteur L. n'a pas réussi comme ses origines sociales et sa compétence professionnelle auraient dû le lui permettre. Avec ses manières brusques, maladroites, et surtout son étrange façon de loucher au moment où on s'y attendait le moins, il ne plaisait pas à la clientèle et, même, il lui faisait peur...

Hilda Anderson est venue par hasard à son cabinet. Elle accompagnait son mari, un homme beaucoup plus âgé qu'elle, qui se plaignait de tremblements des mains. Dès qu'il l'a vue entrer, Bruno s'est mis à admirer cette jolie blonde d'une trentaine d'années. Elle était tout à fait son genre. Elle avait l'air réservé, sérieux... Aussitôt, il s'est mis à loucher. Hilda a eu la gentillesse de ne marquer aucun mouvement de surprise.

Après avoir examiné le mari, il s'est enhardi à dire à la jeune femme, en louchant de nouveau :

« Il me semble que vous devez avoir des problèmes de tension. Vous devriez revenir me voir. »

Hilda Anderson est venue la semaine suivante. Entre eux, une liaison s'est installée rapidement. Pour Bruno L, c'était presque un miracle. Il avait une femme à lui, dont il était amoureux et qui l'aimait ! Enfin, presque à lui, puisqu'il restait le mari...

Mais dans son esprit aigri par ses années de jeunesse, un projet s'était déjà formé. Il lui fallait tout et tout de suite. Après avoir pendant quelque temps préparé le terrain, il a déclaré un jour à Hilda :

« Tu sais que je pourrais nous débarrasser de ton mari ? Je m'y connais comme personne en poisons. »

Hilda n'a pas dit non. Elle a résisté un peu pour la forme et elle a accepté.

La semaine suivante, elle a donné à son mari une pilule de strychnine à la place de son médicament habituel. Elle a appelé aussitôt Bruno qui, en tant que médecin de famille, a signé le certificat de décès : le crime parfait !

Le crime parfait à un détail près : Hilda elle-même.

Elle n'a pas eu les nerfs assez solides ou s'est laissé gagner par le remords. Elle a tout raconté, sous le sceau du secret, à sa meilleure amie, qui s'est empressée d'aller rapporter la confidence à la police.

Le couple a été arrêté. Bruno a tout nié en bloc. Mais Hilda, bien au contraire, a continué à avouer. Et au procès, elle a chargé tant qu'elle a pu son amant. C'était lui qui l'avait forcée à tuer. Elle lui avait obéi parce qu'il la terrorisait. Cela lui a valu une condamnation légère, tandis que lui-même s'est vu infliger la réclusion à perpétuité.

Dans sa prison, Bruno L. a eu le temps de méditer. Et ses pensées ont eu un thème unique : les femmes. Avant, elles lui faisaient peur, depuis la trahison de Hilda il les haïssait toutes, sans exception. Si un jour il sortait de prison, il consacrerait le reste de sa vie à cette vengeance impitoyable, totale...

Ce jour est arrivé plus tôt que prévu. Bruno L., prisonnier modèle, consacrant tout son temps à la lecture et à l'étude, donnait toutes les apparences du repentir. Aussi, au bout de dix ans de détention, il a été libéré pour bonne conduite.

Une nouvelle vie s'ouvrait devant lui. Car non seulement il était libre, mais riche, très riche, très riche. Son père était mort pendant qu'il était en prison et, comme il était fils unique, il héritait de toute sa fortune.

Il a vendu rapidement l'entreprise familiale. Il a quitté Hambourg où trop de gens le connaissaient et s'est installé à l'autre bout de l'Allemagne, dans une petite ville de Bavière où il a ouvert un cabinet. En fait, il n'avait pas besoin de travailler. La fortune de son père lui permettait de rester oisif le restant de ses jours.

Ce n'était pas par amour de la médecine ni même pour avoir une occupation que Bruno L. avait décidé de continuer à exercer. C'était pour deux raisons. D'abord parce que cette profession lui était indispensable pour avoir accès aux poisons et ensuite parce qu'en prison il avait découvert un grand classique : *Docteur Jekyll et Mr. Hyde*.

L'histoire de cet honorable médecin londonien qui se

métamorphose la nuit en brute meurtrière l'avait bouleversé. Oui, ce serait ainsi qu'il exécuterait sa vengeance. Il deviendrait un praticien honorable estimé de tous et un jour il retournerait à Hambourg, la ville d'Hilda et de sa jeunesse, et il se transformerait en Mr. Hyde, l'assassin.

L'ordre allemand des médecins s'étant montré compréhensif, Bruno L. a retrouvé l'autorisation de pratiquer, qui lui avait été retirée avec sa condamnation, et, à partir de là, tout est allé au mieux pour lui. Dans sa petite ville de Bavière, il s'est vite fait une clientèle nombreuse et fidèle. Il avait perdu ses manières brusques, empruntées. Même son strabisme n'avait pas l'air de trop inquiéter les gens.

Sa fortune y était pour beaucoup. Sa manière de s'habiller, ses voitures, sa luxueuse villa, ses fréquentations avec la meilleure société bavaroise lui donnaient l'assurance et la confiance en lui qu'il n'avait jamais eues.

Mais la transformation de Bruno L. avait une autre cause, plus profonde. Il ne craignait plus les gens parce qu'il était désormais absorbé par son grand projet. Il le savourait, s'en délectait par avance. Il riait intérieurement de tous ces mondains qui se pressaient dans son cabinet sans savoir qu'ils avaient affaire non au docteur L., mais au docteur Jekyll, au terrible docteur Jekyll !

Le 31 décembre 1992, au matin, l'honorable docteur L. est allé dans la pharmacie près de chez lui et il a acheté cinquante comprimés de strychnine. Il a signé le registre des poisons. Toute la journée, il a donné ses consultations, puis, au soir, il a mis son smoking et il est parti dans sa voiture pour Hambourg où il est arrivé en pleine nuit. Il s'est garé au hasard sur le port. Il est entré dans la première boîte à matelots venue, parfaitement froid et déterminé, un peu curieux, malgré tout, de savoir comment s'appellerait la première de celles qui allaient payer... Elle s'appelait Gretel.

Dans la boîte de nuit minable de Hambourg, la soirée avance et le client de Gretel n'a toujours prononcé qu'un mot : le nom de sa profession. La jeune fille se décide quand même à parler : « On va chez moi ? »

Cette fois, il y a une réponse. L'homme met la main à sa poche et en sort deux comprimés.

« Oui, mais avant, on va prendre ça. "Ecstasy", cela te dit quelque chose ? »

Bien sûr, Gretel a entendu parler de cette drogue qui permet, paraît-il, des promesses amoureuses. Elle a entendu dire aussi que c'était un peu dangereux, mais un client pareil mérite bien quelques risques. Bruno L. introduit le comprimé dans sa bouche, le bloque derrière ses dents et avale une gorgée de champagne.

« A toi, maintenant ! »

Gretel se prépare à faire de même et soudain elle voit quelque chose d'extraordinaire : son client s'est mis à loucher. Mais pas à loucher normalement, si l'on peut dire. Ses deux pupilles viennent de se rapprocher d'un seul coup, comme actionnées par un ressort, et il continue à la fixer ainsi.

« Qu'est-ce qui vous arrive ?

— T'occupe ! Avale ! »

Il n'y a pas à discuter : Gretel s'exécute. Le médecin se lève aussitôt.

« Je reviens. »

Elle le voit se diriger vers le bar... Après avoir recraché son comprimé de strychnine, Bruno L. met la main à son portefeuille et tend une liasse au patron. Celui-ci a un air désolé.

« Elle ne vous plaisait pas, la fille ?

— Non.

— Attendez ! Ne partez pas. J'en ai d'autres. »

Mais l'homme a déjà disparu... C'est alors que retentit un grand cri dans la boîte de nuit. Gretel est en train de se tordre de douleur par terre. On va lui porter secours. Elle parvient à articuler :

« C'était un médecin... Il louchait... »

Pendant ce temps, Bruno L. est déjà loin. Il a sauté dans sa luxueuse Mercedes et démarré en trombe. Il ne quitte pas Hambourg, cependant. Il se rend dans un autre quartier chaud de la ville. Là, il se met à rouler au pas. Deux silhouettes féminines ne tardent pas à apparaître dans ses phares. Il s'arrête.

« Montez ! »

Les deux filles constatent une chose incroyable : l'homme louche violemment. Comment peut-il faire pour conduire en louchant ainsi ? Sans doute sont-elles un peu mal à l'aise, mais elles montent quand même.

Quelques heures plus tard, la police du quartier du port de Hambourg a une affaire criminelle peu banale en guise de cadeau de nouvel an : trois prostituées ont été tuées par un inconnu, une dans un bar, deux sur un quai désert, vraisemblablement amenées là après avoir été prises en voiture dans la rue.

Des meurtres de prostituées, c'est une chose courante. Ce qui ne l'est pas, c'est la manière. Elles n'ont été ni étranglées ni tuées à coups de couteau ou de revolver, elles ont été empoisonnées. D'après les premiers témoignages, leur meurtrier semblerait un homme d'un certain âge appartenant au meilleur monde. Cela non plus, ce n'est pas courant.

Dans leur enquête, les policiers disposent pourtant d'un élément de taille. Si les deux filles prises en voiture étaient mortes quand on les a découvertes, la malheureuse Gretel a désigné son meurtrier comme un médecin qui louchait, ce qui, par rapport à l'ensemble de l'humanité, réduit tout de même le champ des investigations.

Cela dit, il reste à trouver un médecin qui louche à Hambourg, voire en Allemagne, voire à l'étranger... Mais la police allemande est parfaitement organisée et ses ordinateurs ne tardent pas à ressortir une affaire vieille d'une vingtaine d'années, dans laquelle un médecin avait été condamné pour meurtre par empoisonnement. A son procès, il avait beaucoup été question d'une infirmité qui avait, paraît-il, joué un rôle décisif dans sa vie : il louchait... La suite n'est plus qu'une formalité.

Bruno L. a été arrêté le 11 janvier 1993 dans sa luxueuse villa bavaroise. Quand les policiers lui ont passé les menottes, il s'est laissé faire sans résister ni chercher à nier. D'ailleurs, cela n'aurait servi à rien : ses yeux avaient avoué à sa place. Ils venaient de se rapprocher violemment, comme mus par un ressort. Depuis son enfance, Bruno L. n'a jamais pu s'empêcher de loucher sous le coup d'une émotion.

Tu ne boiras point

Cent quarante kilos, pour un mètre quatre-vingt-cinq, la quarantaine bouffie, l'homme attend dans le cabinet d'un médecin. Si l'on ne doit pas juger sur l'apparence, un médecin, lui, peut se le permettre. Un visage peut lui révéler beaucoup de choses. La couleur de la peau, les petits vaisseaux sanguins rouge sombre qui habillent les ailes du nez et le haut des pommettes, qui strient le blanc de l'œil devenu jaune... Et un médecin de campagne connaît encore mieux ses patients qu'un médecin de ville. A la campagne, on va toujours voir le même ; en ville, les hypocondriaques se dispersent d'un cabinet à un autre — maladie de civilisation, dit-on.

Jules ne fréquente pas le « toubib » depuis longtemps. Mais le médecin connaît bien Jules, qui se croyait une force de la nature. Patron de bistrot, grand buveur et grand chasseur, grande gueule aussi, il étalait sa force en faisant le bravache avec un fusil. Il n'a pas fait de bien longues études, Jules, il s'imaginait avec naïveté que cette stature imposante lui avait été offerte comme un don du Ciel, qu'il n'était que muscles et puissance. Il n'a pas vu la graisse envahir ce grand corps, le ramollir, le gonfler comme un Bibendum. Et s'il lui arrivait d'être essoufflé à la chasse, un coup de rouge était censé arranger ça.

« Vous avez fait une alerte cardiaque sérieuse. Il faut être raisonnable. Combien buvez-vous, Jules ?

— Ben, comme tout le monde... »

Certes pas. Tout le monde ne boit pas heureusement ce que Jules avale.

« ... Quand on est patron de bistrot, vous savez... »

C'est vrai qu'il est difficile de refuser à un client, difficile de s'arrêter au « petit dernier » pour la route. Mais Jules ne conçoit pas la modération. Jules est un pléthorique. Quand il mange, il mange ; quand il boit, il boit ; quand il gueule, on l'entend à des kilomètres. Et quand il chasse, il tue.

« On peut pas faire les choses à moitié, hein, toubib ?

— Mais on peut mourir à moitié. C'est ce qui vous est arrivé. La prochaine fois, ce sera pour de bon. »

Jules est puni. Les toubibs sont tous les mêmes. On ne pourrait pas lui donner une pilule ? Quelque chose qui soigne ?

« Plus d'alcool.

— Et le vin ? C'est pas de l'alcool ! En mangeant ? »

Encore une idée reçue.

« Pas de vin en mangeant.

— Ben la bière... tout de même, quand on a soif... »

Difficile de faire admettre à Jules qu'il doit se contenter impérativement d'eau. Car Jules est un alcoolique, qui ne sait pas qu'il l'est.

Et pourtant... Après son travail de bistrotier où il a déjà engrangé pas mal d'alcool, il y a les soirées avec les copains, de bistrot en bistrot. Les grandes discussions stupides : « Je te parie que je me fais un merle dans la nuit à deux cents mètres ! »

Jules est un excellent chasseur. Un excellent tireur. Un mauvais buveur. Jules a des relations avec des gens qui lui ressemblent : hâbleurs, casseurs, tireurs, chasseurs ; et Jules est un peu surveillé par les gendarmes aussi ; son bistrot, qui d'ailleurs ne fait pas d'affaires puisqu'il en boit passablement le fonds, sert probablement de lieu de rendez-vous aux casseurs du coin. Les maisons des vacanciers, pillées en hiver... Pas de preuves, mais la gendarmerie surveille. Et si la gendarmerie avait pris Jules en flagrant délit de soûlerie au volant de sa voiture, si on lui avait retiré son permis...

Hélas ! ce n'est pas si facile. Les virées nocturnes de la bande à Jules évitent soigneusement le gendarme.

Le médecin, lui, peut essayer de lui faire comprendre.

En lui faisant peur comme à un gosse. Car Jules, comme beaucoup de grandes gueules, est un petit garçon effrayé. La mort, la sienne, ça lui fait vraiment peur. Pas celle des autres, mais la sienne... Aussi obéit-il au toubib. Jules ne boit plus. « Alors Jules, t'es toujours à la flotte ? » « C'est le régime sec, Jules ? » « Un p'tit verre..., ça va pas te faire mourir, tout de même ! » « C'est le comble pour un patron de bistrot ! » Les copains de beuveries ont la plaisanterie lourde.

A la maison, c'est plutôt le calme après la tempête. Toutes proportions gardées, car le manque d'alcool ne rend pas Jules forcément plus aimable. Sa femme se tait le plus souvent possible. Elle travaille, elle est fonctionnaire, sa paie permet de boucler les fins de mois difficiles et de combler le déficit du bistrot. Et puis, lorsqu'on s'est entendu dire une fois : « Si tu me quittes, je te flingue ! », on rase les murs. Surtout à cause de l'enfant.

Si l'on demandait à Colette pourquoi elle ne divorce pas de cet homme-là, la réponse serait multiple. Elle a cru l'aimer avant, elle lui a donné une fille qui n'est pas encore élevée complètement, et puis, et puis... Jules n'est pas si mauvais bougre... et chacun porte sa croix. Et la collection de fusils de chasse est probablement dissuasive. Il est vrai que Jules ne raterait pas une mouche dans un couloir. Même au ball-trap il est le meilleur.

D'ailleurs il est relativement discret, Jules, sur sa vie de famille. Discret aussi sur ses activités extérieures au bistrot. Débrouillard, comme on dit.

Sevré, Jules. C'est dur. Les soirées ne sont plus ce qu'elles étaient. Les bières des copains lui passent sous le nez. Le jus d'orange en boîte, c'est pas fait pour les hommes.

Jules est-il un homme ? Un homme a-t-il forcément besoin de boire et de tirer au fusil pour être un homme ? Le cerveau de Jules ne comprendrait pas ces questions-là. Elles sont évidentes les réponses, installées dans sa tête depuis toujours. Et les pulsions primaires, chez lui, ne souffrent pas d'obstacles. Trois mois de régime sec n'ont pas réussi à les éteindre.

Un beau matin, il craque. Deux copains sont venus

d'un autre village, la virée commence. Une bonne virée comme dans le temps.

Un premier verre, ça détend... Quel bonheur de sentir le pastis descendre dans la gorge, réchauffer ce cœur qui n'en a pourtant pas besoin ! Le deuxième, ça rend bavard. Jules se retrouve, se reconnaît, jovial, rigolard, serrant des mains à la ronde. Les copains l'entraînent du café Machin au bar Chose. Et de jovial, Jules redevient stupide. Les poches bourrées de cartouches, il fait le paon devant les consommateurs ébahis. La virée qui a commencé à cinq heures du soir au pastis se prolonge à la bière. Pour la soif. Cinq, dix, quinze, peut-être une vingtaine de bars voient défiler les trois ivrognes. Ils font le tour du département dans la voiture du copain. Et dans le coffre de la voiture il y a le fusil de Jules. Pourquoi un fusil pour une virée ? Mystère, on ne sait jamais — au cas où. Et ce serait quoi, le cas où ? Un gibier égaré sur la route... ou un « emmerdeur » dans un bar. Bref, ça rassure.

Le dernier bar refuse de servir les trois ivrognes. Jules cherche des noises à un gitan. Un casseur de voitures, peut-être, avec qui il a eu des problèmes de « commerce ». A ce stade de l'élocution de Jules, il est difficile pour la patronne du bar de démêler le fond de l'escarmouche. Elle voudrait bien qu'ils s'en aillent, elle a même envie d'appeler les gendarmes, mais on connaît Jules — difficile, quand on connaît quelqu'un, de lui mettre la maréchaussée aux trousses.

Jules sort du bar, titube jusqu'à la voiture du copain, ouvre le coffre, prend son fusil et revient, menaçant. L'arme est chargée, avec Jules elle est toujours chargée. Le canon vise le gitan, la patronne détourne le coup de feu par miracle et la balle va exploser dans le plafond. Exploser car Jules se sert de balles explosives — des balles de guerre, comme à la guerre.

Personne n'est touché et le trio des trois soûlards file en vitesse. Parce que la patronne ne va pas se laisser faire plus longtemps cette fois ; s'ils insistent, c'est les gendarmes.

Louis s'effondre soûl comme un porc à l'arrière de la

voiture. Lulu s'accroche au volant de sa Peugeot et Jules au siège passager. Ils cherchent encore un bar.

L'alcool est révélateur de la personnalité profonde d'un individu. Il y a ceux qui rient, ceux qui s'écroulent, ceux qui pleurent en racontant leur vie. Mais au-delà d'un certain degré d'imprégnation, et sur des sujets habitués, ceux qui prétendent qu'ils ne sont jamais soûls, qui « tiennent » l'alcool comme ils disent, chez ceux-là... c'est pire.

Ce que va révéler l'alcool chez Jules, c'est qu'il est un tueur, au fond. Un vrai. Pas seulement un chasseur, ou un lauréat de concours de tirs. Un vrai tueur. Avec la vraie pulsion de tuer.

Le hasard s'en mêle. Il est aux environs de vingt et une heures trente, la route de campagne est sombre, il pleut comme en automne, et le goudron brille dans les phares. La Peugeot de Lulu, transportant Louis, Jules et son fusil, fonce sur une départementale et, devant eux soudain, une autre voiture. Elle roule plus lentement, cette voiture, car elle est familiale. Le père au volant, maman à côté, le petit garçon derrière papa, et derrière maman la petite fille. Ils vont voir un ami à la campagne. Ils sont passés devant les cafés de plusieurs villages. Ils ont bien vu que, devant l'un d'eux, il y avait beaucoup de voitures et de la lumière — ils ont pensé à un rassemblement de jeunes, une fête quelconque.

C'était le dernier bistrot visité par Jules et ses copains, avec leur marque au plafond, la balle explosive. Et la famille ne sait pas que la voiture qui les suit, cette Peugeot qui tangue un peu sur la route, c'est celle de Lulu et de Jules, avec leur copain ivre mort qui cuve à l'arrière et le fusil dans le coffre. Ils vont « s'amuser », les deux rescapés de la beuverie. Si Louis ne tient pas le coup, eux oui.

Lulu colle au train de la tortue qu'il a devant lui. Il n'avance pas, ce type... on va le faire bouger.

Jean a trente-huit ans, il est fonctionnaire aux télécommunications. Sa femme Francine et leurs deux enfants, Benoît et Sophie, ont peur. « J'espère qu'il va nous doubler. »

Jean se serre au maximum sur le bas-côté de la route glissante, s'arrête presque pour laisser passer la voiture agressive.

Elle les double effectivement et il pousse un soupir de soulagement. Il a fait ce qu'il fallait faire. On ne se bat pas avec des fous, on ne fait pas la course, on n'arrête pas le moteur pour descendre en roulant des mécaniques et leur cogner dessus. Rouler sur une départementale française, ce n'est tout de même pas la guerre.

Si. C'est la guerre. Un peu plus loin, la voiture est à nouveau devant eux, elle dérape et se met en travers pour bloquer le passage.

Jean ralentit et s'arrête à une cinquantaine de mètres pour observer. Que leur veut cette voiture ? Que leur veut cet énorme type blond, qui descend de la voiture et tourne autour, les bras ballants ?

Il faudrait faire demi-tour, mais il a plu, il y a de la boue de chaque côté de la route étroite, la voiture de Jean risque de s'embourber.

Francine a peur : « Recule, pars en marche arrière... »

Jean réfléchit, l'espace de quinze ou vingt secondes peut-être, essayant de savoir s'il peut forcer le passage, aller droit devant ou reculer à toute vitesse, mais dans la nuit...

Tout va très vite maintenant. Jean voit un autre homme sortir de la voiture, rejoindre l'autre à l'arrière, il les voit ouvrir le coffre et en sortir quelque chose qu'il prend pour une barre de fer. Ces deux types cherchent la bagarre.

A ce moment précis, Sophie et sa mère, presque dans un même cri, hurlent : « Fusil ! » Jean s'affole, fait un demi-tour laborieux, pour ne pas engager la voiture dans la boue. Il y est presque arrivé. Il braque une dernière fois pour remettre la voiture en ligne droite — il va pouvoir foncer devant lui, échapper aux agresseurs. Il accélère, crie avec sa femme aux deux enfants de s'aplatir à l'arrière. « Cachez-vous ! Cachez-vous ! »

Sophie se recroqueville sur le siège arrière roulée en boule, Benoît glisse entre les deux sièges avant, la tête contre sa mère, et le coup de feu tonne à ce même moment. Un bruit terrible résonne dans la voiture, la vitre arrière explose et Francine ressent comme une brûlure dans tout le corps.

Jean fonce désespérément, la voiture s'éloigne des tueurs. Il crie : « Ça va, les enfants ? » Une petite voix répond : « Ça va... »

Francine, elle, vient de comprendre ce qui lui a donné cette sensation de brûlure, elle est blessée à la main, cette main qu'elle avait instinctivement appuyée sur la tête de Benoît pour qu'il se cache plus vite. Elle n'ose plus bouger cette main et caresse de l'autre la tête de Benoît, qu'elle a protégé.

« N'aie pas peur, Benoît, maman est blessée, mais ce n'est pas grave, n'aie pas peur. Ça va, Benoît ? Ça va, mon bébé ? »

La voiture file si vite dans la nuit, ils n'osent pas allumer le plafonnier, ils ne savent pas où sont les autres. Ont-ils démarré derrière eux, vont-ils les poursuivre ? Tout paraît si long, en fait ils arrivent devant le café éclairé du premier village en trois minutes.

Jean s'arrête, épuisé, tremblant. L'arrière de son siège est criblé d'éclats, il a senti la secousse mais il n'a rien. Francine se retourne vers son fils, ôte sa main ensanglantée et, à la lumière diffuse de l'enseigne du bistrot, elle voit le trou. Dans la tempe de Benoît. Elle voit du sang partout sur sa poitrine ; l'enfant lui aussi est criblé d'éclats, il a les yeux ouverts, exorbités de terreur, mais il ne bouge pas. Paralysé ? Mort ?

Alors elle sort en courant et se met à hurler devant le café : « On a tué mon fils ! On a tué mon fils ! » Puis, se rendant compte qu'elle a laissé Benoît dans la voiture, elle y retourne en courant. Jean prend l'enfant dans ses bras ; ils courent jusqu'au café, c'est la panique.

Sophie n'a rien, c'est elle qui a répondu « Ça va. »

Le patron du café appelle la gendarmerie, sa femme court chercher des serviettes, on dépose Benoît sur une table, il ne bouge toujours pas, avec ce regard immense de terreur, mais il respire, faiblement.

C'est long, si long avant d'entendre la sirène, avant que les pompiers surgissent, appellent un Samu, puis un autre, avant que l'ambulance arrive enfin et emmène le petit garçon à l'hôpital de la ville.

Là, aux urgences, le médecin dit rapidement : « S'il a pris des plombs de chasse, on va le sauver. »

Francine et Jean se raccrochent à cette phrase. On va le sauver, il respire, il est vivant : des plombs de chasse, ce n'est pas mortel...

Puis le médecin revient avec une autre phrase terrible. « Les pompiers ont retrouvé trois douilles, ce sont des balles explosives. Des balles de guerre. »

Benoît est dans le coma, mais son regard s'est calmé, il respire toujours, il faut attendre.

Jean a échappé de peu à la mort. Dans le repose-tête de son siège, les gendarmes découvrent un morceau de balle explosive qui s'est encastré dans la plaque de métal. Sans cela, il l'aurait pris dans la nuque. C'est une balle à fragmentation, chaque morceau est comme une grenade.

On transfère Benoît à Paris, pour un scanner. Les médecins sont partagés. L'un dit : « C'est fichu, il faut considérer qu'il est mort. » Et l'autre est plus optimiste : « La chirurgie fait des miracles... »

Mais le petit Benoît a pris une balle explosive dans la tête. Comme à Sarajevo, comme en Somalie, comme dans un safari au Kenya... Un chasseur fou a tiré dans le noir, il a visé ce qu'il pouvait viser, la vitre arrière. Il a tiré sur un ennemi ? Sur un gibier ?

Pendant que ses parents et sa sœur foncent à Paris, pendant que Benoît n'est plus qu'un petit souffle sous le respirateur, que son cœur fait un petit *bip-bip* sur l'écran de contrôle, comme une mince étoile fragile qui ferait de tout petits bonds dans l'espace... pendant ce temps, les gendarmes ont arrêté les tueurs.

Ça n'a guère pris de temps. Une heure après le drame, les trois ivrognes se font prendre dans un autre bar, en train de jouer au baby-foot.

Deux grammes quarante d'alcool dans le sang de Jules. Un peu moins dans celui de Lulu. L'autre ronflait à l'arrière, il ne s'est réveillé qu'en entendant ses copains tirer comme à la foire.

Et ils continuaient leur virée, sans soucis et sans remords. Jules n'était plus au régime sec : ça se fête, un événement pareil.

Jules est inculpé d'homicide volontaire. Comme son copain Lulu, Jules a tiré. Pourquoi ?

Au bout d'une heure d'interrogatoire, devant le chef de la gendarmerie, Jules, qui n'a encore rien trouvé à répondre, finit par marmonner : « Ben, c'était pour leur faire peur. »

Alors pourquoi ne pas tirer en l'air ? Hein, Jules ? Parce qu'il est stupide, Jules ? Parce qu'il est fou ? Parce qu'il est alcoolique ? Parce qu'il est chasseur, tireur de cible, et qu'un homme, un vrai, ne tire pas en l'air pour faire peur ? C'est ça, Jules ? Parce que deux grammes quarante d'alcool, brutalement déversés dans le sang d'un alcoolique en manque depuis trois mois, révèlent enfin la vérité : qu'on est mû par une pulsion meurtrière, qu'on est un tueur ?

Tirer dans la vitre arrière d'une voiture où se trouvent un couple et deux enfants, c'est juste tirer pour faire peur, vraiment ? On ne pense pas une seconde que la balle de guerre va tuer n'importe qui en explosant : On ne pense plus, Jules ? A-t-on jamais pensé, d'ailleurs ?

A Paris, le petit corps de Benoît est passé dans la grande machine du scanner, les chirurgiens ont compris. Ils ne pouvaient rien faire. La petite étoile du cœur de Benoît allait s'arrêter, ce n'était plus qu'une question d'heures, ou de minutes.

Et la petite étoile s'est arrêtée. Elle a disparu de l'écran, le dernier petit bond s'est achevé en une ligne plate.

Benoît avait six ans, Jules. C'est ça une cible ?

Richard B. taille ses arbustes. Il fait très beau, ce 24 septembre 1992, un bel après-midi d'automne : il doit en profiter.

A grands coups de serpe vigoureux et précis, il coupe ses troènes et ses fusains. Bientôt son petit jardin sera coquet comme tout... Evidemment, ce n'est pas vraiment son jardin. C'est celui de sa mère, puisqu'avec Maria, sa femme, et leurs trois enfants ils habitent chez elle depuis près de quinze ans.

Dans le jardin, Richard B. entend au loin des sons qui lui parviennent : c'est la voix de sa mère, aiguë, criarde, comme à l'ordinaire :

« C'est insupportable, c'est odieux ! J'en ai assez de vous tous ! »

Richard B. pousse un gros soupir... Il va encore devoir arranger les choses, recoller les morceaux. Cela fait des années qu'il s'interpose entre sa mère et sa femme, qu'il déploie des trésors de diplomatie. Mais maintenant, il n'en peut plus. Il sent qu'il va craquer.

D'un geste rageur, il abat sa longue serpe sur une branche de troène, une branche saine qui poussait dans la bonne direction... Richard B. contemple l'arbuste qu'il vient de mutiler. Lui si calme, si maître de lui : c'est la première fois !

A travers la porte de la cuisine, qui donne sur le jardin, la voix de sa mère s'enfle encore :

« Je suis chez moi, ici, vous m'entendez, chez moi ! »

Il n'y a pas à dire, il y a des jours qui sentent le drame...

Tout en continuant à tailler ses fusains, Richard B. remâche ses souvenirs.

Quand il a épousé Maria, en 1978, ils ont choisi de vivre chez ses parents à lui, qui habitaient cette jolie maison dans la banlieue de Dortmund. Lui, Richard, bien sûr, c'était ce qu'il souhaitait. C'est la maison où il était né, sa maison, et elle était assez grande pour les loger tous. Quant à Maria, elle n'a pas dit non.

Son père, lui aussi, était ravi de cette cohabitation.

Mais c'est de sa mère que sont venues les difficultés. D'abord, elle n'a jamais pu admettre sa belle-fille. Richard lui a demandé mille fois ce qu'elle avait à lui reprocher. Elle n'a jamais pu lui donner une réponse cohérente. En fait, elle lui reprochait sans doute d'être sa belle-fille, tout simplement.

L'atmosphère à la maison n'a jamais été bonne. Mais elle a été supportable six ans, jusqu'à la mort de son père. C'est à ce moment-là que tout a changé.

Comme Maria ne travaillait pas, les deux femmes se sont trouvées ensemble toute la journée, et chaque soir, quand il rentrait, Richard trouvait une ambiance électrique, empoisonnée. Sa mère se précipitait vers lui :

« Tu ne sais pas ce qu'elle m'a encore dit ? Tu ne sais pas ce qu'elle m'a encore fait ? »

Et c'étaient, pendant des soirées entières, d'interminables discussions où il essayait, avec toute la diplomatie, tout le bon sens dont il était capable, d'arranger les choses.

Mais les choses ne faisaient qu'empirer... Maria et lui ont eu deux garçons et une fille. A leur naissance, leur grand-mère ne leur a accordé aucune attention. C'était l'indifférence totale. Elle a laissé sa belle-fille les élever seule. Richard a été un peu déçu des réactions de sa mère, mais il était loin de se douter que la situation n'irait qu'en s'aggravant.

A mesure que les enfants ont grandi, sa mère les a pris en grippe, pour ne pas dire en haine. Elle détestait leurs jouets. Quand elle en voyait un qui traînait dans le salon ou dans la salle à manger, elle l'emportait sans dire un mot et allait le mettre à la poubelle.

Quand, plus tard, ils ont invité des camarades pour jouer avec eux dans le jardin, elle avait de véritables crises de nerfs :

« Allez dehors ! Tous dehors, je ne veux plus vous voir... »

Les enfants ont pris l'habitude de jouer dans la rue. Mais chaque fois, c'était, entre la mère et la belle-fille, des altercations à n'en plus finir. Et lui, en rentrant, il devait, comme d'habitude, arranger tout cela.

Richard B. a maintenant presque terminé son travail de jardinage. Dans la cuisine, la discussion se poursuit. Sa mère crie si fort qu'il entend tout :

« Et cette machine à laver ? Quel gaspillage d'électricité ! C'est mon courant, mon courant à moi qu'elle utilise. Vous êtes chez moi, ici. Alors, à partir de demain, vous irez faire laver votre linge chez le blanchisseur. »

Richard B. entend sa femme répliquer à sa belle-mère qu'elle exagère. Cette machine c'est Richard qui l'a achetée et on s'en sert aussi pour laver son linge à elle.

Richard B. essaye de garder son calme, mais ses mains tremblent. Ah oui, cette fois, elle exagère ! Elle exagère vraiment...

L'année dernière, quand il a décidé de faire des travaux dans la maison, sa mère n'a rien dit. Il a d'abord fait mettre le chauffage central. Il l'a fait lui-même. C'est son métier : il est installateur de chaudières. Ensuite, il a fait rénover la salle de bains, poser de la moquette, repeindre les volets. Tout cela, il l'a payé lui-même, avec ses économies. Chaque fois qu'il avait voulu en parler à sa mère, elle changeait de sujet. Pendant les travaux, elle continuait à se promener dans la maison, au milieu des ouvriers, sans leur adresser la parole, leur lancer un regard, comme si elle ne les voyait pas, comme s'ils n'existaient pas.

Mais quand tout a été fini, un soir après dîner, elle s'est mise à rugir.

« La couleur des volets est ignoble ! Et cette moquette, je ne peux pas la voir, et le carrelage de la salle de bains, c'est affreux ! Vous allez m'enlever tout ça ! Je suis chez moi. Je veux que ce soit comme avant. »

Richard a essayé de répliquer calmement :

« Mais enfin, maman, je t'ai demandé ton avis et tu n'as pas voulu me répondre ! »

Il n'y a rien eu à faire. Depuis ce temps, elle ne cesse de répéter :

« Ah, cc que c'est laid ! Mon Dieu que c'est laid ! C'est bien les goûts de Maria, ça ! »

Et elle menace de faire venir les ouvriers pour tout remettre comme avant. Pourtant, elle se sert de la salle de bains, elle profite du chauffage central... Ah, oui, elle exagère, elle exagère !

Les bruits de la discussion se sont tus. Maria, de guerre lasse, a dû quitter la cuisine. Richard B. a maintenant fini de tailler ses arbustes. Il lance un soupir... Allons, il faut qu'il aille trouver sa mère. Il va encore essayer d'arranger ça.

D'un air résigné, il pousse la porte de la cuisine, sa serpe à la main. Sa mère est là, qui tourne en rond. Richard la regarde comme s'il la voyait pour la première fois. Il y a des jours où il comprend l'aversion de sa femme à son égard. Cette grande femme maigre aux joues creuses, au visage pointu, n'a rien pour inspirer la sympathie. Et lorsque, comme en ce moment, la colère la défigure, elle a l'air franchement odieux.

Mme B. se précipite sur son fils.

« Ça ne peut plus durer. Je ne peux plus supporter ta femme ni tes sales gosses ! »

Richard fait un geste d'apaisement :

« Allons, Maman, Maria a peut-être été un peu vive, mais reconnais que toi aussi... »

Mais, cette fois, sa mère ne l'écoute pas. Elle est hors d'elle.

« J'ai pris une décision, Richard. Je ne veux plus de vous chez moi. Je vous chasse.

— Maman, tu plaisantes ?

— Non, je ne veux plus de vous. Allez-vous-en, sinon j'appelle la police ! »

Avec un terrible effort de volonté, Richard B. argumente calmement : cette maison, c'est aussi sa maison, il ne faut pas l'oublier. Il y est né, il y a passé toute son enfance. Et puis, tout de même, après les travaux qu'il a faits l'année dernière et qui lui ont coûté une fortune, ce serait trop facile...

Mais sa mère ne se contrôle plus. Sa mère n'est plus sa mère. Elle l'agrippe par la manche de sa chemise et le tire vers la porte d'entrée :

« Allez, dehors, toi, ta femme et tes sales gosses. Dehors, à la rue ! »

Richard B. voit comme un éclair passer devant ses

yeux. Des années d'efforts et de patience pour ça ? Des trésors de diplomatie pour se voir chasser de chez lui, de sa maison ? Tout à coup, des tonnes de colère trop longtemps rentrée se libèrent...

La minute d'après, il est agenouillé sur le carrelage. Devant lui, sa mère est étendue, morte. Il l'a tuée d'un coup de serpe en pleine tête.

Maria est derrière lui. Elle murmure :

Mon pauvre Richard, qu'est-ce que tu as fait ? »

Et elle prend le téléphone pour appeler le médecin et la police... Richard B., lui, reste prostré sur une chaise. Il vient de prendre conscience de cette vérité incroyable : il est devenu le meurtrier de sa mère. Il vient brusquement de passer dans le monde des assassins, un monde qu'il croyait séparé de celui des gens comme lui par une barrière infranchissable. Il ne comprend pas... Il balbutie en secouant la tête : « Mais que m'est-il arrivé ? »

Pour les policiers de Dortmund, il n'y a presque pas d'enquête, du moins sur la matérialité des faits. Richard explique les circonstances de son crime. Il insiste, il veut se souvenir de chaque détail. Non seulement il ne se cherche pas d'excuses, mais il en rajoute, il s'accable. On doit même le transporter à l'infirmerie de la prison car on redoute une dépression nerveuse.

Pourtant, des excuses, il en a. Sa femme, ses enfants viennent le dire au juge d'instruction Oskar Junger. Ils lui décrivent longuement ce qu'a été le calvaire de cet homme qui, jusqu'au bout, de toutes ses forces, a tout fait pour empêcher le drame.

Et puis, les voisins, eux aussi, viennent témoigner spontanément. Ils expliquent au juge que Mme B. était une femme odieuse. Ils sont même stupéfaits que son fils ait pu la supporter si longtemps avec une telle patience.

Tous les renseignements concernant le coupable sont concordants. Non seulement il n'avait aucun penchant à la colère, à la violence, mais au contraire, c'était le type même de l'homme rangé, pacifique. Son patron, dans l'entreprise de chauffage central où il travaille, déclare publiquement qu'il le reprendra dès qu'il sortira de prison.

En fait, jamais le juge d'instruction Junger et les policiers n'ont vu une affaire semblable. Ils ne peuvent s'empêcher de ressentir pour ce coupable pas comme les autres quelque chose qui ressemble à de la sympathie.

Et puis, ils éprouvent sans doute aussi une sorte de trouble : Richard B., cet individu honnête, doué, de toute évidence, d'un sens moral particulièrement développé, semble être la preuve vivante que chacun de nous, s'il est placé dans des circonstances exceptionnelles, peut devenir un assassin.

Au bout d'un mois, les policiers ont terminé leur enquête. Le juge d'instruction Junger demande alors une expertise aux psychiatres et psychologues. Ceux-ci examinent longuement le coupable et, quelques semaines plus tard, rendent leur rapport. Voici quelques extraits :

« Comment un homme normal est-il amené au crime ? C'est tout le problème posé par Richard B.

» Il est intelligent, équilibré, sensible. Tout ce qu'il fait dans sa vie est réfléchi et contrôlé. C'est un être plutôt renfermé, qui est sans ambition particulière et qui se plaît dans le métier qu'il a choisi. C'est quelqu'un qui n'aime pas les histoires et c'est justement à empêcher les histoires entre sa mère, sa femme et ses enfants qu'il s'est dépensé sans compter pendant des années.

» Ces efforts l'ont progressivement miné. C'est un homme aux nerfs malades sans le savoir qui a affronté sa mère lors de leur dernière discussion.

» Lorsqu'il s'est rendu compte de la totale insensibilité de celle-ci et, de ce fait, de l'inutilité de toutes ses tentatives depuis des années, il a ressenti un coup terrible. Et quand sa mère l'a chassé de sa maison, sa maison natale où il avait passé son enfance, le choc affectif a été insupportable.

» En constatant l'échec de ses efforts et devant la brutale agression de sa mère, Richard B. s'est trouvé dans des circonstances exceptionnelles qui diminuent ou annulent sa responsabilité. »

Nul ne sait quelles ont été les pensées du juge d'instruction quand il a lu ce rapport, seul dans son bureau, mais le 24 mars 1993, cinq mois jour pour jour après le meurtre, il rend sa décision : il reconnaît Richard B. non responsable et il le fait libérer le jour même.

Le juge Junger a sans doute estimé qu'il était impossible qu'il puisse récidiver. Jamais il ne se retrouverait dans des circonstances telles qu'elles le conduisent au meurtre. D'ailleurs, avec le sentiment de culpabilité qui le ronge, la prison ne serait d'aucune utilité. Elle ne servirait qu'à le détruire.

Quoi qu'il en soit, c'est une décision sans précédent. C'est la première fois, dans les annales judiciaires allemandes, qu'un homme reconnu sain d'esprit et sans qu'il y ait légitime défense est déclaré non responsable d'un meurtre.

L'innocent

Mme P. est assise à côté de son fils dans la salle d'attente d'une clinique de Portland, sur la côte Ouest des Etats-Unis.

Il fait beau, en cette fin de matinée de juin 1989. Le soleil pénètre largement par les baies vitrées qui donnent sur un jardin fleuri. Mme P., qui doit avoir la quarantaine, se tourne vers son fils : « Ça va aller, Billy, ne t'inquiète pas. »

Mais Billy ne cesse de remuer nerveusement les narines. « Ça sent drôle ici... J'aime pas. Pourtant la lumière est jolie... Mais ça sent drôle. »

Mme P. lui pose la main sur le bras. « C'est l'odeur de tous les hôpitaux, Billy. C'est l'éther. Tout à l'heure, dans le jardin, on ira sentir les fleurs. »

Billy a un hochement de tête. « Quand même, j'aime pas l'éther. C'est pire que le parfum... »

Et puis Billy se calme. Il se met à sourire. Un sourire

léger, persistant, qui donne un charme supplémentaire à ses lèvres parfaitement dessinées. Car Billy est beau, d'une beauté qui ne peut pas passer inaperçue. Déjà, les deux infirmières qui ont pénétré dans la salle d'attente n'ont pu s'empêcher de lui jeter un regard furtif. Billy P. est bâti en athlète, mais sans rien d'exagéré, de lourd. Tout en lui est proportionné, harmonieux.

Et pourtant, quand on le regarde mieux, il y a quelque chose qui gêne. Il faut un certain temps avant de comprendre ce que c'est... Une statue, oui, ce jeune homme a vraiment l'air d'un marbre antique. Mais justement, s'il en a la plastique impeccable, il en a aussi la froideur. Son regard, sa physionomie sont comme figés, aucun sentiment, aucun signe de vie intérieure ne semblent les traverser, à part ce sourire harmonieux, déconcertant et lassant à force d'être harmonieux.

Une vie intérieure, Billy P. en a une, seulement elle est un peu particulière et seule sa mère la connaît, comme elle est seule, dans cette salle, à savoir que son fils, ce beau jeune homme de 1,76 mètre et soixante-dix kilos, aux allures de dieu de l'Antiquité, n'a que treize ans. C'est d'ailleurs pour toutes ces raisons qu'ils sont en ce moment en train d'attendre le psychiatre...

Les minutes s'écoulent dans la salle d'attente de la clinique de Portland. Pendant que Billy, immobile sur sa chaise, continue à sourire sans un mouvement des muscles du visage, comme s'il prenait la pose pour un peintre ou un sculpteur, Mme P. voit défiler ses souvenirs. Des souvenirs qui, à chaque fois, lui font mal.

C'était il y a treize ans. Billy avait huit mois. Pourquoi s'est-elle absentée de la cuisine en le laissant seul ? Elle ne s'en souvient plus. Mais Mme P. se souvient, se souviendra toujours du cri qu'elle a entendu. Le temps de se précipiter, il était trop tard. Billy, qu'elle avait laissé près du réchaud à gaz, s'était brûlé profondément à la main gauche, qui n'était plus qu'une horrible plaie mauve.

Le docteur avait pu le guérir, mais il avait dit à la fin du traitement : « J'ai peur que la véritable cicatrice ne reste à l'intérieur. Il est possible que Billy garde toute sa vie une peur maladive du feu... »

Mme P. jette un coup d'œil sur la main gauche de son fils qui s'est tourné vers la fenêtre : la marque est toujours là, mais l'autre, invisible, est hélas ! bien plus grave.

A partir de ce moment, le sommeil de l'enfant a été agité. Il se réveillait en hurlant : « Le feu ! Le feu ! »

Et puis son développement n'était pas celui des autres enfants. Billy a grandi très vite. A six ans, par exemple, à la mort de son père, il avait l'air d'en avoir dix.

Quand sa mère lui a dit « Papa est parti en vacances », Billy n'a rien dit et n'en a jamais reparlé, du moins pas tout de suite.

Mais si Billy était en avance physiquement, intellectuellement c'était tout le contraire. A l'école, il était toujours dernier. Ses maîtres le traitaient de paresseux. Il n'arrivait à rien. Mme P. a fini par comprendre que son fils n'était pas comme les autres. Il avait sa vie à lui.

Pour Billy, il n'y a que les sensations qui comptent et, par-dessus tout, les odeurs. Il a horreur du parfum, par exemple. Il s'est totalement détaché de sa sœur aînée à partir du moment où elle s'est mise à se parfumer.

Et il y a eu aussi sa première fugue. Billy avait onze ans. Il a quitté la blanchisserie maternelle (car Mme P. est blanchisseuse dans la banlieue de Portland) en disant : « Je vais faire comme papa. Je vais partir en vacances. » Il est rentré de lui-même trois jours plus tard. A sa mère, folle d'inquiétude, qui lui demandait où il était allé, il a répondu : « Dans un bois de pins, à côté. Ça sent bon les pins. Et puis, la lumière est jolie à travers les arbres... »

« Madame P. »

Le docteur en blouse blanche, qui vient d'apparaître par la porte, ne peut s'empêcher d'avoir un mouvement de surprise en apercevant Billy. Une fois dans son bureau, il se tourne d'un air paternel vers ce garçon de treize ans qui le domine d'une tête. « Dis-moi, Billy, est-ce que tu sais écrire ? »

Billy ne se départit pas de son sourire. « Pour quoi faire ? Si j'avais été muet, ç'aurait pu être utile. Mais je parle.

— Bien, bien... Est-ce que tu sais lire l'heure ? »

Billy répond avec la même assurance tranquille :

« Je n'ai pas besoin d'horloge. Le jour c'est quand je n'ai plus sommeil, midi c'est quand j'ai faim, et le soir c'est quand je recommence à avoir faim.

— Réponds-moi franchement, Billy, est-ce que tu te plais à l'école ?

— Oui, je m'y plais. Ça sent bon, surtout la craie. »

Le psychiatre a un sourire compréhensif.

« Et dis-moi, qu'est-ce que tu penses des filles ?

— Je n'aime plus ma sœur depuis qu'elle se parfume.

— C'est tout ?

— Ben oui, c'est tout... »

Hors de la présence de Billy, qui est retourné dans la salle d'attente contempler les rayons du soleil sur le linoléum du plancher, le médecin fait son diagnostic à Mme P.

Il lui explique que Billy est remarquablement constitué physiquement, mais que son développement mental s'est bloqué. Et pas seulement à cause de l'accident, sans doute pour des raisons plus profondes, physiologiques, génétiques. Il faudra faire des examens.

« Des examens ?

— Nous sommes équipés pour cela. Ensuite, il faudra sans doute placer votre fils dans un établissement spécialisé. Il n'est pas fait pour vivre dans notre monde à nous. Pour l'instant, il ne s'intéresse pas encore aux filles, mais ça ne va pas tarder. Quand l'instinct sexuel s'éveillera en lui, dans ce domaine-là aussi il se comportera comme un animal. »

Mme P. murmure quelques mots d'assentiment, mais intérieurement elle a pris sa décision. Non, elle ne se séparera pas de son petit. Elle l'aime plus que ses autres enfants. Et puis, elle se sent toujours coupable de ce qui lui est arrivé. Des examens, elle sait très bien que cela ne sert à rien. Si Billy est comme il est, c'est parce qu'il s'est brûlé bébé.

Elle quitte la clinique psychiatrique, fermement résolue à ne jamais y retourner. Elle vient de décider du destin de son fils et, malheureusement, pas seulement de son fils.

Un an a passé. Dire que Billy a grandi serait faux, il avait depuis longtemps atteint sa taille définitive. C'est dans son comportement que quelque chose a changé. Il n'a plus l'attitude égale, impassible qu'il avait avant. Il a tendance à devenir nerveux, irritable. Son beau regard bleu, naguère limpide, a maintenant quelque chose de trouble.

Mme P. s'est décidée à retirer Billy de l'école où il ne faisait plus rien. Maintenant, il l'aide à la blanchisserie. C'est lui qui va porter leur linge aux clients, et les colis les plus lourds ne lui font pas peur.

De temps en temps, bien sûr, il continue à « partir en vacances ». Sa mère ne s'inquiète plus. Elle sait qu'il sera de retour trois ou quatre jours plus tard. Billy va toujours dans le bois de pins. Il rôde aussi autour des stations-service, car s'il déteste l'odeur du parfum il adore celle de l'essence.

C'est au mois de janvier 1992 que se produit le premier incident. Billy livre toujours le linge aux clients de la blanchisserie. On l'aime bien. Il est gentil. On l'invite quelquefois à entrer pour lui donner, en plus de la pièce traditionnelle, un gâteau ou un petit verre...

On le trouve beau aussi. Car Billy a plus que jamais des allures d'Apollon. Les clientes ne peuvent s'empêcher de l'admirer, surtout Mme Benson. Mme Benson, la veuve de l'épicier, est encore jolie. Chaque fois que Billy vient livrer chez elle, elle lui adresse des sourires engageants. Mais ce jeune naïf ne semble rien comprendre.

Alors, un jour de janvier 1992, quand Billy sonne chez elle comme d'habitude, il est surpris d'entendre une voix lointaine lui répondre à travers la porte : « C'est ouvert, entre, Billy. Entre, je suis dans le salon... »

Un peu étonné, Billy pose son linge dans l'entrée. Il aime bien chez Mme Benson. Il n'y a pas d'odeur de cuisine comme dans beaucoup d'autres maisons et le papier à grosses fleurs rouges est joli.

Billy entre dans le salon. Mme Benson est assise sur un canapé, dans un déshabillé mauve. Sur une table devant elle, il y a une carafe, deux verres et des gâteaux secs.

« Tu prendras bien un doigt de porto, Billy ? »

Billy est brusquement ému. Il s'approche de cette femme qui l'invite à prendre place à côté d'elle. Mais il ne sait comment s'y prendre. Il fait plusieurs pas, les mains en avant grandes ouvertes, ses mains puissantes dont l'une porte la marque de sa brûlure d'enfance.

Mme Benson, après un moment de surprise, se lève et se met à reculer vers le fond de la pièce. Billy continue d'approcher. Il est tout près. Ses mains vont se refermer... Mais soudain, il pousse un cri terrible et s'enfuit en courant.

Le soir, il raconte tout à sa mère : « Tu comprends, maman, elle avait mis du parfum. Alors, je suis parti. Sans ça, je ne sais pas ce qui se serait passé. »

Ce jour-là, Mme P. prend une décision : Billy n'ira plus livrer le linge. Mais elle ne veut toujours pas l'envoyer dans un établissement spécialisé, comme le lui avait demandé le psychiatre. Etre privée de son Billy, jamais ! Elle l'aime son Billy, elle essaie de compenser par son amour le handicap dont il est victime. Et puis, elle veut se racheter, car tout cela c'est de sa faute.

A partir de ce moment, Billy reste dans la maison maternelle. Il s'occupe du jardin, il fait le ménage et les commissions. Et puis, de temps en temps, il « part en vacances ».

Il se rend moins souvent dans le bois de pins, désormais il est de plus en plus attiré par les humains. Il va dans le port de Portland. Il reste des heures à contempler les reflets du soleil dans l'eau sombre, au milieu des arcs-en-ciel de pétrole.

Un soir de juillet 1992, alors qu'il est en train de contempler le soleil couchant dans le port, une voix l'interpelle derrière lui : « Bonjour, beau blond ! »

Billy se retourne. C'est une jeune fille en robe verte, d'un vert sombre, comme les arbres juste avant la nuit. Il s'approche d'elle... Elle n'est pas parfumée. Il lui touche le bras. La fille se dégage avec un petit rire.

« Pas si vite, beau blond. Est-ce que tu as de l'argent ? C'est vingt dollars. »

Billy fouille dans ses poches. Non, il n'a pas vingt dollars. Il en a juste dix. Il les tend à la fille avec un sourire timide. Mais elle le repousse. « Rien à faire, c'est vingt dollars ! »

Billy ne comprend pas. Il n'a jamais bien compris à quoi servait l'argent. Tout ce qu'il comprend, c'est ce qu'il ressent et ce qu'il veut. Et il veut cette fille...

Il s'approche... Non seulement elle n'est pas parfumée, mais elle sent bon. Le tissu de sa robe est soyeux, ses bras sont doux. La jeune fille hurle. Billy n'aime pas ce cri. Il ne faut pas qu'elle crie. Il ne faut pas !

L'instant d'après, elle est toute molle dans ses bras. Billy la regarde, incrédule. Il n'a rien fait de mal. Il l'a juste serrée un peu pour qu'elle ne crie pas...

Quand il rentre chez sa mère, il fait déjà nuit. Mme P. comprend tout de suite, malgré les explications hachées de son fils, qu'il est devenu un assassin. Elle aurait dû obéir au psychiatre. Maintenant il est trop tard. Il faut que Billy reste chez elle pour échapper à la police. Mme P. fait promettre à son fils de ne plus « partir en vacances », en tout cas pas avant qu'elle ne lui en donne l'autorisation.

A Portland, l'enquête sur le meurtre de la prostituée est menée sans acharnement excessif. Des témoins ont bien remarqué plusieurs fois ce grand jeune homme blond aux yeux bleus qui passait des heures immobile à regarder l'eau sale. Quelques-uns lui ont même adressé la parole. A ses réponses simplettes, ils ont compris qu'il s'agissait d'un innocent.

C'est ce que pense aussi la police : un innocent dans tous les sens du terme, un pauvre type inoffensif qui n'a rien à voir ni de près ni de loin avec un meurtre.

L'enquête suit donc d'autres pistes : trafic de drogue, sadiques. Aucune n'aboutit et, au bout de six mois, l'affaire est enterrée en attendant d'être classée...

Pendant tout ce temps, Mme P. vit dans l'angoisse. En quittant tous les soirs sa blanchisserie, elle n'a qu'une hâte : rentrer chez elle et s'assurer que Billy est bien à la maison, qu'il n'est pas reparti pour une de ses fugues dont elle sait à présent qu'elles peuvent être meurtrières. Mais chaque soir, Billy est là, abîmé dans la contemplation des derniers rayons du soleil et elle finit par se dire qu'il s'est définitivement assagi.

Alors, un soir de janvier 1993, Mme P. dit à Billy après le dîner : « Mon grand, tu vas pouvoir, si tu veux, partir en vacances. Mais attention, pas loin, hein ! Et pas dans le port, surtout pas dans le port. Ne sors pas du quartier. Tu peux aller jusqu'au bois de pins, mais c'est tout... »

Dans le quartier qu'il habite avec sa mère, il y a surtout des petits pavillons entourés de jardinets. Billy marche sans se presser. Il sourit. Il est rayonnant. Jamais, peut-être, il n'a été aussi beau.

Mais soudain, sa physionomie change. D'elles-mêmes ses narines se contractent. Il tourne la tête, à droite, à gauche. Il y a quelque chose subitement dans l'air, quelque chose qu'il n'aime pas. Et puis, il voit derrière une maison un voile noir : de la fumée. C'est le feu !

Au lieu de fuir, Billy se dirige vers l'endroit d'où part la fumée. Il faut arrêter le feu ! Le feu, ça fait mal, il ne faut pas qu'il continue...

Billy P. arrive devant une petite maison semblable à celle qu'il habite avec sa mère. Dans le jardin, une femme est en train de faire brûler des feuilles mortes et des détritus. Billy enjambe la barrière. Comme il se précipite pour éteindre le foyer, la femme s'interpose. L'instant d'après, elle est, comme la prostituée de Portland, toute molle entre ses mains.

Il se met ensuite en devoir d'éteindre le feu. Quand les policiers arrivent un peu plus tard, il n'a pas bougé. Il leur déclare simplement : « Elle faisait du feu... »

Billy a été interné dans la clinique psychiatrique où il aurait dû entrer bien plus tôt. Sa mère a été inculpée de non-dénonciation et complicité de meurtre et laissée en liberté. Elle attend d'être jugée. Car elle n'avait pas, elle, l'excuse de l'innocence.

« Chéri, regarde ! On dirait qu'il y a quelqu'un dans le garage Peugeot ! » François G., 43 ans, jette un coup d'œil par la fenêtre. En effet, en face, dans le garage tenu par M. P., quelque chose a l'air bizarre. A cette heure de la nuit, il y a de la lumière à l'intérieur du bâtiment. M. P., le propriétaire, un homme d'ordre, n'est pas connu pour ses habitudes nocturnes. Il fait son travail aux heures ouvrables et c'est bien rare s'il s'attarde après vingt heures, même pour obliger un client... François, en observant plus attentivement la façade du garage, perçoit un détail plus curieux encore : on dirait que la fenêtre qui éclaire le bureau a l'une de ses vitres brisées. M. P. ne laisserait jamais son établissement dans un tel état : cela fait désordre et nuirait à la marque Peugeot dont il est concessionnaire. François, après deux minutes de réflexion, se décide, malgré l'heure tardive — ou justement à cause d'elle —, il alerte la gendarmerie, pour signaler qu'« il se passe, à son avis quelque chose de pas catholique ».

Quelques instants plus tard, la camionnette de la police s'arrête silencieusement devant l'établissement Peugeot. Quatre représentants de l'ordre en descendent sans faire de bruit. Après les sommations d'usage, ils se rendent maîtres de la situation et arrêtent en flagrant délit de cambriole deux petits malfrats qui, à l'intérieur, avaient déjà fait main basse sur de l'outillage, quelques pièces de rechange d'un certain prix et plusieurs autoradios. Entre-temps, M. P., le propriétaire du garage, prévenu, est arrivé lui aussi. A la fin de l'opération, François, le voisin plein d'initiative, se manifeste lui aussi et se fait connaître. Félicitations, congratulations, remerciements croisés puis tout le monde retourne se coucher. Les deux malfrats se disent que, la prochaine fois, ils choisiront mieux leur proie.

Depuis ces événements, en 1990, François se remémore souvent les faits avec la satisfaction du bon citoyen fier de son civisme. Ses relations avec M. P. le garagiste sont au beau fixe... Quel plaisir de pouvoir compter sur ses voisins en cas de besoin.

En avril dernier, François, qui connaît des problèmes de chômage comme, hélas ! bon nombre de Français, rentre chez lui en compagnie de son épouse, et de son fils, Cédric, âgé de treize ans, après une soirée passée chez sa mère qui fêtait son anniversaire. La soirée s'est bien passée.

En descendant de sa voiture, machinalement, François jette un coup d'œil sur le garage Peugeot, son voisin. « Tiens, se dit-il, à cette heure il y a encore de la lumière. Pas possible que M. P. soit encore au travail, ce n'est pas dans ses habitudes. » Et, automatiquement, François le gentil voisin repense à l'incident où, deux ans auparavant, il a fait la preuve de son civisme, de son esprit de bon voisinage et de ses réflexes. « Voilà que ça recommence, encore des cambrioleurs. » Aussitôt, François saute sur le téléphone et appelle la police. Il donne, sans précipitation, toutes les précisions nécessaires, l'adresse du garage et même son nom et son numéro de téléphone. Puis, au lieu de se mettre au lit, par curiosité et dans le désir de voir les choses se terminer par le triomphe du bon droit, il décide de rester dans la rue, devant chez lui, jusqu'à l'arrivée de la police. Devant chez lui, c'est-à-dire à côté du garage. La nuit est profonde et les minutes passent.

Soudain, François aperçoit un véhicule qui s'approche silencieusement et, tous feux éteints, s'arrête non loin du concessionnaire Peugeot. François, jusque-là si tranquille, est pris d'un doute. Il s'attendait à voir apparaître le panier à salade classique, facile à identifier, et cette voiture banalisée ne lui dit rien qui vaille : et s'il s'agissait du reste de la bande des cambrioleurs ? Seul contre tous, François se dit qu'il ne fait pas le poids. Déjà trois hommes en civil sont descendus de la voiture et se dirigent vers lui. Pas un mot ! François estime qu'il est trop tard pour se précipiter vers la porte de sa propre maison. Il imagine déjà les trois hommes armés s'engouffrant sur ses pas. A l'intérieur, sa femme Mathilde et son fils seraient des proies faciles pour Dieu sait quel chantage. On voit tant de choses dans les journaux et à la télévision. En un éclair, François se dit que la meilleure tactique est de fuir, de semer les occupants de la voiture, de les entraîner loin de chez lui. Il prend ses jambes à son cou et file dans la nuit.

Mais les autres ont eu le temps d'apercevoir cet homme qui semblait attendre quelque chose, qui paraissait faire le guet. Les trois policiers, car ce sont des représentants de l'ordre, tirent immédiatement la conclusion qui s'impose : cet homme qui s'enfuit est sûrement un des membres de la bande qu'on vient de leur signaler par téléphone, le guetteur sans aucun doute. Autant lui mettre le grappin dessus, et les voilà qui courent derrière François, l'arme à la main. Le malentendu s'épaissit. Chez François, Mathilde et Cédric, le fils âgé de treize ans, ont tout vu et en voyant François déguerpir, ils pensent, eux aussi, qu'il va tomber entre les mains d'autres gangsters. Ils appellent à nouveau la police : on leur confirme que les choses sont en bonne voie puisque... trois policiers en civil sont déjà partis pour le garage Peugeot et, au poste central, on prie la famille de prendre patience en attendant le triomphe du bon droit... Nouvel appel quelques minutes plus tard, nouvelle confirmation : les forces de l'ordre sont en route, elles sont même déjà sur place et il n'y a rien à redouter.

En effet, les trois individus armés, les trois policiers donc, ont fini par se saisir de François qui est parfait dans le rôle du guetteur complice. Dans l'action, personne ne réalise vraiment qui est l'autre. François, qui défend chèrement sa peau, la croyant en danger, n'est pas avare de coups plus ou moins bas. Les autres, forts de leur bon droit et de leur nombre, s'énervent un peu devant un complice si peu enclin à se laisser arrêter. Ils y parviennent enfin. François se retrouve, menotes aux poings, à l'hôpital où, pour arrêter l'hémorragie qui l'aveugle, on lui pose quinze points de suture. Son doux regard d'honnête citoyen prend à vue d'œil des couleurs qui vont du jaune canari au bleu aubergine en passant par le vert olive. D'autre part il a les côtes fortement endolories : la police ne l'a pas raté. On lui explique, un peu trop tard, qu'il aurait dû rester tranquillement sur place puisque les trois hommes armés qu'il a confondus avec des malfrats sont en fait trois membres de la BAC : la brigade anticriminelle. On lui dit qu'il aurait dû, dans le noir, apercevoir et identifier leurs brassards rouges, qu'il aurait dû remarquer, toujours dans le noir, le pare-soleil de leur véhicule où l'on peut lire le mot « Police ». Un des trois policiers, quant à lui, se voit accorder, pour blessure au genou, trois semaines d'interruption temporaire de travail. Pour l'instant, à tout hasard, François porte plainte. On demande l'intervention de l'IGPN, la police des polices. M. P., propriétaire du garage Peugeot, devrait, dorénavant, ne pas trop compter sur l'intervention de François G., son gentil voisin, au cas où, dans les mois à venir, il viendrait à d'autres malandrins l'idée de le cambrioler à nouveau.

Actes de barbarie

12 février 1989, quatre heures et demie du matin. Les pompiers luttent avec acharnement contre un incendie qui vient de se déclarer dans une ferme d'un petit village de la Meuse. Il fait un froid glacial et les flammes sont gigantesques. Elles sont d'ailleurs anormalement violentes ces flammes, tout comme il est étonnant que ce ne soient pas les habitants de la ferme qui aient donné l'alerte, mais les voisins. Mais l'heure n'est pas à ce genre de réflexion. Ce qui importe, c'est d'éteindre le feu, le reste viendra après.

Ce n'est pas le bâtiment principal qui brûle, c'est la grange. Les pompiers ne sont donc pas inquiets quant aux vies humaines. Et pourtant, quand ils maîtrisent le sinistre, après une heure d'efforts, ils découvrent dans le bâtiment un homme à moitié calciné sur un lit de fer.

Ce n'est pas tout. Dans l'écurie à côté, qui a miraculeusement échappé aux flammes, une femme gémit doucement, recroquevillée contre une botte de foin. Mais peut-on dire « une femme » ? La malheureuse n'a presque plus rien d'humain. Elle a le visage et le corps tuméfiés, une cheville cassée. Ses oreilles saignent, sa jambe n'est plus qu'une plaie. Elle ne peut ni marcher ni parler. Elle pèse trente-cinq kilos !

Hospitalisée d'urgence, après avoir gardé le silence pendant quatre jours elle se met enfin à parler et c'est alors qu'on entre dans l'horreur.

Cour d'assises de Bar-le-Duc, 17 septembre 1993. Quatre ans et demi ont passé depuis le tragique incendie, qui va connaître son épilogue sur le plan judiciaire. Les habitants de la ferme : Jeanne T., soixante-huit ans, et son fils Jean-Pierre T., quarante-six ans, sont inculpés de torture et d'actes de barbarie sur Georgette T., femme de Jean-Pierre, la malheureuse retrouvée dans l'écurie, et d'assassinat sur la personne de Werner W., quarante-six ans, l'homme découvert carbonisé dans la grange. Ce dernier cas sera jugé ultérieurement dans un autre procès. Aujourd'hui et les jours qui vont suivre, il ne sera question que du martyre de Jeanne T.

Pour comprendre les faits, il faut remonter tout de suite après la guerre.

Fille unique, Jeanne T. se destine dès l'enfance à reprendre la ferme. Elle travaille dur, plus qu'un homme, et arrête ses études après son certificat d'études, à treize ans. Elle ne sort jamais, ne va jamais au bal. Son père meurt en 1945. Sa mère demande alors qu'un prisonnier allemand — ils sont nombreux, alors, dans l'est de la France — l'aide à la ferme.

Les autorités accèdent à sa requête et Léopold W., trente-neuf ans, vient rejoindre les deux femmes. Jeanne n'a alors que vingt et un ans, mais ni la différence d'âge ni la nationalité de Léopold ne lui posent de problème. Ils ont une liaison et elle ne tarde pas à se retrouver enceinte. Ce n'est que quelques jours avant qu'elle n'accouche que Léopold lui avoue ce qu'il lui avait caché jusque-là : il est marié en Allemagne et il a quatre enfants.

Jeanne, qui n'a guère le choix, accepte la situation. Elle donne le jour à Jean-Pierre en 1947. Son temps de prisonnier terminé, Léopold W. reste à la ferme et fait même venir ses quatre enfants d'Allemagne. La période n'est certainement pas facile pour Jeanne T. L'ancien prisonnier est une brute épaisse, qui la roue de coups. De plus, elle est traitée comme une pestiférée par tout le village, qui lui reproche d'« être avec un Boche ».

En 1967, tout change avec la mort accidentelle de Léopold. Trois de ses enfants retournent en Allemagne, sauf le dernier, Werner, qui, par malheur pour lui, choisit de rester. Il est aussitôt traité comme un chien par Jeanne, qui se venge sur lui des mauvais traitements que lui infligeait son père.

Frappé, privé de nourriture, accablé des tâches les plus répugnantes, vêtu de haillons repoussants, Werner W. mène dès lors une vie de bête. On lui interdit de se laver, il couche dans la grange. Au village, on sait tout cela, mais on ne dit rien. Ce sont les affaires des T. et on ne va pas s'en mêler pour prendre la défense d'un fils de Boche. D'autant que Jean-Pierre, âgé à présent d'un peu plus de vingt ans, fait figure de terreur dans la région. C'est un colosse qui revient de son service dans les paras où il a appris à se battre. Il faudrait être fou pour le provoquer !

Mais s'il impressionne tout le monde par son physique, Jean-Pierre T. reste entièrement soumis à sa mère, à qui il voue une totale dévotion. Cette dernière, de son côté, met tous ses espoirs en lui. Il ne lui a apporté que des satisfactions et elle est sûre qu'il va épouser une héritière du pays, dont les terres vont s'ajouter aux siennes. Malheureusement, il n'en sera pas du tout ainsi...

En 1971, Jean-Pierre rencontre dans une noce une jeune fille d'origine vietnamienne, Georgette D. Elle n'est pas du pays, elle n'est pas de la campagne mais de la ville et elle n'a pas le sou. Cela n'empêche pas Jean-Pierre de l'épouser contre l'avis de sa mère et de l'amener à la ferme.

Georgette se retrouve enceinte un an plus tard. Elle

accouche d'un fils, mais entre-temps tout a changé. Jean-Pierre, après cet acte d'indépendance, est redevenu soumis à sa mère et la laisse tout diriger. C'est Jeanne qui s'approprie le fils de Georgette, Thierry. Elle seule a le droit d'y toucher et c'est elle, pas sa mère, qu'il appellera « maman ».

Rapidement, la situation de Georgette se dégrade et elle va bientôt devenir semblable à celle de Werner, qui continue à être martyrisé. Dans le courant de l'année 1977, elle n'a plus le droit de dormir à la maison. Elle est installée dans la grange et, à partir de là, son calvaire commence. Il ne prendra fin qu'avec l'incendie tragique du 12 février 1989 où son compagnon d'infortune trouvera la mort.

D'après les résultats de l'enquête, d'ailleurs, cet incendie n'a pas été dû au hasard. Jeanne T. est soupçonnée de l'avoir allumé pour se débarrasser de Werner, qui, suite aux mauvais traitements qu'il avait subis, ne pouvait plus se tenir sur ses jambes et ne servait plus à rien. Comme il était devenu une bouche inutile, elle aurait décidé sa disparition. Elle lui aurait donné un puissant somnifère avant de mettre le feu à la paille qui lui servait de matelas.

Mais de cela, il sera question dans un second procès. Il ne s'agit, cette fois, que du sort infligé à Georgette T.

Les deux accusés ont pris place dans le box. Jean-Pierre T. a bien des allures de terreur, avec sa carrure d'athlète et son regard dur, mais le plus frappant est encore sa mère. Jeanne T., la principale accusée, n'a rien d'un monstre. Elle fait bien ses soixante-huit ans. Elle est plutôt frêle, avec son 1,55 mètre. Bref, elle ressemble à n'importe quelle grand-mère et on imagine mal que ce soit à elle qu'on reproche de telles horreurs.

Dès qu'elle s'exprime, pourtant, on s'aperçoit qu'elle est loin d'être dénuée de personnalité. Elle ne manque pas d'assurance, elle répond sans faiblir, d'une voix bien posée, aux questions du président concernant son enfance.

« Mon père était un homme bien, très dur... »

On en vient enfin à Georgette. Le président lui

demande comment elle a accueilli sa belle-fille. Elle affirme : « J'étais contente... »

Questionnée avec plus d'insistance, elle finit pourtant par reconnaître qu'elle n'est pas allée au mariage de son fils : « Il aurait fallu que je m'achète une robe, des chaussures... »

Jeanne ne se montrant guère loquace, c'est la victime elle-même qui va parler à sa place. Georgette T. arrive à la barre. Elle marche avec difficulté. Elle est à jamais infirme. Son visage harmonieux, aux traits à la fois européens et asiatiques, est impénétrable. Les souffrances semblent avoir détruit en elle tout pouvoir d'exprimer une émotion.

Elle raconte d'une voix glaciale comment elle est venue à la ferme en 1971. Elle ne savait rien de la vie et Jean-Pierre était son premier homme. Elle a compris tout de suite que c'était sa belle-mère qui commandait. Elle a d'abord été transformée en domestique. Il lui fallait travailler aux champs, nourrir les bêtes, traire les vaches à la main dans le noir pour économiser l'électricité. Et bien vite, les mauvais traitements ont commencé. Elle montre ses cheveux courts.

« J'étais belle, très belle. J'avais de longs cheveux. Mais Jeanne me les tirait tout le temps. Je me les suis coupés moi-même avec un couteau pour qu'elle n'ait plus de prise. »

On la battait le plus souvent avec un morceau de tuyau à traire que Jeanne et son fils avaient surnommé l'« esprit frappeur ». On le fait passer comme pièce à conviction dans le tribunal... C'était Jeanne T. qui dirigeait et commandait tout, précise Georgette, mais Jean-Pierre, qui se vantait d'avoir « du sang dans les veines », approuvait ces supplices et y participait volontiers. Tout cela a duré douze ans et elle a plus d'une fois failli mourir de faim et d'épuisement.

« Je me voyais mourir de faim. Je ramassais des fruits en allant mener les vaches aux champs. En cachette, sinon j'étais frappée... »

Avec ce témoignage terrible, prononcé d'une voix dont l'émotion est absente, les jurés et le public pensent avoir assisté au moment le plus pénible de ce procès. Ils se trompent : le pire est à venir.

Thierry, le fils de Georgette, a été habitué dès son plus jeune âge à prendre part aux mauvais traitements contre sa mère. Il a été lui aussi son tortionnaire !...

Il comparaît en tant que simple témoin devant les assises de Bar-le-Duc. S'il n'est pas inculpé comme son père et sa grand-mère, c'est qu'il était mineur au moment des faits. Mais il sera jugé par un tribunal pour enfants. Il a le visage un peu asiatique de sa mère et la carrure de son père. La contenance aussi. Il ne semble nullement impressionné par les faits qu'on lui reproche, ni gêné par la situation.

« Ma mère, on la frappait avec les poings, les pieds et aussi avec des bâtons... »

Le président s'indigne : « Mais vous n'aviez aucune affection pour elle ? »

Il hausse les épaules :

« Je la connaissais à peine. C'est ma grand-mère qui m'a élevé et puis mon père m'a expliqué que si on la frappait, c'était pour la punir...

— Est-ce que le chien mangeait mieux que votre mère ? »

Sourire :

« Oui, bien sûr !

— Que ressentiez-vous quand vous entendiez votre mère hurler ? »

Même sourire : « J'aurais pas aimé être à sa place ! »

Le président insiste. Il veut savoir comment cela se passait concrètement.

« Tout le monde la frappait : moi, je faisais pareil. J'allais la réveiller le matin.

— Vous la frappiez ?

— Oui, ça m'arrivait. C'est ma grand-mère qui me le demandait. Je le faisais avec un bâton.

— Comment trouvez-vous votre grand-mère ?

— Bien... »

En fait, Thierry ne s'anime vraiment que lorsque le président lui demande ce qui l'intéresse dans la vie.

« Ce qui m'intéresse, c'est tout ce qui a trait à la

dernière guerre, le nazisme. Ça, ça me plaît, comme ça plaît à mon père !... »

Après ce terrible moment, les autres dépositions qui se succèdent jusqu'aux plaidoiries n'ajoutent rien, et c'est, d'ailleurs, à Thierry que maître Bienfait, partie civile, s'adresse en prenant la parole :

« Vous vous rendez compte du calvaire que votre mère a subi des années durant ? On l'a maltraitée, battue, on l'a obligée à avorter deux fois. Elle est devenue esclave, frappée à coups de tuyau d'arrosage, piquée avec des pointes de fourche. Quand on l'a découverte, elle ne pesait plus que trente-cinq kilos et pourtant elle travaillait tout le jour durant. On est allé jusqu'au bout de l'horreur. Et puis, comme un point d'orgue au cauchemar, il y a cet incendie. Werner y a péri, mais je suis persuadé que Georgette, elle aussi, était condamnée à mourir ce soir-là. Si les pompiers n'étaient pas arrivés aussi vite, c'est sans doute le sort qu'elle aurait subi. Elle ne serait plus aujourd'hui qu'un petit tas de cendres... »

L'avocat général, Mme Simoncello, s'en prend, elle, à l'attitude de l'entourage :

« Je regrette que ces deux-là soient seuls au banc des accusés. Car je tiens à souligner que tout le village savait ce qui se passait chez les T. Et personne n'a rien dit ! Les médecins qui venaient chez eux, parfois, savaient, eux aussi. Si certains habitants du village n'ont pas été sanctionnés pour non-dénonciation de crime, c'est tout simplement parce que les faits, trop anciens, sont prescrits. »

Et elle conclut : « Les seuls coupables que vous pouvez châtier aujourd'hui, ce sont Jeanne et son fils Jean-Pierre. Je vous demande de prononcer contre eux dix années de réclusion criminelle, le maximum de la peine prévue par la loi pour tortures et actes de barbarie. »

Il faut insister sur ce dernier terme. Le mot « barbarie » n'est pas seulement employé ici pour qualifier un acte particulièrement révoltant. Il a une signification juridique. Le délit de barbarie figure dans notre droit, même si le Code ne le définit pas de manière précise. Il est très rarement retenu contre un accusé, ce qui souligne le caractère exceptionnel de cette affaire...

Dans leurs plaidoiries, maîtres Kremser et Hechinger réclament les circonstances atténuantes. Ils insistent sur le climat de violence qui régnait à la ferme à cause du père de Jean-Pierre, Léopold W., le prisonnier allemand. Ils insistent sur l'indifférence de l'entourage qui aurait pu, sinon, mettre un frein au calvaire de la malheureuse... Parlant les derniers, la mère et le fils trouvent les arguments qu'ils peuvent.

Jeanne T. : « Tout ce qu'on a dit sur moi est vrai, mais si j'ai frappé Georgette, c'était parce que je buvais. »

Et Jean-Pierre : « Moi, je ne savais pas ce qui se passait. Le jour, je travaillais à la ferme, et la nuit je dormais chez ma maîtresse... »

Le verdict tombe peu après : dix ans pour chacun, le maximum prévu pour « acte de barbarie ».

Lundi 15 novembre 1993 : deuxième et dernier acte de cette terrible affaire, avec le second procès de Jeanne et de Jean-Pierre T., cette fois pour le meurtre de Werner W. Jeanne est accusée d'homicide avec préméditation, tandis que son fils l'est seulement de non-assistance à personne en danger.

L'accusation reprend des faits déjà connus pour l'essentiel, en insistant toutefois davantage sur la personnalité de Werner. Il a neuf ans quand son père le fait venir d'Allemagne. Il est placé à l'école et apprend rapidement le français, ce qui prouve qu'il n'est nullement un attardé mental. Mais Léopold le retire deux ans plus tard de l'école, pour qu'il fasse les travaux de la ferme. C'est alors que Léopold meurt et que commencent pour le malheureux garçon les sévices décrits au premier procès.

Début 1989, il perd l'usage de ses jambes et, selon l'acte d'accusation, Jeanne T. décide de le supprimer... Dans la nuit du 11 au 12 février 1989, elle éloigne son fils et fait absorber à Werner une forte dose de Mogadon, un somnifère puissant. Quand il est endormi, elle arrose son lit d'essence et y met le feu.

Cette version des faits est conforme aux aveux qu'elle

a passés à deux reprises. Elle s'est rétractée depuis, mais il y a de nombreuses charges contre elle, dont une assurance-vie à son profit sur la tête de Werner, prise peu avant sa mort...

Contrairement au procès précédent, Jeanne T. nie farouchement ce dont on l'accuse :

« Ce n'est pas moi qui ai mis le feu !

— Vous l'avez pourtant avoué à deux reprises.

— J'ai avoué parce que j'avais la hantise qu'on mette mon petit-fils en prison.

— Mais vous avez été chercher vous-même, devant les enquêteurs, le récipient qui vous avait servi à transporter l'essence dans l'appentis pour mettre le feu.

— Ce n'est pas moi qui ai mis le feu !... »

Le président aura beau faire, Jeanne continue à nier et finit par s'enfermer dans un silence buté... On voit alors revenir Georgette à la barre. L'affection qu'elle porte encore à son compagnon de misère est particulièrement émouvante.

« Werner n'était pas l'idiot qu'ils disent. Il savait lire, écrire et compter. Il me racontait sa jeunesse en Allemagne. Il aurait voulu y retourner, mais c'était impossible. »

Elle décrit longuement son calvaire quotidien, semblable au sien : « Werner n'avait jamais de vrais vêtements, juste des hardes repoussantes. Il n'avait pas de nourriture, seulement du pain trempé dans les restes de lait tourné, pas d'argent, pas de quoi se laver. Jeanne et Jean-Pierre le frappaient à coups de bâton. Il criait. A partir de novembre 1988, il est tombé malade. Il avait une jambe abîmée. Il ne pouvait plus marcher... »

Les débats se poursuivent... Jean-Pierre est laissé dans l'ombre. Visiblement, il n'a pas joué un grand rôle dans cette affaire et peut-être pas de rôle du tout. Les psychiatres s'interrogent sur la personnalité de Jeanne et, comme il arrive souvent, ils ne sont pas d'accord entre eux. Un premier distingue chez elle « des traits pervers et un sens moral défaillant » mais un second ne lui trouve « pas l'ombre d'un caractère pathologique ».

C'est dans ces conditions qu'on en arrive, le mercredi

17 novembre, au réquisitoire de l'avocat général Christine Laï. « C'est un gamin, un adolescent, un jeune homme, un homme qui a été spolié pendant toute son existence. C'est Werner W. que vous avez détruit. » Et elle demande vingt ans de réclusion criminelle pour Jeanne T. et cinq pour Jean-Pierre.

Maître Hechinger, avocat de Jean-Pierre, est argumenté, précis, et conclut : « Il n'y a aucune preuve dans ce dossier. »

Maître Kremser, avocat de Jeanne, plaide, lui aussi, l'innocence pour le meurtre de Werner : « On supplée, dit-il, le défaut de preuve par l'intime conviction. » Et il ajoute que les aveux qu'elle a passés sont sans valeur...

Ce n'est pas l'avis des jurés. S'ils acquittent Jean-Pierre T., ils reconnaissent Jeanne coupable et la condamnent à treize ans de prison, confondus avec les dix qu'elle avait déjà reçus.

Pour leurs actes de barbarie, Jeanne et Jean-Pierre T. ont donc été condamnés en tout à treize et dix ans de prison. Et, pour tous ceux qui ont assisté à ces débats, il reste une interrogation qui fait froid dans le dos. Sans l'incendie de la grange, on n'aurait jamais su ce qui se passait à la ferme des T. Alors, il est malheureusement probable, pour ne pas dire certain, que, dans d'autres maisons isolées, d'autres subissent le même calvaire et que, pour ceux-là, on ne saura jamais !

« *Le rôle de sa mort* »

« Silence ! Moteur ! Action ! » Les ordres rituels du réalisateur résonnent sur le plateau de télévision pour le cent cinquantième épisode du tournage de *Corps et âmes*, le feuilleton d'amour et de passion qui fait vibrer tous les soirs des millions de Brésiliens. Le décor est simple mais de bon goût, la mise en scène ne va pas chercher midi à quatorze heures : le principal c'est qu'on comprenne ce qui se passe dans la tête des héros. Il l'aime mais elle ne veut pas subir cette passion ravageuse parce qu'elle a peur d'en aimer un autre. A-t-il encore une chance ? Saura-t-il la convaincre ? Dieu seul le sait, et encore on peut en douter car, dans ce genre d'histoire à l'eau de rose, le scénariste lui-même, une fois qu'il a installé ses principaux personnages, ne sait pas très bien où l'histoire va le conduire. Ce sont pratiquement les réactions des téléspectateurs lors des premiers épisodes qui vont lui dicter la conduite à tenir, la cote de popularité des acteurs, leur présence. Faudra-t-il élargir le rôle des méchants, faire disparaître le jeune premier dont l'imprésario vient soudain d'augmenter les prétentions sur le plan financier ? Le courrier des lecteurs sera-t-il abondant, tel ou tel personnage va-t-il faire un tabac ?

Autant de questions qui se posent au scénariste, aux producteurs, aux comédiens. Le rythme du tournage est tel, rentabilité oblige, que personne n'a vraiment le temps d'approfondir ses motivations, chacun puise directement à la source de ses propres souvenirs pour remplir son personnage. Les téléspectateurs, par leurs réactions, influencent directement toute l'équipe. Petit à petit, jour après jour, les acteurs et les actrices, choisis parce que l'image qu'ils donnent est la plus près possible du rôle, finissent par vivre en osmose complète avec le personnage qu'on leur fait jouer quotidiennement à une allure effrénée. Ce n'est pas grave s'il s'agit de comédies pleines de rires et de gags. Quand l'histoire se fait plus sensuelle, plus passionnée, plus chaude, comme les nuits brésiliennes, l'interprète, au bout de quelques semaines, n'a plus le temps de se relaxer, il devient le héros ou l'héroïne, bon ou mauvais, névrotique ou diabolique, qu'on lui fait jouer.

Daniela P., la ravissante comédienne qui incarne l'héroïne, a de quoi se réjouir : jour après jour elle devient une nouvelle idole du Brésil. Bien sûr, ce feuilleton pour les masses n'est pas susceptible de lui ouvrir d'un seul coup les portes de la gloire internationale, mais c'est, en dehors des rentrées financières, un excellent marchepied vers autre chose, le vrai cinéma, le théâtre, les rôles plus étoffés, plus fouillés. Pour l'instant, elle se contente d'être belle et fragile et de subir, dans le rôle de Yasmine, les crises de jalousie de l'ignoble Bira, un rôle incarné par le très joli Guilherme V. qui, lui aussi, à l'aube de sa carrière se fait, une fois rentré dans sa loge, les mêmes réflexions. Enfin on pourrait le croire... Hélas ! Guilherme n'est pas exactement dans les mêmes dispositions d'esprit que sa partenaire principale. Le drame couve.

Guilherme est marié avec une fort jolie femme, Daniela l'est aussi de son côté et parfaitement heureuse. C'est la mère de Daniela qui, dotée d'un joli brin de plume et des relations nécessaires, écrit, jour après jour, la suite des aventures amoureuses et désespérées de « Yasmine ». Une affaire de famille et qui tourne à la satisfaction de tous. On envisage déjà d'autres histoires quand celle-ci, vers le millième ou deux millième épisode aura un peu lassé le public... Daniela se contente, jour après jour, d'apprendre son texte sur le bout du doigt, « au rasoir », comme on dit... Pourtant elle a un petit problème. Elle remarque, au fil des tournages, que Guilherme, qui joue Bira, le super-jaloux, est de plus en plus « convaincant » dans les scènes rapprochées, ses étreintes sont de plus en plus passionnées et ses baisers, filmés en gros plan, n'ont plus rien à envier aux vrais baisers d'un amant qui perd la tête. Au début Daniela éprouve une certaine admiration pour l'intensité du jeu de son partenaire. Elle est très heureuse dans son mariage, elle suppose que son partenaire l'est aussi et s'efforce de se montrer à la hauteur dans chaque épisode. Moins on fait de « prises », plus vite on est libre et moins on fait perdre d'argent à la production. Une sorte d'assurance prise sur l'avenir, c'est ainsi qu'on construit sa réputation d'actrice fiable... Dur métier où les journées sont longues, épuisantes, dur métier qui oblige Daniela à rentrer tard chez elle, seule dans sa voiture, dans un Brésil où les attaques nocturnes de femmes seules au volant sont fréquentes, particulièrement lorsque leur véhicule est bloqué à un carrefour par un feu rouge.

Mais en fait, Guilherme, au fil de « scènes de jalousie » suivies, selon la loi du genre, de réconciliations, d'étreintes, d'adieux déchirants, de retrouvailles émouvantes, se sent, lui aussi, « pris », non pas par le jeu de Daniela mais par son parfum, la douceur de ses lèvres, de sa peau, la caresse de ses cheveux qu'il a souvent l'occasion de presser contre sa joue, ses yeux, toutes choses bien réelles et concrètes : l'amour entre en lui par le biais de la fiction, du « faux-semblant ». Il attend absolument le « Coupez ! » du réalisateur pour que ses lèvres veuillent bien libérer celles de Daniela qui, en regagnant sa loge, lui lance souvent un coup d'œil en biais, plein d'interrogations et déjà, à juste titre, plein d'angoisse...

Daniela en parle à son mari mais lui, pour ne pas la troubler dans son personnage, s'efforce de la rassurer, de lui expliquer qu'un partenaire qui joue un peu trop bien le jeu est une chose courante dans le métier, que cela peut l'aider, elle, dans ses répliques, qu'elle doit en profiter pour améliorer d'autant ses propres réactions de comédienne et que, une fois la série terminée, les choses rentreront dans l'ordre. Chacun alors s'inquiétera de trouver un autre engagement, d'autres sentiments. Daniela n'est qu'à moitié convaincue, elle sent de jour en jour dans les baisers de « télévision » de Guilherme quelque chose de malsain, comme un désir réel de la posséder complètement...

Semaine après semaine toute l'équipe du tournage reçoit le script du tournage suivant : scénario avec l'explication de l'action, les textes de chacun et les répliques des autres. Daniela se jette dorénavant sur les nouveaux épisodes avec des sentiments mitigés. Elle est anxieuse d'apprendre son nouveau texte le plus vite et le plus parfaitement possible, mais, en même temps, elle prévoit, entre les lignes de l'action, dans les répliques de Guilherme, toutes les nouvelles occasions de « corps à corps », de baisers, de contacts physiques. Elle se demande jusqu'où cela va la mener, jusqu'où Guilherme va pousser les choses...

Gloria, la scénariste, mère de Daniela, elle aussi surveille de près les réactions de Guilherme. Elle continue à écrire, pour la plus grande gloire de *Corps et âmes*, orientant l'action du mieux qu'elle peut — faisons-lui confiance — pour maintenir le suspense dans des millions de foyers brésiliens.

Cette semaine, en recevant la dernière mouture des aventures de Yasmine et Bira, chacun frémit devant le rebondissement imprévu : l'héroïne doit consommer la rupture avec son amant jaloux au-delà du possible. Pendant quelques épisodes au moins, elle n'aura plus à subir ses baisers et ses larmes, elle ne se retrouvera plus prisonnière des bras de Guilherme-Bira. Qui sait, la chose sera peut-être définitive ? Daniela a peut-être suggéré ce rebondissement à sa mère. Celle-ci l'a peut-être imaginé pour d'autres raisons. Toujours est-il que Guilherme, en constatant qu'il n'a plus, dès la scène trois, l'occasion d'enfouir son visage dans la chevelure abondante de Daniela, devient comme fou, révélant au grand jour sa vraie passion plus ou moins dissimulée jusque-là. Il se précipite chez Gloria et la supplie de changer à nouveau le cours de l'histoire.

Mais, pour des raisons qu'elle ne juge pas utile de lui expliciter, Gloria refuse énergiquement de changer le script prévu. Elle a, dit-elle sans ambages, un plan à respecter. En ce qui la concerne, il est nécessaire que Yasmine plante là Bira, le public réclame l'entrée en scène d'un nouveau prince charmant, doté, au moins pour l'instant, de toutes les qualités. Bira n'aura plus l'occasion de serrer Yasmine contre lui. Au moins pendant les prochains mois à venir.

Bira n'aura plus du tout l'occasion de serrer Yasmine dans ses bras. Les téléspectateurs brésiliens, une fois l'épisode du jour terminé, apprennent au bulletin d'information qu'on vient de découvrir Daniela dans un terrain vague, morte, poignardée de vingt-deux coups de couteau.

Très vite les soupçons se portent sur Guilherme et même sur l'épouse de celui-ci, Paula, qui n'a que dix-neuf ans et qui avoue, dans un premier temps, que la pauvre princesse de feuilleton a été assassinée par son mari, fou de douleur de devoir renoncer aux étreintes sensuelles qu'il attendait chaque jour, sur le plateau, avec une frénésie morbide. Puis Paula, qui précise que cela s'est passé dans le véhicule de son mari, qu'elle était d'ailleurs cachée à l'arrière, se rétracte. Guilherme lui aussi nie, raconte une histoire qui semble incroyable à tous. Daniela aurait cherché à devenir sa maîtresse : c'est elle qui, sous les projecteurs, aurait prolongé à plaisir leurs étreintes alors qu'il défendait sa vertu. On parle de magie noire, de vaudou, comme de bien entendu sous ces latitudes.

Guilherme, lors de son arrestation, est attendu par une foule déchaînée et l'assassin « présumé » de la « princesse des feuilletons » manque d'être lynché. Gloria, effondrée aux obsèques de sa fille, se dit, un peu tard, qu'elle aurait sans doute mieux fait de changer le cours de son histoire, de prolonger les baisers de Bira le jaloux. Dieu seul le sait...

Le lac des cygnes

« Maman, est-ce que je peux aller donner du pain aux canards ? »

Le petit Gunther B., neuf ans, qui vient de poser cette question, regarde sa mère, Frida B., qui, de son côté, a levé les yeux de son tricot. Elle est assise sur une chaise métallique de couleur verte comme il y en a dans les jardins publics. Bien qu'il soit midi et qu'il fasse assez beau, ce 10 mai 1993, le parc municipal de Zurich, en Suisse, est presque désert.

Frida B. sourit à son gamin. Elle vient juste d'atteindre trente-cinq ans ; elle a le charme qu'on peut attendre d'une habitante de la Suisse alémanique : yeux bleus, cheveux blonds sagement ramenés en bandeaux, teint rose ; elle a quelque chose de rassurant et de prospère.

« Si tu veux, mais ne t'approche pas des cygnes. Tu sais bien qu'ils sont méchants.

— Oui, Maman.

— Et ne reste pas plus de cinq minutes. Papa ne serait pas content si tu n'étais pas là quand il arrivera.

— Oui, Maman. »

Et le petit Gunther B. s'en va avec ses morceaux de pain dans un sac en papier... Frida B. se remet à son tricot. Elle sait bien que d'autres mères ne laisseraient pas leur enfant s'éloigner comme cela. Mais elle n'est pas du genre inquiet, voilà tout. Et puis le lac est à deux pas. La seule chose à craindre, ce sont les cygnes, dont la morsure peut être dangereuse, mais Gunther est un garçon prudent... De toute manière, dans quelques instants, Helmut, son mari, sera là et ils iront déjeuner.

Ce 10 mai, en effet, l'enfant n'ayant pas classe, M. B. leur a donné rendez-vous dans le parc, qui est tout près de son bureau, pour aller manger tous les trois.

Une dizaine de minutes environ se sont écoulées. Tout à compter ses mailles, Frida B. ne s'en est pas aperçue... Un bruit de pas la fait se redresser : c'est Gunther.

« Alors, ils ont bien mangé, les canards ? »

Gunther répond, d'une toute petite voix : « Oui, Maman. »

Mme B. se rend immédiatement compte qu'il y a quelque chose d'anormal : « Qu'est-ce qui se passe, Gunther ? »

Le gamin hésite un instant, puis il se décide.

« Près des canards, j'ai vu une dame.

— Et alors ? Qu'est-ce qu'elle fait, cette dame ?

— Rien. Quand je suis arrivé, elle dormait dans l'eau... »

Frida B. se précipite aussitôt vers le lac et elle s'arrête saisie : une jeune femme en robe rouge est étendue sur le dos ; son visage, immergé dans l'eau bleue, regarde le ciel. Un cygne passe avec indifférence près d'elle... Frida B. se met à crier.

« Le crime du lac des cygnes », ainsi que le surnomme la presse de Zurich, ne va pas rester longtemps une énigme pour les policiers. D'abord, l'identité de la victime est connue : il s'agit de Magda Weber, vingt et un ans, serveuse dans un supermarché. D'après les premiers témoignages, la jeune fille était de mœurs faciles, sans être une prostituée de métier.

Le plus intéressant est pourtant le témoignage d'un médecin. Il ne s'agit pas du médecin légiste, dont le rapport est sans surprise et conclut à la mort par strangulation. Il s'agit d'un témoin, le docteur Schneider, qui s'est trouvé par hasard sur les lieux quand Mme B. a appelé au secours. Il se montre catégorique dans sa déposition auprès des enquêteurs :

« J'ai retiré de l'eau la victime. Elle vivait encore. Elle est morte dans mes bras. Cela signifie que l'agression était toute récente. Dans les cas d'étranglement, la mort intervient dans un délai très court, quatre ou cinq minutes. »

Le commissaire Handke, chargé de l'enquête, comprend tout de suite l'importance de cette précision.

« D'après le jeune garçon, la victime était inanimée quand il est arrivé et il est resté plusieurs minutes avant de rejoindre sa mère.

— C'est donc qu'il ne dit pas la vérité.

— Et qu'il a été témoin du meurtre ?

— Vraisemblablement... »

Telles sont les délicates circonstances dans lesquelles le commissaire Handke commence son enquête. Tout tourne autour de la famille B. et l'horaire va avoir une importance capitale... A midi, le petit Gunther demande à sa maman d'aller au bord du lac donner du pain aux canards. Vers midi dix il revient en disant qu'il a vu une dame dans l'eau. Mme B. se rend sur les lieux, crie, et le docteur Schneider arrive aussitôt. Et c'est cinq minutes plus tard environ que M. B., qui sort de son bureau, survient sur les lieux.

Sans perdre de temps, le commissaire Handke s'attaque à la partie la plus difficile de son travail : l'interrogatoire du petit Gunther.

Gunther B., assis entre ses parents dans le bureau du commissaire Handke, est un garçon blond qui paraît à peine ses neuf ans. On le devine timide, voire secret. Frida B. s'efforce de paraître à son aise pour rassurer l'enfant, mais il est visible qu'elle fait un gros effort. Quant à Helmut B., le père, il ne cherche pas à dissimuler sa colère.

« Je m'élève contre cet interrogatoire ! Vous mettez la santé de Gunther en danger. »

Le commissaire reste calme.

« La loi suisse fait obligation à tous de témoigner, même aux mineurs.

— Gunther a déjà dit ce qu'il avait vu.

— Eh bien, il va me le répéter... N'est-ce pas, mon grand ? »

Le gamin adresse un regard craintif au policier.

« Voyons, quand tu es arrivé près du lac, qu'est-ce que tu as vu ?

— Ben, la dame...

— Elle était dans l'eau ?

— Ben, oui...

— Et après, qu'est-ce que tu as fait ?

— Ben, rien...

— Ta maman dit que tu es resté dix minutes près du lac. Tu as donc fait quelque chose.

— Je ne sais pas.

— Tu as donné quand même ton pain aux canards ?

— Oui.

— Et tu n'étais pas gêné que la dame soit dans l'eau pendant ce temps-là ? »

Gunther B. se met à pleurer. Son père intervient avec violence :

« Vous martyrisez cet enfant ! Vous n'avez pas le droit !

— C'est l'unique témoin d'un meurtre.

— Il n'a rien vu. Il vous a dit que la victime était déjà morte quand il l'a découverte.

— Il l'a dit, mais ce n'est pas possible. Je vais vous demander de vous retirer, ainsi que Mme B. »

Sans prêter attention aux protestations de son père, le commissaire prend le petit Gunther par la main et l'entraîne vers la pièce à côté.

« Viens. On va parler ensemble... »

Et c'est dans la pièce contiguë, tandis qu'Helmut B. vocifère qu'il va prévenir son avocat, que se poursuit l'interrogatoire et que la vérité sur le crime du lac des cygnes va éclater.

« Tu es un grand garçon, Gunther ? »

Gunther regarde le commissaire d'un air désespéré et renifle bruyamment. Le policier sait parfaitement l'épreuve qu'il va infliger à l'enfant. Mais il n'a pas le choix.

« Tu es un grand garçon et les grands garçons ne doivent pas mentir. Car tu as menti tout à l'heure... »

Gunther B. a un air de détresse encore plus intense.

« Tiens, je vais t'aider. Je vais parler et tu n'auras qu'à faire oui avec la tête... Voilà, quand tu es arrivé près du lac aux canards, tu as vu la dame, elle n'était pas morte. Elle était assise au bord de l'eau. C'est cela ? »

Gunther fait oui de la tête.

« Tu as été un peu plus loin pour donner ton pain aux canards et tu n'as plus fait attention à elle. Et à un moment, tu t'es retourné, sans doute parce qu'elle a crié. C'est cela ? »

Gunther fait oui de la tête.

« La dame était alors avec un monsieur qui la tenait dans ses bras.

— Non ! Il n'y avait pas de monsieur !

— Mais si, Gunther... D'abord, il faut que je te dise une chose : tu sais qu'il y a des gens qui se ressemblent. Toi, on a déjà dû te dire que tu ressemblais à quelqu'un de ta famille, non ?

— Oui c'est vrai : tout le monde dit que je ressemble à mon frère. »

Pour la première fois, le petit Gunther a un pâle sourire. Les paroles du commissaire semblent le rassurer un peu.

« Alors, ce monsieur, il pouvait très bien ressembler à quelqu'un que tu connaissais sans être lui... Par exemple, il pouvait ressembler à ton papa. »

Gunther B. a un sursaut de tout son corps.

« Donc le monsieur que tu as vu ressemblait à ton papa... »

Il y a un moment interminable, puis l'enfant hoche lentement la tête. « Oui, il lui ressemblait. »

Et il ajoute précipitamment :

« Mais ce n'était pas lui, n'est-ce pas ?

— Non, Gunther, ce n'était pas lui... »

Quelque temps plus tard, c'est au tour d'Helmut B. de se trouver en face du commissaire Handke. Le petit Gunther a été confié à sa mère, qui a été mise discrètement au courant de l'horrible vérité.

Helmut B. n'a plus rien de l'homme coléreux qu'il était en présence de sa femme et de son fils. C'est un être effondré, brisé. Il ne cherche pas à mentir.

« La seule chose que j'espérais, c'était que Gunther ne m'ait pas vu. Non pas pour échapper à la justice, mais parce que je ne peux pas supporter qu'il ait vu... ça.

— Il a vu, monsieur B. Qu'est-ce qui s'est passé exactement ?

— Je ne sais pas... J'ai perdu la tête. Ce n'était pas la première fois que cela m'arrivait. Déjà, en croisant des jeunes filles dans la rue, j'avais eu des envies, des impulsions, mais j'y avais toujours résisté.

— Et là ?

— Je suis sorti du bureau un peu en avance. Pour rejoindre Frida et Gunther, j'ai décidé de faire un détour par le lac. J'ai aperçu de loin sa robe rouge sur l'herbe. J'ai voulu faire demi-tour, mais j'ai continué à avancer, comme fasciné. Alors, elle m'a lancé un regard provocant et à partir de ce moment je ne sais plus rien. »

Tels sont les aveux qui ont été passés devant la police suisse par M. B., aveux déconcertants et terribles de la part d'un homme jusque-là irréprochable, d'un père de famille aimant et respectable. La justice aura à se prononcer plus tard sur son degré de responsabilité mais, quoi qu'il en soit, le commissaire Handke n'avait pas vraiment menti au petit Gunther : ce n'était pas son père qu'il avait vu, au bord du lac des cygnes, c'était le monstre qui était caché en lui... Comme en chacun de nous, peut-être.

« Vous vous appelez Ilsa Schott ? »

La voix ferme et calme du psychiatre s'adresse non pas à une femme, non pas à Ilsa Schott, mais à une sorte de bête fauve, ficelée et muselée, que l'on vient de jeter comme un paquet dans la salle des urgences.

Les yeux d'Ilsa, d'un bleu profond, presque électrique, s'accrochent au regard du médecin. Toute la rage, toute l'impuissance et les brimades de son corps ligoté passent dans ce regard.

Le médecin a un geste vers les infirmières. « Otez le bâillon !

— Elle va hurler, docteur, et mordre tout ce qu'elle pourra !

— J'ai besoin qu'elle parle ! »

Les infirmiers s'exécutent en haussant les épaules. Parler, cette fille-là ? La dingue la plus dangereuse qu'ils aient reçue dans ce service depuis des années ! Elle a déjà mordu deux infirmiers et cassé trois seringues dont elle porte encore les aiguilles dans le bras ! Personne n'arrive à l'approcher. La douche glacée n'a pas eu raison d'elle, il aurait fallu l'assommer ! Ce petit psychiatre ferait mieux d'expédier cette tigresse aux électrochocs, plutôt que d'essayer de lui parler.

Le bâillon de sparadrap arraché sans ménagement fait venir des larmes dans les yeux bleu élecrique d'Ilsa Schott et elle crache brutalement au visage de l'infirmier. D'une voix rauque, cassée à force de cris, elle l'injurie avec vulgarité, puis se tait brusquement pour reprendre son souffle. Le psychiatre l'entend marmonner, comme pour elle seule : « Ils vont me crever le cœur... »

Elle respire profondément, par saccades, comme une noyée qui retrouverait enfin la surface. Couchée sur le flanc, dans une position ridicule, les bras dans le dos, les jambes repliées en arrière, elle renverse la tête pour regarder le plafond. Ses longs cheveux bruns éparpillés autour de son visage blanc, les yeux fixes, elle récupère. On dirait une étoile de mer échouée sur une plage.

Le psychiatre de service de l'hôpital d'Offenbach a consulté la fiche d'admission de la malade. Il y a lu en résumé ce qui devrait ressembler à une vie. Ilsa Schott, trente-trois ans, célibataire, un enfant confié aux services sociaux, internée depuis 1960. Comportement agressif envers les infirmiers, responsable de divers dégâts à l'intérieur de l'hôpital, vitres brisées, meubles cassés, placards dévastés. Deux suicides manqués et, plus récemment, tentative d'étranglement sur la personne de l'infirmière en chef. Doit être déplacée dans la section des agités dangereux.

Mais une fiche n'a jamais raconté une vie tout entière.

« Vous vous appelez Ilsa Schott ? »

Pourquoi ce médecin veut-il absolument lui faire répéter son nom ?

Pour l'identifier dans le sens complet du terme. Un dément qui ne connaît plus son nom a franchi un stade avancé de la maladie. Par contre, celui qui est encore capable de s'identifier en tant qu'individu socialement répertorié, possédant un nom, un âge, de la famille, un métier, des racines, dans la normalité en quelque sorte, celui-là est encore accessible au dialogue.

« C'est marqué sur le papier que je m'appelle Ilsa. Vous ne savez pas lire ?

— Depuis quand êtes-vous à l'hôpital ?

— Ce n'est pas moi qui vous répondrai. Moi, je ne sais plus où sont les jours, les nuits, les heures que je passe ici. On me les vole. Je veux m'en aller, je veux sortir de cette maison de fous, on va me rendre fou, moi aussi.

— Folle, vous voulez dire.

— Je dis fou. Ici on est fou, on n'a plus de sexe, plus de visage, plus de corps, on est enfermé comme un monstre. Je ne suis pas un monstre.

— Pourquoi êtes-vous là, alors ? Que s'est-il passé ?

— Je n'en sais rien. Je vivais dehors. J'étais libre et, un jour, on m'a amenée ici. Je n'avais pas le droit d'avoir des amants, peut-être ?

— Mais qui vous a mise ici ?

— Ma mère, un juge et un flic. Ils m'ont pris mon gosse, ils l'ont fichu dans un orphelinat, je ne sais où. Mon fils... Et après, ils m'ont jetée ici. Une soi-disant maison de repos. Je n'en veux pas de leur repos. Vous savez où je dors en ce moment ? Dans une chambre avec six filles. L'une se gratte toute la journée jusqu'au sang, l'autre n'arrête pas de se balancer en poussant des cris. La grosse veut toujours dormir dans mon lit, il faut que je me batte sans arrêt contre elle. Et la petite, on dirait qu'elle est morte, elle se réveille pour renverser sa gamelle de soupe sur sa tête. Alors, je n'en peux plus et je hurle ! Je hurle tellement que je n'ai plus de force. Ils vont me crever le cœur.

— Qu'est-ce que vous voulez dire par : crever le cœur ?

— Mon cœur va flancher. Un jour je ne pourrai plus crier, je n'aurai plus de force et personne ne m'entendra pour me sortir de là.

— Ilsa, si on vous a mise là, c'est que vous êtes malade, vous ne croyez pas ?

— Vous aussi, vous dites que je suis malade ? Pourquoi vous m'avez enlevé ce bâillon, alors ? Juste pour que je parle ? Juste pour écrire encore des petites phrases dans vos cahiers, et puis après, on referme le cahier et on me renvoie là-bas ? Je n'irai plus là-bas ! Je ne suis pas malade, ma tête est solide. Détachez-moi. Laissez-moi me mettre debout comme tout le monde, ouvrez cette porte, laissez-moi sortir, et vous verrez que je suis normale.

— Vous êtes normale, mais nerveuse. Vous avez essayé de vous suicider deux fois.

— Et alors ? Dehors, les gens aussi se suicident ! Pas besoin d'être fou pour ça, et dehors, jamais je n'ai voulu mourir, moi ! C'est ici que je l'ai fait, avec leurs pilules, leurs piqûres et leurs séances de parlote qui n'en finissent pas !

— Vous vous rappelez pourquoi on vous a amenée ici ?

— Parfaitement. C'est à cause des gens du quartier. Ils ont appelé les flics, et ma mère a été d'accord.

— Que vous reprochait-on ?

— Je n'en sais trop rien. Je buvais trop, je connaissais trop de types.

— Pourquoi trop ? Un seul ne vous suffit pas ?

— Vous ne pouvez pas comprendre.

— Et vous, vous comprenez ?

— Non, je ne comprends pas. Je cherche. Je cherche quelqu'un qui lui ressemble. Je ne trouve pas, mais je cherche encore. Parce qu'il est mort, vous savez, il est mort.

— Qui est mort ?

— Fichez-moi la paix ! Sortez-moi d'ici !

— Allons, continuons de parler, restez calme. Si vous hurlez, vous n'arrangerez pas votre cas.

— Vous avez peur ?

— Pour vous, oui.

— Espèce de lâche ! Vous êtes comme les autres ! Vous vouliez m'endormir avec vos questions. »

La bête fauve a repris du service. Ilsa se met à hurler comme une démente qu'elle est, ou qu'elle n'est pas. Tout le problème est là. Il faut à nouveau la bâillonner, l'immobiliser, suer sang et eau pour enfin lui faire une piqûre.

Alors, le corps se détend enfin. On lui ôte le bâillon, elle respire à petits coups et, avant de sombrer dans la léthargie des tranquillisants, murmure distinctement : « Je vous prouverai que j'ai tout mon sang-froid, je ferai ce qu'il faut pour qu'on me juge responsable de mes actes. Je le ferai avant d'avoir le cœur crevé. »

Et on l'emporte vers une cellule isolée ; on l'attache sur un lit bas ; on referme la porte sans verrou apparent. Toutes les six heures, deux infirmiers viennent renouveler la piqûre, pour tuer la bête fauve qui est en elle, en attendant de prendre une décision sur son cas. Electrochocs ? Il faut l'accord de la famille. C'est pourquoi Mme Schott, prénom Hildegarde, mère d'Ilsa, est convoquée chez le psychiatre, le 20 septembre 1960.

Mme Schott, veuve et bigote, a honte d'avoir mis au monde une fille comme Ilsa. Une fille qui a pris tant d'amants qu'elle en est devenue la honte du quartier.

« Et pourtant, à dix-huit ans, c'était une gentille petite fille, docteur. Elle était fiancée, elle allait à l'église, c'était la fin de la guerre, j'espérais qu'elle aurait une vie meilleure avec Frederick.

— Qu'est devenu le fiancé ?

— Il s'est noyé. Un accident. Ilsa n'était pas avec lui ce jour-là. Elle l'a cherché dans le lac pendant des jours. Elle plongeait et replongeait, il a fallu l'empêcher de continuer. On n'a pas retrouvé le corps. Alors, elle est devenue bizarre. Tout d'abord, elle a voulu se marier avec le frère de Frederick. Elle s'est conduite comme une petite traînée. Elle est allée jusque dans son lit. Mais il ne voulait pas d'elle. Ensuite, ça n'a pas arrêté. La honte de la famille et du quartier, docteur. Elle racolait n'importe qui. Un soir l'un, un jour l'autre, et pas moyen de l'en empêcher. Une jeune fille qui était si pure, si raisonnable pendant ses fiançailles. Puis elle s'est mise à boire et à faire des esclandres partout. En 1950, elle était enceinte, j'ai voulu la mettre dans une maison de repos, mais ils n'ont pas voulu la garder. Il a fallu lui enlever l'enfant à la naissance. Alors, elle a recommencé de plus belle. Elle m'a battue, elle a injurié les assistantes sociales. Il a fallu déplacer l'enfant plusieurs fois, elle voulait le reprendre. Elle devenait folle. Et puis elle a recommencé ses orgies. Un soir, on l'a trouvée en compagnie d'un jeune garçon de treize ans, elle l'appelait “mon fils”. Les parents se sont plaints, ils ont appelé la police et elle est devenue folle. Elle aurait tué n'importe qui. On l'a accusée de détournement de mineur : une honte. Heureusement, il y a eu un non-lieu. L'enfant n'avait rien. Enfin, vous me comprenez. Mais il a fallu interner Ilsa. On ne pouvait plus ni lui parler ni la raisonner, et elle allait faire des scandales chez les voisins. Voilà, si vous me dites que c'est pire ici, il faut lui faire ce que vous dites, docteur.

— Ce n'est qu'une suggestion pour l'instant, madame. Je vais d'abord la remettre au contact des autres malades et tenter une psychothérapie. Selon son comportement, nous déciderons ou non des séances d'électrochocs. Avec votre accord, bien sûr, puisque vous êtes sa seule famille. Voulez-vous signer là ?

— Vous la guérirez ?

— Je l'espère, madame.

— Il faudra qu'elle quitte le pays, après ça. Vous comprenez, nous étions une famille honorable. Mon mari est mort sur le front russe. J'ai perdu un fils à la guerre, il a eu des médailles. J'ai repris toute seule mon commerce, nous étions bien vus. »

Au bout d'une semaine d'isolement, réduite à l'état de larve par les médicaments, amaigrie par le manque de nourriture, car elle a été nourrie uniquement par perfusion, Ilsa Schott est assise en face du médecin. Fébrile, un peu égarée, elle a du mal à parler et s'exprime lentement. On l'a lavée, peignée en tordant ses lourds cheveux dans sa nuque, de larges cernes entourent ses yeux bleus qui n'étincellent plus.

« Comment vous sentez-vous ?

— Arrêtez toutes ces drogues, tous ces gens qui me touchent et me traitent comme un bébé, arrêtez ça. Vous allez me rendre vraiment dingue, je n'ai plus de force.

— Vous êtes calme, c'est tout.

— Calme... Quand on est calme, on n'est plus fou ?

— On est moins malade.

— Mais pour vous, on est fou tout de même.

— Vous allez retourner dans le dortoir commun. Vous êtes contente ?

— Je suis contente.

— Vous serez raisonnable ?

— Je serai tout à fait raisonnable.

— Si vous l'êtes vraiment, vous pourrez reprendre une vie normale.

— Et votre truc à l'électricité.

— Pour l'instant, vous n'avez pas besoin de cela. Nous verrons si votre état s'améliore.

— Sinon, j'y passerai ?

— Ne vous effrayez pas, je préfère essayer une psychothérapie. Nous allons tenter de comprendre ensemble ce qui vous a perturbée.

— Vous avez vu ma mère, n'est-ce pas ? Elle vous a raconté les choses à sa façon. Elle n'a jamais aimé de sa vie, elle. Elle ne sait pas ce que c'est, un corps qui disparaît. Je l'aimais, Frederick ! On nous disait : “Ah non, pas avant le mariage.” Il pourrit dans l'eau d'un lac maintenant, et moi, je le cherche ailleurs, chez les autres hommes. Il y en a qui lui ressemblent. C'est comme mon fils, je ne l'ai jamais vu. Il a onze ans. Lui aussi, il pourrit quelque part dans un orphelinat. Je ne sais pas qui est son père. Mais qu'est-ce que ça peut faire ? C'était peut-être un petit Frederick. Comme ce gamin — il était si mignon, presque un homme déjà. Sa mère a dit que je l'avais violé. L'imbécile ! Je voulais le respirer, c'est tout. Pour savoir comment c'est, un petit garçon, il faut le respirer. C'est du vice, ça ? C'est pour ça qu'on est fou ? On vous enferme, vous, quand vous aimez une femme ? On vous enferme quand vous jouez avec vos enfants ? Non ! Peut-être qu'on devrait : si c'est mal pour moi, c'est mal pour vous.

— Ce n'est pas pareil, Ilsa. Moi, je n'ai pas d'idée fixe, vous, vous recherchez un être mort et un autre qui est éloigné de vous. Il faut oublier.

— Alors, je suis folle parce que je n'oublie pas ? Vous ne me ferez pas croire ça. En réalité, c'est ma mère qui ne me supporte pas, et les femmes du quartier qui sont furieuses parce que je me conduis dans la vie comme une putain et que je ne me fais pas payer. C'est ça qui les tracasse, le fait que je ne demande pas d'argent. Alors, elles me veulent enfermée, comme une folle, mais moi je leur prouverai que je ne suis pas folle.

— C'est bien, Ilsa. Vous allez retourner dans votre dortoir.

— Avec celle qui se gratte ? Celle qui hurle ? Celle qui se balance ? Celle qui fait la morte ? Et l'autre qui se laisse crever dans un coin, qui veut mourir, qui pleure toute la nuit en disant qu'une araignée lui ronge la tête ?

— Si vous êtes solide et calme, vous pourrez les aider et aider les infirmières. C'est le premier pas vers la guérison.

— Je suis là pour ça. »

Le 27 novembre 1961, dans le dortoir des femmes, Ilsa Schott s'est glissée sans bruit jusqu'au lit d'une aliénée profonde, Helga K., âgée de vingt-quatre ans, qui se trouvait immobilisée pour la nuit dans une camisole de force, les mains enfermées dans des moufles de cuir attachées au lit. La pauvre fille était internée depuis l'âge de quinze ans et cherchait à se tuer par tous les moyens. Ilsa arracha une bande de toile de son lit et étrangla la pauvre fille qui mourut sans un cri.

Ensuite, Ilsa avertit l'infirmière de garde et lui remit une lettre adressée à la presse et à la police criminelle. Cette lettre disait : « Je suis perturbée d'accomplir ce crime mais, si je ne le fais pas, je devrai mourir ici. C'est le seul moyen de faire connaître mon sort à tout le monde et d'avoir un avocat. La clinique spécialisée a fait de moi une criminelle. Je dois aller en prison et être jugée. »

Les médecins experts, au nombre de treize, furent d'accord sur l'état mental d'Ilsa Schott : responsabilité limitée, caractère instable, mais pas de démence. Elle sera donc jugée, puis, après décision du tribunal, ira en prison ou retournera au centre spécialisé, selon qu'elle sera considérée comme ayant commis son crime en état d'irresponsabilité totale ou non.

Si Ilsa se retrouve en prison, comme elle le demande, guérira-t-elle de ses idées fixes, dont le procureur général dit qu'elles ne menacent que la tranquillité des gens ? Ou bien, à nouveau internée, deviendra-t-elle folle, définitivement ? Le cœur crevé, comme elle dit.

Le procès a lieu après une dramatique reconstitution du crime à l'intérieur de l'asile, reconstitution durant laquelle les magistrats ont observé Ilsa, tandis qu'elle refaisait les gestes de cette nuit où, en toute connaissance de cause, dit-elle, elle a tué un être fou pour qu'on la sorte de là, pour qu'on la considère comme une criminelle normale.

Mme Schott mère déclare au tribunal : « Ma fille a mené une vie de débauche, elle m'a fait vivre l'enfer sur terre. »

Et Ilsa lui crie : « Ne mens pas ! Tu ne m'aimes pas ! Et tu as peur de l'amour ! »

Le professeur Erhardt, expert, affirme avec conviction

qu'Ilsa n'est ni folle ni malade et ne doit être internée en aucun cas. Il prétend que des gens comme elle devraient vivre dans des centres sociopédagogiques étudiés pour eux, centres qui n'existent malheureusement pas. Alors Ilsa Schott est condamnée à six ans de prison, avec ce commentaire de la Cour : « Il s'agit d'un crime bizarre, commis par une accusée singulière. Vu les rapports des médecins, il n'entre pas dans les attributions des jurés de décider de son internement. »

Sa mère crie : « Elle mourra dans la débauche ! »

Et Ilsa déclare : « Je veux être seule en prison, j'ai besoin de comprendre ce qu'il y a dans mon cœur. »

Table

Déjà parus
aux Editions Albin Michel :

INSTINCT MORTEL
(70 histoires vraies)

LES GÉNIES DE L'ARNAQUE
(80 chefs-d'œuvre de l'escroquerie)

INSTANT CRUCIAL

A paraître :

OBJET PASSION

COMME SI VOUS Y ÉTIEZ

Composition réalisée par JOUVE

Imprimé en France sur Presse Offset par

BRODARD & TAUPIN

GROUPE CPI

La Flèche (Sarthe).
N° d'imprimeur : 28934 – Dépôt légal Éditeur 58083-06/2005
Édition 07
LIBRAIRIE GÉNÉRALE FRANÇAISE – 31, rue de Fleurus – 75278 Paris cedex 06.
ISBN : 2 - 253 - 13963 - 7

31/3963/1